suhrkamp taschenbuch 1692

Yasushi Inoue wurde 1907 auf der japanischen Insel Hokkaido geboren. Er gilt heute als der bedeutendste lebende japanische Autor, der für sein Werk alle großen literarischen Preise seines Landes erhielt. Im Suhrkamp Verlag erschienen die Prosabände *Das Jagdgewehr* (1964), *Die Eiswand* (1968), *Der Stierkampf* (1971), *Das Tempeldach* (1981), *Die Höhlen von Dun-huang* (1986), die Erzählungen *Meine Mutter* (1987) und der Gedichtband *Eroberungszüge* (1979).

Es ist das Jahr 1026. Ein junger Mann, Zhao Xing-de, steht vor der entscheidenden Prüfung, vor dem dritten Staatsexamen, vor einer glänzenden Karriere. Doch Zhao Xing-de verschläft die Prüfung. Unglücklich irrt er durch die Straßen der für ihn unseligen Stadt – und wird Zeuge eines grausamen Ereignisses. Bis er schließlich zum Retter einer Sammlung wertvoller Schriften wird – er verbirgt sie in den Höhlen von Dun-huang –, durchlebt er eine packende wie gefährliche Odyssee durch das chinesische Reich. *Die Höhlen von Dun-huang* ist ein historischer Roman, ein Abenteuerroman im besten Sinne, eine Schilderung ungeheurer Begebenheiten aus längst vergangener Zeit.

Als *suhrkamp taschenbuch* sind lieferbar *Die Eiswand* (st 551) und *Der Stierkampf* (st 944).

Yasushi Inoue
Die Höhlen von Dun-huang

Roman

Aus dem Japanischen
übersetzt und
mit einem Nachwort versehen
von Siegfried Schaarschmidt

Suhrkamp

Titel der Originalausgabe: *Tonkō*
Umschlagbild: Wandmalerei aus Nr. 409
der Höhlen von Dun-huang,
aus: Dunhuang Mogao ku,
hrsg. vom Dunhuang Wenwu Yanjiuso. Beijing (= Peking):
Wenwu chubanshe
(= Cultural Relics Publishing House), 1987 (Bd. 5)

suhrkamp taschenbuch 1692
Erste Auflage 1989

Satz: Röck, Weinsberg
Druck: Nomos Verlagsgesellschaft, Baden-Baden
Printed in Germany
Umschlag nach Entwürfen von
Willy Fleckhaus und Rolf Staudt

1 2 3 4 5 6 – 94 93 92 91 90 89

DIE HÖHLEN VON DUN-HUANG

1.

Zhao Xing-de war im Frühling des vierten Jahres Tiansheng (nach westlichem Kalender 1026) aus seiner ländlichen Heimat Hu-nan in die Hauptstadt Kaifeng gekommen, in der damals Kaiser Ren-zong residierte, um hier das Dritte Staatsexamen abzulegen.

Zu jener Zeit besaß die Beamtenschaft eine absolute Vormachtstellung. Ja, an dem vom Gründer der Dynastie eingeführten Regierungsprinzip, die Willkür der Militärs dadurch in Schranken zu halten, daß man das Vertrauen auf die zivilen Beamten setzte, hatte sich, über Kaiser Tai-zong bis hin zu Ren-zong, nicht das geringste geändert. Die wichtigsten Posten selbst in der Armeebehörde wurden an Männer aus der Zivilverwaltung vergeben. Durch fleißige Studien Beamter zu werden war daher der Weg für jeden, der es zu etwas bringen wollte, und bestand er die zur Ernennung führenden Prüfungen, hatte er den ersten Schritt zu seinem Aufstieg getan.

Kaiser Zhen-zong, Vorgänger des Ren-zong, hatte mit eigener Hand ein Gedicht »Ermutigung zu den Studien« verfaßt, in dem er seinen Untertanen darlegte, wie der aufgrund seiner Gelehrsamkeit erfolgreich aus den Prüfungen Hervorgegangene am raschesten zu Reichtum und Ehre gelange.

»Um deine Familie zu Wohlstand zu bringen,
mußt du nicht gute Äcker kaufen;
denn in den Büchern liegen tausend Scheffel Hirse.
Um auf deinem Wohnsitz in Frieden zu leben,
mußt du nicht hohe Hallen bauen;
denn in den Büchern liegt Gold die Fülle.

Klage nicht, daß du kein Gefolge hast,
wenn du aus deinem Tore trittst;
in den Büchern besitzt du Pferde herdenweise.
Klage nicht, daß du keine gute Vermittlerin hast,
wenn du dir eine Frau zu nehmen gedenkst;
in den Büchern gibt es sie von edelstem Gesicht.
Willst du dir die Hoffnungen eines Manneslebens erfüllen,
so wirf deinen Eifer auf die *Sechs Bücher*;
rück unters Fenster und lies!«

Kam einer mit einer hervorragenden Note durch das Dritte Staatsexamen, so war es durchaus nicht unmöglich, daß er, angefangen vom Staatsrat, die höchsten Ämter vor sich hatte. Und unter denen, die weniger gut abschnitten, wurden noch immer zum Beispiel die Inspekteure für die einzelnen Provinzen ausgewählt. Wie es in Zhen-zongs Gedicht hieß, konnte man durch das Studium der Bücher alles gewinnen, Reichtum so gut wie schöne Frauen.

In jenem Jahr nun hatten sich nicht weniger als dreiunddreißigtausendachthundert Kandidaten aus allen Gegenden des Reiches zu den Prüfungen in der Residenz eingefunden. Fünfhundert von ihnen sollten angenommen werden. Zhao Xing-de blieb vom Frühling bis zum Frühsommer in der Stadt, er wohnte nahe dem Xi-hua-Tor bei Bekannten, die aus seiner Heimat stammten. Überall auf den Märkten und in den Gassen wimmelte es von Prüflingen, von alten wie von jungen. In dieser Zeit bestand Zhao Xing-de die im Ritenamt abgehaltenen Prüfungen in den Klassikern und in anderer Prosa, in den Fünf Wegen der praktischen Verwaltung und in den Gedichten und Oden mit ausgezeichnetem Erfolg.

Schließlich erhielt er eines Tages, als die zunehmend heißere Frühsommersonne durch das Laub der Ulmen auf die städtische Hauptstraße fiel, die Nachricht, er möge sich ins Administrationsamt zur Prüfung von Haltung, Rede, Schrift und Stil begeben. Hierbei ging es um die Fähigkeiten zu einem angenehmen und würdigen Auftreten, zu einem flüssigen und korrekten Sprechen, zu einem kräftigen und schönen Schreiben der Regelschrift sowie zum Abfassen einer gleichmäßig eleganten Beweisführung. Nach erfolgreicher Prüfung bliebe ihm dann nur noch im Palast die Befragung zu Politik und Lehre der Klassiker durch den Kaiser. Wer da der Erste wurde, den nannte man »Zhuangyuan«, »das Haupt der Erscheinungen«, den Zweiten »Bangyan«, »das Auge der Liste«, und den Dritten »Tan-hua«, »den Erspürer der Blüte«. Den so Ausgezeichneten, aber auch allen anderen, die hier bestanden, war damit eine glänzende Zukunft gesichert.

Zhao Xing-de war überzeugt, daß ihn keiner an Kenntnissen übertraf. Und tatsächlich hatte er durchaus Grund, so stolz zu sein. Geboren in einer Familie konfuzianischer Gelehrter, war er von Kind auf mit den Wissenschaften vertraut, und er durfte behaupten, es habe in den bisher zweiunddreißig Jahren seines Lebens keinen Tag gegeben, den er ohne Bücher verbracht hätte. Die früheren Examen waren für ihn ein leichtes gewesen. Jedesmal waren Hunderte, ja Tausende von Mitbewerbern durchgefallen, waren allmählich hinter ihm zurückgeblieben, und nie hatte er sich auch nur im entferntesten vorstellen können, daß er bei einer Prüfung zur Gruppe der Gescheiterten gehören würde.

Also suchte an besagtem Tag Zhao Xing-de das zum Prüfungsort bestimmte Gebäude innerhalb der Dokumentenkanzlei auf, wo sich in einem von überdachten Gängen umgebenen Innenhof die Kandidaten schon versammelt hatten.

Die Prüflinge wurden von dem diensttuenden Beamten

einzeln aufgerufen und über einen langen Gang in die Halle geführt. Bis sie selber an der Reihe waren, saßen sie auf den Stühlen, die man rings um den Hof aufgestellt hatte, oder sie wandelten, je nach Laune, unter den hohen Sophorenbäumen. Durch die trockene Hitze wehte wieder und wieder ein Windhauch. Die Zeit verging, und noch immer fiel Zhao Xing-des Name nicht. Er hatte sich abseits im Winkel an den Stamm einer der Sophoren gesetzt und verbrachte so die langen, für seine Ungeduld zu langen Stunden. Endlich überkam ihn eine leichte Müdigkeit und er schloß die Augen. Er verschränkte die Arme und legte den Kopf ein wenig zurück, kurzum, er machte es sich bequem. Dann und wann wurde ein neuer Name aufgerufen, doch bald drang die Stimme des Rufers nur noch von ferne an sein Ohr.

Und irgendwann war Zhao Xing-de eingeschlafen. Im Traum sah er sich vor den Kaiser zitiert. In der Prüfungshalle, in die man ihn führte, hatten zu beiden Seiten die mit ihren Amtsroben bekleideten höchsten Würdenträger Platz genommen; in der Mitte stand ein einzelner Stuhl. Ohne zu zaudern, ging Xing-de auf diesen Stuhl zu und setzte sich auf ihn. Im selben Augenblick bemerkte er, daß etwa vier Schritte vor ihm der Boden um eine Stufe erhöht war und daß dort ein dünner Vorhang herabhing.

»Was hältst du von He Liangs Vorschlag zur Grenzsicherung?«

Die Frage kam hinter dem Vorhang hervor. Es war eine ungewöhnlich tiefe Stimme.

Bei diesem sogenannten Vorschlag zur Grenzsicherung handelte es sich um eine Denkschrift zur Frage der Grenzgebiete, die He Liang, Inspekteur der Yong-xing-Armee und seinerzeit beauftragt mit der Untersuchung der Kolonisation in Ling-zhou, im dritten Jahr Zhi-dao (nach westlichem Kalender 997), also vor rund drei Jahrzehnten, dem damaligen Kaiser Zhen-zong vorgelegt hatte. Zu einer Zeit mithin, in der sich die Regierung der Xi-xia-Einfälle an der Westgrenze wegen in arger Bedrängnis befunden hatte. Die Schwierigkeiten mit den Xi-xia waren, wenn man weiter zurückging, schon seit den späten Jahren des Tai-zu, des ersten Kaisers der noch kaum gefestigten Song-Dynastie, zu einem großen Problem geworden, und als He Liang seine Inspektionsreise unternahm, hatte sich die Lage in den Grenzgebieten aufs äußerste zugespitzt. Aber auch danach blieb die Xi-xia-Frage ungelöst bis auf den jetzigen Tag.

Xi-xia war der Name eines kleinen, von tibetischen Tanguten errichteten Reiches, dessen Stämme seit langem den Osten der Wu-liang-Region erobert und besiedelt hatten. Wu-liang war ein Gebiet, in dem sich, wie man zu sagen pflegte, Barbaren und Chinesen mischten, und außer den Tanguten lebten dort auch Uiguren, Tibeter und verschiedene andere ethnische Minderheiten, von denen einige kleine Königreiche gegründet hatten; seit Tai-zongs Zeiten jedoch waren allein die Xi-xia erstarkt und übten ihren Druck nicht nur auf die übrigen Stämme aus, sondern fielen wiederholt in die chinesischen Westterritorien ein. Nach außen hin gaben sie sich stets als Vasallen der Song zu erkennen, nahmen jedoch Lehen auch von den seit langem mit China verfeindeten Khitan an, und dieses bald rebellische, bald unterwürfige Verhalten war unter den Kaisern der Song-Dynastie Anlaß zu ständiger Sorge. Die an Wuliang angrenzende Ling-wu-Region wurde fast Jahr für Jahr von den Reitertruppen der Xi-xia verwüstet, und das gerade in dem Jahr, bevor He Liang seinen Vorschlag zur Grenzsicherung einreichte, in einem solchen Maße, daß man bei Hofe sogar erwog, Ling-wu ganz aufzugeben.

In seiner Denkschrift nun hatte He Liang die geplanten Maßnahmen gegen die Xi-xia in drei Kategorien unterteilt, diese mit aller Strenge kritisch überprüft, dabei ihre Mängel schonungslos offengelegt und jede einzelne als untauglich verworfen. Es waren das die Vorstellungen, entweder Ling-wu zu räumen oder eine Strafexpedition zu unternehmen oder aber die Lage durch vorübergehende Kompromisse in der Hand zu behalten. Die Aufgabe von Ling-wu jedoch würde das Gebiet der Xi-xia vergrößern und die Gefahr heraufbeschwören, daß sie sich mit den übrigen westlichen Völkerschaften verbündeten; zudem müßte man auf die in der östlichen Wu-liang-Region gezüchteten Pferde verzichten. Eine Strafexpedition wiederum ließe sich mit der geringen Zahl an Grenztruppen und angesichts der unzureichenden Versorgung nur schwer verwirklichen. Kleinen Einheiten würden leicht die Nachschubwege abgeschnitten, und eine große Armee loszuschicken könnte von der Bevölkerung als zusätzliche Belastung aufgenommen werden. Mit der Politik der vorübergehenden Kompromisse schließlich wäre unter Umständen zwar für eine Zeitlang Frieden zu erhoffen; die Xi-xia aber, wilden Hunden und Wölfen gleich, würden sich dann vermutlich die in Wu-liang verstreut lebenden Kleinstämme einverleiben und damit zu einer um so größeren Bedrohung für die Zukunft Chinas werden. Tatsächlich hieße das, den Xi-xia in die Falle zu gehen, da diese nur darauf lauerten, daß die Song eine solche Haltung einnähmen.

Abschließend hatte He Liang seine eigene, ganz die Gegebenheiten berücksichtigende Ansicht vorgetragen: Man lege in einer der fruchtbaren Gegenden, die die Xi-xia bei ihren Plünderungszügen an der Westgrenze als vorgeschobene Basis benutzen, ein Fort an, warte dort, bis sich ihre Armee in Bewegung setzt, und gehe dann zum Angriff über. Wenn man bislang die Xi-xia in keinem Feldzug habe besiegen können, liege das daran, daß es nie zu einem Treffen mit der gegnerischen Hauptstreitmacht gekommen sei, und bei den Verfolgungsjagden durch die endlose Wüste habe man nur sinnlos die eigenen Truppen abgenutzt. Werde aber der Gegner dazu gebracht, von sich aus die Schlacht anzubieten, bereite es durchaus keine Schwierigkeiten, ihn zu vernichten. Und falls die Xi-xia nicht vorrücken sollten, baue man ein weiteres Fort, so daß man nun ihrer zwei habe, das eine als Burg, das andere als Außenschanze. Um ein einzelnes Fort zu halten, seien riesige Summen erforderlich; bei zweien hingegen könne man die mittellosen Bewohner des Landstrichs zur Ansiedlung bewegen. Hierauf ernenne man einen tüchtigen General, gebe ihm die entsprechende Besatzung an die Hand, und allmählich werde man diese Barbaren durch Güte und Vertrauen befrieden.

»... Wahr ist, daß die damals verantwortlichen Beamten He Liangs Ratschlag nicht akzeptierten, daß sie sich für die Politik der vorübergehenden Kompromisse entschieden, die er abgelehnt hatte. Was außerordentlich einfältig war, denn damit blieben die Probleme in den Grenzgebieten ungelöst bis auf den heutigen Tag. Ja, richtet man jetzt seinen Blick nach Westen, ist dort alles so gekommen, wie es He Liang vorausgesehen hat.«

Zhao Xing-de spürte, wie während dieser Verteidigungsrede für He Liang seine Stimme vor Erregung zu zittern begonnen hatte. Er bemerkte, wie rings um ihn Stühle umgeworfen wurden, wie man auf die Tische schlug, hörte Wutgeschrei und Schmährufe. Dennoch, er mußte die einmal angefangene Rede zu Ende führen.

»Inzwischen haben die Xi-xia alle benachbarten Barbarenstämme unterworfen, ihre Macht nimmt zu von Tag zu Tag, wirklich sind sie zu einer Bedrohung der Zukunft Chinas geworden. Wir sind daher gezwungen, ständig eine Armee von achthunderttausend Mann bereitzuhalten, deren Versorgung gewaltige Summen verschlingt; außerdem befindet sich das Aufzuchtgebiet für unsere Militärpferde in der Hand des Gegners, und wie die Dinge liegen, können wir noch nicht einmal ausreichend Ersatz dafür beschaffen.«

Zhao Xing-de sah, daß der Vorhang vor dem Platz des Kaisers gewaltsam beiseite gerissen wurde. Und sah im nächsten Augenblick eine Menge Männer auf sich zugestürzt kommen. Er versuchte sich zu erheben, doch aus irgendeinem Grunde waren seine Beine wie gelähmt. Er fiel vornüber.

Zhao Xing-de erwachte aus seinem Traum. Als er sich, mit dem Gesicht auf der Erde liegend, wiederfand, richtete er sich rasch auf und blickte um sich. Was sich in seinen Augen spiegelte, war ein menschenleerer Hof, auf den die heiße Sonne niederbrannte; in einer Ecke, ihn beobachtend, die Gestalt eines Beamten in der Robe. Xing-de wischte sich den Sand von den Händen und stand auf. Von den so zahlreichen Prüflingen, die eben noch den Hof bevölkert hatten, war jetzt kein einziger mehr zu sehen.

»Und das Examen?« fragte Xing-de, und es klang eher nach einem Murmeln. Der Mann in der Beamtenrobe starrte ihn verächtlich an; er erwiderte kein Wort. Da begriff Xing-de, daß er aus lauter Unachtsamkeit eingeschlafen war und daß er, während er träumte, er habe im Palast dem Kaiser Rede und Antwort gestanden, aus eigener Schuld die entscheidende Prüfung verpaßt hatte. Gewiß war auch sein Name aufgerufen worden, doch er, tief in den Schlaf versunken, hatte es nicht gehört.

Er wandte sich dem Ausgang zu. Er trat aus dem Kanzleigebäude und ging durch die kaum belebten, stillen Straßen im Regierungsviertel. Lief weiter von einer Gasse in die andere wie nicht bei Sinnen. Die Prüfung im Palast, nach dem Bestehen das Bankett in einer Reihe mit den Würdenträgern, die Feierlichkeit der Einkleidung und der Anrede

»Vortrefflicher im weißen Gewand« – dies alles hatte sich nun in leeren Wahn verkehrt.

Und plötzlich erinnerte er sich eines Gedichts von Meng Jiao:

> »Vom Frühlingswind beflügelt
> galoppiert mein Pferd,
> daß ich sie sehe an einem einzigen Tag,
> all die Päonien von Chang-an.«

Meng Jiao hatte hier besungen, was er, damals fünfzigjährig, in dem Augenblick empfand, als er die Nachricht erhielt, er habe das Dritte Staatsexamen bestanden. In Zhao Xing-des Umgebung blühten jetzt keine Päonien von Chang-an, nur die wilde Sommersonne umhüllte den Verzweifelten. Bedauerlicherweise sollte die nächste Prüfung erst in drei Jahren sein. Xing-de lief und lief. Allein daß er lief, hielt ihn aufrecht. Und ohne es recht zu bemerken, hatte er die Marktgegend vor der Mauer betreten. Durch die engen Gassen, über die die Abenddämmerung hereinzufallen begann, drängten sich ärmlich gekleidete Männer und Frauen. Zu beiden Seiten Läden, zumeist solche, die Eßwaren verkauften. Buden aneinandergereiht, in denen man Hühner- und Gänsefleisch in Pfannen dünstete oder briet. Und über der ganzen Gegend ein widerwärtiger, stickiger Geruch, gemischt aus brenzligem Öldunst und Schweiß und Staub. Manchmal Geschäfte auch, von deren Vordachtraufen Stücke von Hammel- und Schweinegeräuchertem hingen. Xing-de verspürte einen entsetzlichen Hunger. Seit dem Morgen hatte er keinen Bissen mehr gegessen.

Als er in die wer weiß wievielte Gasse einbog, sah er, daß sich vor ihm das Gedränge zu einer schwarzen Menschentraube zusammengeklumpt hatte. Ohnehin schon war hier das Gewirr noch ärger als anderswo, doch nun schien die schmale Gasse völlig unpassierbar. Über die Menschenmauer hinweg versuchte Xing-de einen Blick auf die Mitte des Auflaufs zu erhaschen.

Das erste, was ihm in die Augen fiel, war der entblößte Unterkörper einer Frau, die auf einer dicken, von Holzkisten gestützten Bohle lag. Er schob sich in die Menge hinein. Und jetzt konnte er an den Köpfen der vor ihm Stehenden vorbei den Oberkörper der Frau ausmachen. Sie lag da splitterfasernackt, kein Fädchen auf ihrem Leib. Daß dies keine Chinesin war, sah er sofort. Ihre Haut zwar war nicht gerade weiß zu nennen, besaß aber bei aller Fülle einen verführerischen Glanz, was Xing-de bisher noch nie begegnet war; die Backenknochen in dem nach oben gerichteten Gesicht traten kräftig hervor, das Kinn war spitz, die tiefliegenden Augen schimmerten dunkel.

Xing-de schob sich weiter nach vorn. Unmittelbar neben der hingestreckten Frau stand ein Mann, halbnackt und ein riesiges Messer in der Hand, der offensichtlich wütend auf die Zuschauer starrte.

»Na, kauft schon! Ihr könnt haben, welches Stück ihr wollt«, rief er, während er seine herausfordernden Blicke über die Menschen gleiten ließ. Da immerhin entstand einige Unruhe unter den Neugierigen, deren Augen von der ungewöhnlichen Ware einfach nicht loskamen.

»Euch hat es wohl die Sprache verschlagen, wie? So ein feiges Gesindel!« schrie er abermals. »Ist denn keiner unter euch, der zugreifen möchte?« Doch die Umstehenden sagten kein Wort.

Schließlich trat Xing-de aus der Menschenmauer. »Was ist eigentlich mit dieser Frau?« fragte er, weil er es anders nicht mehr ertrug.

Der Mann mit dem Messer in der Hand heftete seine stechenden Augen auf Xing-de und erwiderte: »Sie ist eine

Xi-xia. Eine Teufelin von Natur aus; erst verführt sie den Mann, und dann versucht sie, seine Frau umzubringen. Ich verkaufe ihr Fleisch stückweise. Du bekommst, worauf du Lust hast. Die Ohren, die Nase, die Brüste, die Schenkel oder was sonst, ich verkauf's dir. Der Preis ist derselbe wie für Schweinefleisch.«

Auch er, der so sprach, war kein Chinese. Seine Augen hatten einen Stich ins Blaue, goldfarben schimmerten die Haare auf seiner Brust. Die wulstigen braunen Schultern waren, vielleicht ein Abwehrzauber, mit seltsamen Tätowierungen geschmückt.

»Und sie ist einverstanden?« fragte Xing-de; doch ehe der Mann ihm antworten konnte, bewegte plötzlich die neben ihm liegende Frau ihre Lippen.

»Ja, ich bin einverstanden.«

Ihre Aussprache war holprig, die Stimme aber schrill und durchdringend. Unter den Zuschauern erhob sich ein erregtes Raunen. Xing-de vermochte nicht zu unterscheiden, ob sich die Frau in ihr Schicksal fügte oder ob sie aus trotziger Unverschämtheit so redete.

»Was seid ihr doch für ein erbärmliches Pack! Wie lange, zum Henker, wollt ihr noch warten? Wenn ihr nicht kauft, werde ich euch schon zum Kaufen bringen. Na, wie wär's mit einem Finger? Ein Finger zum ersten –!«

Im nächsten Augenblick, kaum daß der Mann die blitzende Klinge erhoben hatte, schlug das Messer mit einem dumpfen Ton auf das Brett; gleichzeitig damit entrang sich den Lippen der Frau ein Schrei, der halb ein Schmerzgebrüll und halb ein Stöhnen war. Xing-de sah frisches Blut aufspritzen. Er glaubte zunächst, der eine Arm, den sie sich über den Kopf gehalten hatte, sei abgetrennt. Aber nein, der Arm war heil geblieben. An zwei Fingern ihrer linken Hand fehlte ein Stück. Die Zuschauer wichen vor Schreck zurück, der Kreis erweiterte sich.

»Gut, ich kaufe sie«, rief Zhao Xing-de, ohne zu überlegen. »Ich kaufe sie im ganzen.«

»Du willst sie kaufen?« vergewisserte sich der Mann.

Unterdessen hatte sich die Frau, die bluttriefende Hand auf das Brett gestützt, mit einer raschen Bewegung aufgesetzt. Nun drehte sie ihr vor Wut brennendes Gesicht zu Xing-de herum. »Tut mir leid, im ganzen bin ich nicht zu haben. Zu dumm, daß Ihr uns Xi-xia-Frauen so verkennt. Wenn Ihr mich kaufen wollt, dann kauft mich Stück für Stück!« Hiernach fiel sie wieder nach hinten um.

Xing-de brauchte einige Zeit, um zu begreifen, was die Frau gemeint hatte. Als ihm klar wurde, daß sie seine Haltung mißverstanden hatte, sagte er zu ihr: »O nein, ich werde dich zwar kaufen, aber sonst will ich nichts von dir. Sobald ich dich von diesem Mann erstanden habe, magst du gehen, wohin es dir gefällt.«

Nun begann er mit dem Mann über den Kauf zu verhandeln. Die geforderte Summe war nicht eben hoch, die Sache rasch abgemacht. Xing-de nahm das Geld aus seiner Tasche und legte es auf das Brett: »Also laß sie laufen!«

Der Mann schrie und brüllte, während er das Geld einstrich, in einer unverständlichen Sprache auf die Frau ein. Gemächlich erhob sie sich von dem Brett.

Zhao Xing-de bahnte sich einen Weg durch die von dem überraschenden Ende der Geschichte wie benommen dastehenden Zuschauer und entfernte sich auf den Ausgang der Gasse zu. Er war ungefähr sechzig, siebzig Schritte gegangen, da hörte er sich von hinten her angerufen und drehte sich um. Eine Frau kam ihm nachgerannt. Es war ebenjene Xi-xia. Sie hatte sich das grobe Gewand der Nordbarbaren übergeworfen, ihre linke Hand war mit einem Stoffetzen umwickelt. Im Näherkommen sagte sie: »Es ist mir nicht recht, daß Ihr aus bloßer Gutmütigkeit Euer Geld für mich hergegeben habt. Nehmt dies dafür!

Mehr habe ich nicht.« Mit diesen Worten hielt sie ihm ein kleines Stück Tuch hin. Ihr Gesicht war bleich von dem Blutverlust.

Xing-de nahm das Stück Tuch, und als er es ausbreitete, war es mit seltsam geformten Schriftzeichen beschrieben, je zehn in drei senkrechten Zeilen. »Was ist das?« fragte er.

»Ich kann es auch nicht lesen. Vielleicht steht da mein Name, und wo ich geboren bin. In Urgai muß man so was haben. Weil ich es nicht mehr brauche, schenke ich es Euch.«

»Und was ist Urgai?«

»Habt Ihr nie von Urgai gehört? Urgai ist Urgai. Das bedeutet ›Juwelenschloß‹. Es ist die Hauptstadt von Xi-xia«, erwiderte die Frau, und die schwarzen Pupillen in ihren tiefen Augenhöhlen blitzten.

»Wer war eigentlich der Mann vorhin?« fragte Zhao Xing-de weiter.

»Ein Uigure. Er ist ein wahrer Schurke«, sagte sie, und indem sie Xing-de mit dem Stück Tuch in der Hand stehenließ, verschwand sie eilends in der Menge.

Zhao Xing-de setzte seinen Weg fort. Im Gehen spürte er, daß er irgendwie nicht mehr derselbe war wie zuvor. Was sich und auf welche Weise verändert hatte, vermochte er nicht deutlich auszumachen; jedenfalls schien ihm, ein Wesentliches in ihm sei gegen etwas völlig anderes ausgewechselt worden. Daß er bis vor kurzem noch an nichts als an das Staatsexamen gedacht hatte, kam ihm auf einmal entsetzlich töricht vor. Ja, er hielt es für lächerlich, sich der verlorenen Chance wegen so in Verzweiflung gestürzt zu haben. Die Szene, die er soeben erlebt hatte, stand in keinerlei Zusammenhang weder mit dem Studium noch mit Büchern. Sie war für ihn, zumindest mit den Kenntnissen, die er bisher besaß, schwer verständlich. Und dennoch ging von ihr eine Wirkung aus, stark genug, um all sein

Denken, seine Haltung zum Leben von Grund auf zu erschüttern.

Was mochte diese junge Xi-xia-Frau gedacht haben, als sie da auf dem Brett lag? Hatte es ihr nichts bedeutet, ermordet zu werden? Und was hatte sie dazu getrieben, es abzulehnen, daß ihr vollständiger Körper verkauft würde? Sollte es am Ende eine Art Ehrgefühl gewesen sein? Auch die Denkweise des Mannes, einen Menschen stückweise zu verkaufen, die Grausamkeit, mit der er der Frau die Finger abgehackt hatte – dies alles lag für Zhao Xing-de außerhalb seines Begriffsvermögens. Und die Frau hatte noch nicht einmal gezuckt! Das hatte etwas von solcher Tollheit und Raserei gehabt, daß es wie mit Krallen Xing-des Herz zusammenpreßte.

Am Abend, nachdem er in sein Quartier zurückgekehrt war, hielt Zhao Xing-de das Stück Tuch, das er von der Frau bekommen hatte, prüfend gegen das Licht der Lampe. Die wenigen, gerade eben dreißig Schriftzeichen besaßen zwar eine gewisse Ähnlichkeit mit den chinesischen, aber es waren keine, und noch nie hatte er dergleichen gesehen. Handelte es sich hier also um die Schrift aus dem Lande Xi-xia, aus dem jene Frau stammte? Jetzt zum erstenmal auch wurde ihm klar: die Xi-xia hatten also Schriftzeichen, die sie lediglich im Verkehr untereinander benutzten.

Während Zhao Xing-de das Stück Tuch hin und her wendete, tauchte das Gesicht des Beamten vor ihm auf, der in der Prüfungshalle den Vorsitz geführt hatte. Ein alter Mann, schon in den Sechzigern und, da er mit der Leitung des Examens beauftragt worden war, gewiß ein bedeutender Kopf, dessen tiefes Schriftwissen sich selbst aus seinen wenigen Bemerkungen leicht hatte erkennen lassen. Xing-de hatte den Greis einige Male in der Prüfungshalle gesehen, und das nur flüchtig; im übrigen wußte er nichts von ihm. Dennoch glaubte er, wenn überhaupt einer, so müßte dieser Alte imstande sein, die seltsamen Schriftzeichen zu entziffern.

Anderntags, er hatte in Erfahrung gebracht, daß der Alte Direktor des Ritenamtes war, begab sich Zhao Xing-de zu dessen Amtssitz. Die durch das versäumte Examen verursachte Qual war wunderbarerweise wie fortgewischt aus seinem Herzen. Als er sich zum drittenmal durch die Amtspforte bückte, wurde ihm endlich die Begegnung gestattet. Da trat Xing-de vor den Greis, zeigte ihm das bewußte Tuch und bat ihn, die Schrift darauf zu entziffern. Der Alte starrte eine ganze Weile und mit griesgrämiger Miene auf die Schrift und machte keine Anstalten, den Kopf zu heben. Xing-de legte ihm ausführlich dar, wie dieses Stück Tuch in seine Hände gelangt war.

Daraufhin blickte der Alte nun doch von dem Tuch auf und meinte: »Ich wunderte mich schon, denn diese Schriftzeichen sind mir allerdings fremd. Ich kenne die der Khitan und der Uiguren; daß die Xi-xia eine eigene Schrift besitzen, wußte ich nicht. Ich nehme an, sie haben sie erfunden, und zwar erst in jüngster Zeit. Eine wertlose Imitation der chinesischen Zeichen.«

Xing-de widersprach. »Wie auch immer, die Tatsache allein, daß ein Volk über eine Schrift verfügt, ist das nicht etwas von größter Bedeutung? Sollten die Xi-xia künftig an Macht gewinnen, wird man dort sämtliche aus dem Westen kommenden Bücher in dieser Schrift umschreiben. Alle Kultur, die das Land bisher nur passierte, wird dann zunächst einmal in ihm angestaut werden.«

Darauf, nach einigem Schweigen, sagte der Alte: »Mir scheint, da brauchen wir uns keine Sorgen zu machen. Ich kann mir nicht vorstellen, daß sich Xi-xia zu einem so mächtigen Reich entwickelt.«

»Aber ist Xi-xia nicht schon dadurch mächtig, daß es eine Schrift besitzt?«

»Das ist so Barbarenart. Sobald sie ihr Territorium ein wenig vergrößert haben, imitieren sie sogleich die anderen Völker und gebärden sich wer weiß wie stolz. Sie sind und bleiben Barbaren, diese Xi-xia. Kein besonders befähigtes Volk.«

»Im Gegenteil, sie haben zweifellos das Zeug zu einer großen Nation. Und irgendwann werden sie, wie es He Liang formulierte, zur Bedrohung Chinas werden.«

Xing-de spürte, daß er ohne jede Unsicherheit gesprochen hatte. In dem Traum, den er im Hof der Kanzlei geträumt, hatte er auf den Mißerfolg der von den verantwortlichen Beamten gegenüber den Xi-xia betriebenen Politik verwiesen; doch jetzt, dessen war er sich bewußt, lag in seinen Worten ungleich mehr Gewicht und Substanz. Hatte nicht sogar jene Frau, der er auf dem Markt begegnet war, etwas von dem gehabt, aus dem Xi-xias Größe erwachsen könnte? Die seltsame Gelassenheit, das Leben für nichts zu erachten, kam doch wohl kaum aus der Natur dieses einen Menschen allein. Zweifellos war sie wie die dunklen Augen, die die Frau gehabt hatte, allen aus dem Volk der Xi-xia angeboren.

»Jedenfalls«, sagte der alte Mann frostig, »habe ich jetzt anderes zu tun.« Er drängte ihn zu gehen. Er war, wie Xing-de begriff, über seine Worte verstimmt. So mußte sich Xing-de damit begnügen, durch diesen Besuch nicht mehr erfahren zu haben, als daß es sich auf dem Tuch um in China noch unbekannte Schriftzeichen handele.

Dem greisen Beamten schien die Schrift der Xi-xia eher gleichgültig gewesen zu sein; Zhao Xing-de indessen kam von den zufällig in seine Hände geratenen dreißig Schriftzeichen so leicht nicht los. Ob er schlief oder wachte, ständig sah er sie nun vor seinem inneren Auge schweben.

Eigentlich war es für Zhao Xing-de längst sinnlos geworden, sich noch in der Hauptstadt aufzuhalten; nur vermochte er sich merkwürdigerweise nicht zur Abreise durchzuringen. Nicht weil es ihn bedrückt hätte, daß er den heimatlichen Boden nicht in Glanz und Glorie betreten konnte. Auch fühlte er keine Enttäuschung mehr über die versäumte Prüfung. Selbst die Absicht, sich ein zweites Mal dem Staatsexamen zu unterwerfen, war inzwischen verflogen. Statt des Gedankens daran hatte sich etwas völlig anderes in sein Herz gesenkt.

Mehrmals jeden Tag holte er das bewußte Stück Tuch hervor, um die darauf geschriebenen seltsamen Zeichen zu betrachten. Nach der kurzen Erklärung der Frau zu urteilen, mochte es sich um ein amtliches, im Land der Xi-xia erforderliches Schriftstück handeln, etwa um einen Ausweis zur Person oder um einen Passierschein. Gewiß, dergleichen würde nicht ausreichen, um die Bedeutung der Schriftzeichen zu entschlüsseln; dennoch wollte es Xing-de scheinen, als läge in ihnen ein unendlich tiefer Sinn verborgen, wie ihn all die chinesischen Klassiker nicht hätten. Sooft er auf die Zeichen starrte, trat ihm die nackte Fülle jener Xi-xia-Frau vor die Augen, ihr Anblick damals auf dem Markt.

Irgendwie, das spürte er, mußte er diese dreißig Schriftzeichen enträtseln. Um sie zu lesen, würde er keine noch so großen Mühen scheuen. In den vergangenen Jahren war er von dem Gedanken an das Dritte Staatsexamen besessen gewesen; jetzt, da er sich davon wie von einem Dämon befreit hatte, grub sich statt dessen der Gedanke an das Land der Xi-xia in ihn ein. Die Begierde, ihre Schrift lesen zu lernen, das Verlangen, seinen Fuß auf ihre Erde zu setzen. Ja, er wollte hingehen und mitten unter ihnen leben.

Zwei Wochen ungefähr nachdem er der Xi-xia-Frau auf dem Markt begegnet war, entschloß sich Zhao Xing-de zum Aufbruch. Wie es nun um ihn stand, dachte er nicht mehr im entferntesten an He Liangs Vorschlag zur Grenzsicherung oder daran, daß die Xi-xia künftig für China eine große Bedrohung darstellen würden. Die Xi-xia waren für ihn jetzt einfach ein Volk, das über die Geheimnisse des Nordens verfügte, Geheimnisse wie jene Schriftzeichen, die er nicht lesen konnte, oder wie die Gefühle jener Frau, die er nicht hatte begreifen können. Es mußte dort, unvorstellbar für Leute seinesgleichen, ein kraftvoll in sich Ruhendes, dazu Kostbares geben, das wie ein Elixier alle Existenz durchdrang. Und seine Hoffnung war, er würde, wenn er dorthin reiste, dieses Etwas mit seinen eigenen Händen berühren können. Die Begegnung mit der Frau auf dem Markt hatte seine ihm angeborene Leidenschaft, sich immer nur auf eines zu konzentrieren, in eine völlig neue Richtung gelenkt. Zhao Xing-de war an einem Punkt angelangt, an dem er seine Sehnsucht, sich in das Land der Xi-xia zu begeben, nicht mehr zu bändigen wußte.

2.

Zu Beginn des fünften Jahres Tian-sheng traf Zhao Xing-de in einer Siedlung in der Nähe von Ling-zhou ein. Im Frühsommer zuvor hatte er die Hauptstadt Kaifeng verlassen, es war also seitdem fast ein halbes Jahr vergangen. Bei dem Ort, in dem er sich jetzt befand, handelte es sich um die am weitesten vorgeschobene Militärbastion Song-Chinas; bis vor wenigen Jahren ein namenloser Weiler von einigen zwanzig Häusern, hatte er sich inzwischen zu einer neuen burgartigen Stadt entwickelt, die überfüllt war mit Soldaten und sich neuerdings ansiedelnden Einheimischen. Ling-zhou, der frühere Stützpunkt und seit der Tang-Zeit Sitz der Nordkommandantur, lag von hier aus etwa fünfzig Meilen nach Norden zu; doch diesen hatten vor fünfundzwanzig Jahren die Xi-xia erobert.

Westwärts dehnten sich die unter dem Han-Kaiser Wu-di eroberten vier He-xi-Distrikte, das heißt »die westlich des Gelben Flusses gelegenen«, sowie das Wu-liang-Gebiet. Sie bildeten die Verbindung zwischen dem eigentlichen China und den sogenannten Westländern, und nach der Han-Zeit hatten sich dort lange Zeit die vorgeschobenen Basen für die chinesischen Westunternehmungen befunden. Anfangs war diese Verbindung von der in Liang-zhou stationierten He-xi-Kommandantur kontrolliert worden; später hatte dies der in Sha-zhou stationierte Gui-yi-Militärbefehlshaber übernommen. Wie auch immer, es war dies eine von China beherrschte Region gewesen. Als jedoch in der Folgezeit die Turfan und die Uiguren sich ihrer bemächtigten, wurde sie zu einem Außengebiet, auf das sich nun der chinesische Einfluß nicht mehr erstreckte. Gegenwärtig hatte sich eine Vielzahl fremder Völkerschaften untereinander zusammengeschlossen und verschiedene kleine Königreiche aufgerichtet. Und am stolzesten auf ihre Stärke und ihre Erfolge waren die Xi-xia, die ihren Hauptstützpunkt in Xing-qing besaßen. Außer den Xi-xia hatte sich ein Teilstamm der Turfan in Liang-zhou festgesetzt, Uiguren standen in Gan-zhou, und ganz im Westen in Sha-zhou herrschte eine aus Chinesen bestehende Gruppierung, die die alte Bezeichnung Kommandantur der Gui-yi-Armee beibehalten hatte.

Es wollte Zhao Xing-de seltsam erscheinen, daß er sich in dieser nördlichen Garnison, in die er gekommen war, noch auf chinesischem Boden befand. Chinesen gab es nur sehr wenige, und die sie an Zahl um ein Vielfaches übertreffenden Angehörigen jener fremden Völkerschaften lebten, jede Gruppe für sich, in kleinen Dörfern innerhalb der von einer Mauer umgebenen Stadt.

Auf dem Weg hierher hatte Xing-de einige der dieser Garnison unterstellten sieben Außenposten passiert, aber überall waren die Wachmannschaften mit zahlreichen Andersstämmigen durchsetzt gewesen, so daß er das Gefühl gehabt hatte, in ein fremdes Land geraten zu sein.

Im vergangenen Halbjahr war Zhao Xing-de nach und nach mit den Sprachen der verschiedenen Völker vertraut geworden. Unterwegs hatte er einen jungen Chinesen kennengelernt, der Türkisch und Tangutisch sprach, und die gemeinsame Weiterreise war eine gute Gelegenheit gewesen, sich im Sprechen zu üben. Auch von den Sprachen der Uiguren, der Xi-xia und der Turfan wußte er inzwischen einige Brocken, genug jedenfalls, daß er sich durchzuschlagen vermochte. Nur war es ihm noch nicht gelungen, irgendwelche Xi-xia-Schriftzeichen vor die Augen zu bekommen. Und bisher hatte er noch keine Möglichkeit gefunden, mit Sicherheit festzustellen, ob die Xi-xia nun eine eigene Schrift besaßen oder nicht. Die auf chinesischem Gebiet lebenden Xi-xia konnte man genaugenommen nicht als Xi-xia bezeichnen. Zweifellos floß in ihren Adern tangutisches Blut, aber sie gehörten nicht zu jenen Xi-xia, die sich jetzt zu einer Nation verbanden und über kurz oder lang bedrohlich stark werden würden. Es handelte sich lediglich um unwissende Eingeborene, die entweder in die Struktur des Reiches Xi-xia nicht einbezogen oder davon sogar ausgeschlossen waren. Und ebensowenig wie als wirkliche Xi-xia galten sie als Chinesen.

Zhao Xing-de mietete sich einen Raum in einem Tempel, der im Nordwesten innerhalb der Mauern lag, und verdiente sich seinen Lebensunterhalt als Schreiber, indem er für die Einwohner die Erklärungen über die jährlichen Steuern und Frondienste ausfertigte. So wollte er die Zeit bis zum Frühling verbringen, die Schneeschmelze abwarten und dann in das Wu-liang-Gebiet aufbrechen. Es schneite vier Tage lang im Januar, sechs im Februar und drei im März.

Selbst jetzt, mitten im Winter, herrschte in der Stadt, der bald einziehenden, bald abrückenden Truppen wegen, größte Unruhe. Die Einheiten bestanden aus einem bunten Gemisch aus allen möglichen Völkerschaften.

Das von den Xi-xia als Hauptstützpunkt benutzte Xing-qing lag ungefähr hundert Meilen entfernt von hier. Es war das »Urgai«, von dem jene Frau damals auf dem Markt vor den Mauern von Kaifeng gesprochen hatte. Seit einigen Jahren nun machten die Xi-xia von Xing-qing keine Anstalten mehr, die chinesische Armee offen anzugreifen, und diese wiederum nahm umgekehrt die gleiche Haltung ein. Tatsächlich hatten die Xi-xia mit der Unterwerfung der benachbarten Fremdvölker zu tun und waren deshalb zu einer Auseinandersetzung mit Song-China nicht aufgelegt. Und China seinerseits fürchtete, bei einem Konflikt mit den Xi-xia könnte es zu einem Eingreifen der Khitan kommen, und die waren die gefährlicheren Gegner. Dennoch, die Lage war so gespannt, daß es durchaus nicht verwunderlich gewesen wäre, wenn sie plötzlich zu einem gewaltigen Zusammenstoß der beiden Armeen geführt hätte.

Der Winter verging, und eines Tages, als die fruchtbare Ebene rings um die Stadt von den ersten Strahlen der Frühlingssonne erglänzte, beantragte Zhao Xing-de bei den Beamten der örtlichen Militärverwaltung die Einreiseerlaubnis nach Liang-zhou. Während des Winters hatte er mit einigen uigurischen Karawanenkaufleuten verhandelt, und sie hatten insgeheim verabredet, daß er gemeinsam mit ihnen nach Liang-zhou reiten würde. Drei Tage nachdem er den Antrag eingereicht hatte, erhielt er ihn zurück, jedoch mit dem Stempel »Nicht genehmigt«.

In Liang-zhou saß ein Volksstamm, der sich, wie man glaubte, von den Turfan herleitete und den Clansnamen Zhe-bu trug. Er hatte einen kleinen Stadtstaat gebildet, und neben Angehörigen verschiedener anderer Völkerschaften lebten in und außerhalb der Mauern fünfhundert chinesische Familien, die Landwirtschaft betrieben. Im äußersten Osten der He-xi-Distrikte gelegen, stellte die Stadt einen wichtigen Knotenpunkt der Verbindungswege dar; zudem war sie seit alters berühmt für die Aufzucht edler Pferde, und man pflegte zu sagen: »Die Tiere von Liang-zhou sind der Reichtum Chinas.« Deshalb hatte es zwischen den benachbarten Fremdvölkern und den Einheimischen immer wieder kriegerische Auseinandersetzungen um diesen Platz gegeben. Auch die Xi-xia schickten nicht nur einmal ihre Truppen aus, um ihn zu erobern. Im achten Jahr Da-zhong-xiang-fu (nach westlichem Kalender 1015) verjagten sie die mächtigen Familien aus Liang-zhou und nahmen die Stadt vorübergehend unter ihre Kontrolle; im folgenden Jahr jedoch kamen die Uiguren den Einwohnern zu Hilfe: Sie griffen die Xi-xia-Truppen an, und diese zogen sich notgedrungen zurück. Aber auch danach unternahmen die Xi-xia Jahr für Jahr neue Überfälle, brannten die Häuser nieder und raubten die Pferde. Und wenn sie sich dabei nicht für länger festsetzten, so deshalb, weil eine völlige Inbesitznahme zweifellos die davon am meisten betroffenen Chinesen zu einem Gegenschlag herausgefordert hätte.

Kurzum, Liang-zhou war für alle, für Song-China wie für die Xi-xia und die in Gan-zhou ansässigen Uiguren, ein überaus wichtiger Platz. Die Song und die Xi-xia waren weitgehend von den hier gezüchteten Pferden abhängig, und die Uiguren erzielten erhebliche Gewinne daraus, daß sie ihnen die Tiere verkauften.

Sollte es zu einer allgemeinen Konfrontation zwischen den Xi-xia und China kommen, wäre Liang-zhou der Punkt, an dem sich die Kämpfe entzündeten. Insofern waren alle, die die Lage im Grenzgebiet kannten, der gleichen Meinung. Und da es gerade im Augenblick so schien, als stünde die endgültige Eroberung von Liang-zhou durch die Xi-xia unmittelbar bevor, andererseits die Song-Armee aber, um das zu verhindern, ihre Aktivitäten von Tag zu Tag verstärkte, hatte man Zhao Xing-des Antrag auf eine Einreise nach Liang-zhou abgelehnt.

Nun war es durchaus nicht so, daß ihm diese Situation unbekannt gewesen wäre, nur konnte sich Zhao Xing-de ungeachtet aller Truppenbewegungen nicht vorstellen, daß der Ausbruch des Krieges bevorstand. In Liang-zhou lebten zahlreiche Xi-xia zusammen mit den Eingeborenen, mit Chinesen und Angehörigen anderer Völker, und es hieß, man könne von dort aus ungehindert in die Xi-xia-Hauptstadt Xing-qing reisen. Für Xing-de, als einen Chinesen, war es unmöglich, auf direktem Wege nach Xing-qing zu gelangen; wäre er aber erst einmal in Liang-zhou, würde er es von dort aus schon irgendwie schaffen.

Eines Morgens noch vor Tagesanbruch schlich sich Xing-de aus dem Haus und führte sein Pferd durch die Hinterpforte des Tempels ins Freie. Es war, seit seiner Abreise aus Kaifeng, das dritte Pferd; er hatte es in Huan-zhou erstanden. Während er sich daranmachte, seine Habseligkeiten aufzupacken, tauchte ein Tempelbediensteter auf und fragte ihn, was er eigentlich vorhabe. Xing-de wandte sich zu dem Mann um, der dastand wie ein Schatten im Zwielicht, und erzählte ihm freimütig, daß er nach Liang-zhou reisen und sich deshalb unter die uigurischen Kaufleute einer Karawane mischen wolle.

Der Mann erschrak. Eindringlich starrte er auf Zhao Xing-des kleine und hagere Gestalt. »Wenn du das tust und sie entdecken dich, werden sie dir den Kopf abschlagen«, sagte er.

»Hätte ich Angst, meinen Kopf zu verlieren, wäre ich zu überhaupt nichts imstande«, erwiderte Zhao Xing-de. Natürlich rechnete er mit Gefahren, doch Furcht empfand er nicht. »Hilf mir lieber, meine Sachen auf das Pferd zu binden.« Er deutete auf das Gepäck, das vor ihm auf der Erde lag. Es auf den Pferderücken zu heben war für ihn, den körperlich Schwachen, im Augenblick das größere Problem.

Als der Himmel im Osten hell zu werden begann, schloß sich Zhao Xing-de der Karawane der Uiguren an, die sich auf das Stadttor zu bewegte. Sie bestand aus zwanzig Kamelen und dreißig Pferden. Xing-de ritt ganz am Schluß der Kolonne. Einen ordentlichen Passierschein besaß er nicht, doch hatte er auf Anraten des uigurischen Karawanenführers dafür gesorgt, daß dieser den wachhabenden Soldaten eine Rolle Hang-zhou-Seide überreichen konnte, und so kam er ohne Schwierigkeiten durch das Tor.

Die Karawane zog auf der Straße durch die Ebene direkt nach Westen zu. So weit das Auge reichte, war das Land aufs beste bestellt. Bis in die Ferne sah man frisch knospende Bäume stehen. Aber sowie der Mittag herankam, hatte sich die Landschaft in eine einförmig aschgraue Welt verwandelt. Nirgends traf der Blick mehr auf irgend etwas Grünes. Und obwohl kein Lufthauch wehte, war der rückwärtige Teil der Karawane unter dem zu Wolken aufgewirbelten Staub völlig verschwunden. Gegen Abend erreichte die Karawane das Stromgebiet des Gelben Flusses. Den zweiten Tag über zog sie parallel zum Fluß, aber in einigem Abstand, dahin. Am dritten Tag gelangten sie auf die Hochebene am He-lan-Gebirge. Am Nachmittag des vierten Tages schließlich stieg sie von der Hochebene hinab in einen wasserreichen, fruchtbaren Landstrich. Und nachdem sie am fünften Tag von dort aufgebrochen war, traf sie auf die Wüste, den schwierigsten Abschnitt auf dieser Strecke.

Zwei Tage lang schob sich die Karawane durch die Wüste voran. Dann endlich lag auch das hinter ihr und sie kam in eine wieder begrünte Gegend, schon nahe bei Liang-zhou. Am Hang eines sanften Hügels hatte man das letzte Lager aufgeschlagen, als plötzlich mitten in der Nacht die Männer der Karawane von dem fernen Geräusch vorüberziehender gewaltiger Reiterkolonnen aus ihren Träumen gerissen wurden.

Erschrocken sprang Zhao Xing-de aus dem Zelt, und er sah, daß da Hunderte, Tausende, ja eine schier nicht abschätzbare Zahl von Reitersoldaten unterwegs waren. Es schien kein Mond, doch lag so etwas wie ein milchig schimmernder Dunstschleier über der Gegend, und durch diesen Dunst fluteten, einem großen Strom vergleichbar, die schwarzen Kolonnen der Berittenen in Richtung Liang-zhou. Kolonne auf Kolonne, dicht hintereinander.

»Eine Schlacht! Das bedeutet eine Schlacht!«

Sobald sie begriffen hatten, daß keine Kolonne mehr nachfolgte, begannen die Uiguren, die bis dahin den Atem angehalten hatten, ein wildes Geschrei. Gleichzeitig wurden die Zelte zusammengeschlagen, die Kamele und Pferde herbeigeführt. Um das erste Morgengrauen, in einer Eiseskälte wie im Winter, verlud man hastig das Gepäck.

Die Karawane war eben dabei aufzubrechen, nun nicht mehr nach Liang-zhou, sondern nach Norden zu, da hörten die Männer abermals das Wiehern und Hufegetrappel von unzähligen Kriegsrossen. Zwar blieben die Reiter auch diesmal in einiger Entfernung von der Karawane, doch fatal war, daß sie nach Norden jagten, in dieselbe Richtung, die die Karawane einschlagen wollte. Es ließ sich nicht ausmachen, ob die Schlacht also im Norden oder im Süden tobte. Ebenso unklar war, ob die Berittenen jetzt und in der Nacht zuvor zu den eigenen oder zu den Truppen des Gegners gehörten.

Den ganzen Tag über zog die Karawane bald hierhin, bald dahin. Wandte sie sich nach Süden, erschienen Truppen von Süden her; wandte sie sich nach Norden, kamen ihr von Norden Truppen entgegen. Und in Ost und West war es nicht anders. Von keiner Einheit ließ sich mit Bestimmtheit sagen, aus welchem Land sie stammte. Und so wie der Karawane, der sich Zhao Xing-de angeschlossen hatte, erging es auch einigen anderen Karawanen, die durch ständigen Richtungswechsel den Armeen auszuweichen versuchten. Man sah sie in der Ferne zu Füßen oder an den Hängen der Hügel, Reihen von winzigen Punkten.

Nach einem Tag vergeblichen Hin- und Herziehens wartete die Karawane der Uiguren an einem ähnlichen Hang wie nachts zuvor den Abend ab. Die Männer traten zusammen und berieten, und am Ende beschlossen sie, die ursprüngliche Route nach Liang-zhou zu nehmen. Tief in der Nacht setzte sich der lange Zug aus Kamelen, Pferden und Treibern westwärts in Bewegung.

Noch immer war, bald ferner, bald näher, das Gestampfe

der sich bekriegenden Reitertruppen zu hören, doch die Karawane ließ sich davon nicht beirren und blieb bei der eingeschlagenen Richtung. Plötzlich, als schon der Morgen graute, brach in der Karawane die Hölle los. Die Pferde bäumten sich auf, die Kamele versuchten davonzujagen. Ringsum ging ein Hagel von Pfeilen nieder.

Inmitten der Verwirrung, die unerwartet über die Karawane gekommen war, befahl der oberste Uigure seinen Leuten, sie sollten alles, Kamele, Pferde und Gepäck, im Stich lassen und sich nach Liang-zhou durchschlagen. Augenblicklich gaben die Männer ihre Tiere frei und verstreuten sich westwärts über die Ebene.

Nur Zhao Xing-de blieb bei seinem Pferd. Er brachte es nicht übers Herz, sich von ihm zu trennen; außerdem enthielt das Gepäck auf dem Rücken des Pferdes alle für ihn lebensnotwendigen Dinge, ohne die er nicht einen Tag hätte auskommen können. Und indem er das beladene Tier an der Leine faßte, lief er los. Er wäre gern aufgesessen, doch mußte er es vermeiden, zur Zielscheibe für die Pfeile zu werden.

Sowie die Sonne einigermaßen aufgegangen war, erkannte Xing-de, daß er sich auf einer Düne aus mit Salz vermischtem hellem Sand befand. Je nachdem, wie die Sonne darauf fiel, glitzerte der Sand mal blau, mal weiß. Er ließ das Pferd rasten, dann aß er, was er bei sich hatte. Da sah er aus der Richtung, aus der er gekommen war, eine Herde von Kamelen und Pferden herantraben. Zunächst glaubte er, es handele sich um eine Karawane, doch bewegte sie sich, hatte er den Eindruck, ohne jede Ordnung, scheinbar führungslos.

Als die Tierherde näher kam, sprang Xing-de verwundert auf. Tatsächlich waren es jene Kamele und Pferde, die die Uiguren morgens in der Ebene zurückgelassen hatten. Sie drängten sich bis dicht an ihn heran; hierauf blieben sie wie selbstverständlich stehen. Eines der Kamele hatte einen Pfeil im Rücken stecken.

Zhao Xing-de verzichtete auf eine weitere Rast und begann von neuem loszugehen, die herrenlosen Tiere folgten ihm. Diesmal übernahmen er und sein Pferd die Spitze des langen Zuges. Am Nachmittag hörte er irgendwo in der Ferne wildes Kriegsgeschrei. Ihm schien, er müsse sich in der Nähe des Schlachtfeldes befinden. Die Landschaft war hier ein welliges Auf und Ab von sanften Hügeln; vermutlich hatte er einen Punkt unmittelbar vor Liang-zhou erreicht. Aber nirgends konnte er etwas entdecken, das nach einer befestigten Stadt aussah.

Immerhin fand er in einer Art Schlucht zwischen zwei flachen Hügeln eine von wenigen Bäumen umstandene Quelle; er ließ die Tiere weiden und richtete sich, obwohl es dazu eigentlich noch zu früh war, sein Lager. Er war so erschöpft, daß er keinen Schritt mehr tun konnte. Von den schrägen, noch immer starken Strahlen der Sonne beschienen, schlief er im Gras ein.

Wie viele Stunden vergangen sein mochten – er wußte es nicht. Er erwachte von dem erbärmlichen Klagen der Kamele und von dem Wiehern der Pferde. Die Umgebung war hell erleuchtet, so daß er zu träumen meinte. Dabei war es natürlich Nacht; dennoch, die Leiber der Kamele und Pferde vor ihm standen da in einer Röte, wie von der Sonne versengt. Auch war ein Geschrei zu hören, von dem die Erde erzitterte; mit einer eher schwermütigen Deutlichkeit traf es an Xing-des Ohr.

Er rannte auf den Hügel hinauf. Von oben sah er, wie in der Ebene, nicht allzu weit entfernt, eine mächtige Feuersäule zum Himmel aufloderte. Und von diesen Flammen beschienen, stürmten mehrere Kolonnen von Berittenen vor. Vermutlich fand im Zentrum der Ebene die Schlacht zwischen den beiden Hauptstreitkräften statt; doch für

Xing-de wurde nur ein Ausschnitt daraus sichtbar, die Szene der wohlgeordneten Attacke, wenn die Kolonnen aus dem Dunkel hervorstürzten ins Licht, um aus dem Licht wieder ins Dunkel hinein zu verschwinden.

Plötzlich verdoppelte sich die Helle, die auf der Gegend lag. Auf dem Nachbarhügel zur Rechten war mit einem Male eine neue Feuersäule aufgestiegen. Und jetzt erscholl ganz in der Nähe ein Gebrüll, wie man es menschlichen Stimmen nicht zugetraut hätte. Gleich darauf sah Xing-de einige hundert Reiter von Westen nach Osten über einen unmittelbar vor ihm liegenden Hügel jagen, konnte deutlich sogar ihre gegen die Pferdehälse geneigten Gestalten erkennen. Auch aus allen Tälern ringsum drang das wilde Kriegsgeschrei.

Xing-de rannte zu seinem Lagerplatz zurück, faßte sein Pferd an der Leine und lief augenblicklich los. Die anderen Pferde und die Kamele folgten ihm. Er mußte auf jeden Fall heraus aus dem Kampfgebiet. So dachte er, aber in Wahrheit wußte er nicht, wohin. Überall war es hell. Rings um ihn hatten sich heftige Gefechte entwickelt, Männer und Pferde, unzählige, brandeten wütend gegeneinander. Verzweifelt versuchte Xing-de, einen dunklen Platz zu erreichen. Doch überall tobte die Schlacht. Ob im Schein von den Feuern oder umgeben von der Schwärze der Nacht, es machte keinen Unterschied. Wenn es irgendwo dunkel war, flogen plötzlich mit einem kalten, durchdringenden Zischen die Pfeile über ihn hin.

Als Xing-de begriff, daß sie sich, er selber, die Pferde und die Kamele, in einer Situation befanden, gegen die er allen Anstrengungen zum Trotz nichts auszurichten vermochte, verlangsamten sich auf einmal seine Schritte, und fast gemächlich trottete er weiter, wohin ihn seine Füße trugen. Was immer ihm unterwegs in die Quere käme, er wollte keine Ausweichversuche mehr unternehmen. Daß ihm auf diese Weise Schlimmeres widerfahren könnte, hielt er jedenfalls für ausgeschlossen. Sein Pferd an der Leine führend, geriet er bald in die Helle der zum Himmel auflodernden Feuersäulen, bald wieder verschlang ihn die Dunkelheit, während er unverändert und ohne Eile in jene Richtung zog, von der er glaubte, daß es sich um Westen handeln müsse. Er durchquerte Gegenden, in denen wild verstreut die Toten lagen, er stieg hügelauf und hügelab und stapfte durch Sümpfe.

Bei Tagesanbruch sah Zhao Xing-de in einiger Entfernung eine mächtige Stadtmauer aufragen. Hier und da stieg schwarzer Rauch hinter der Mauer empor und verdunkelte den Himmel über ihr. Doch schwarz verschmiert war nur diese eine Stelle dort, der übrige Himmel hingegen ausgefüllt mit einer ungewöhnlichen Röte. Xing-de zählte die Tiere, die ihm folgten, und ließ sie rasten. Außer seinem eigenen Pferd hatten ihn, treuen Gefolgsleuten gleich, sechs Kamele und zwölf Pferde bis hierher begleitet. Die Gegend ringsum war erstaunlich still.

Zhao Xing-de gönnte sich eine ausgedehnte Ruhepause. In der Stadtmauer befand sich rechter Hand ein Tor, und er konnte beobachten, wie eine in Abteilungen gegliederte Armee dort in die Stadt einrückte. Trupps von Berittenen und von Fußsoldaten wechselten miteinander ab, und es brauchte eine ganze Zeit, bis sie alle das Tor passiert hatten.

Sowie er bemerkte, daß keine weitere Abteilung mehr folgte, setzte er sich an die Spitze seiner Tierarmee und marschierte auf das Stadttor zu. Kaum war er jedoch ein Stück vorangekommen, da hielt er abermals inne. Etwa dreihundert Schritte vor ihm tauchte ein neuer Schwarm von Soldaten auf. Auch sie waren offenbar im Begriff, in die Stadt einzurücken. Wieder nahmen sie zunächst in geordneten Formationen Aufstellung.

Zhao Xing-de beschloß, den Einzug dieser Soldaten nicht

mehr abzuwarten, sondern vor ihnen die Stadt zu betreten. Mit seinen Pferden und Kamelen bewegte er sich auf das Stadttor zu, blieb, als er davor angekommen war, für einen Augenblick stehen, um noch einmal die Tiere zu zählen, und durchschritt dann das große, aus Steinen errichtete Tor.

Kaum hatte er seinen Fuß in die Stadt gesetzt, stieg ihm der auf den Schlachtfeldern übliche, mit Leichengeruch vermischte Gestank in die Nase. Unmittelbar hinter dem Tor führte die Straße bergauf, und als er an ihrem oberen Ende den weiten Platz erreichte, lagerten dort überall Soldaten.

»Was ist das für eine Armee?« fragte Zhao Xing-de als erstes einen chinesisch aussehenden Soldaten, der ihm entgegenkam.

»Wieso?« Der Soldat musterte ihn mit einem grimmigen Blick. Gleichzeitig stürzten einige andere herbei und schrien auf chinesisch: »Macht die Straße frei!« Woraufhin Xing-de, wie ihm befohlen wurde, seine Tiere in einen Winkel des Platzes führte. Soeben hielten die Formationen, die er vor dem Tor gesehen hatte, ihren Einzug in die Stadt.

»Wo bin ich hier eigentlich?« wandte sich Xing-de jetzt an einen Soldaten, der neben ihm stand.

»Wieso fragst du das?« Wieder starrte ihn auch dieser Soldat mit finsterer Miene an. Nicht lange, und Xing-de sah, wie einige der Soldaten auf ihn zukamen, um ihn gefangenzunehmen. Irgendwo innerhalb der Mauern schien es zu brennen, vor dem Wald im Hintergrund begann dicker Rauch aufzusteigen. Xing-de wurde von seinem Tiergefolge getrennt, an beiden Armen gepackt und fortgeschleppt. Die Straßen waren überall eng und holperig. Bald ging es durch ein regelloses Gewirr kleiner Gassen und Häuser, das Händlerviertel vermutlich, und als sie dies hinter sich hatten, gelangten sie in eine stille Gegend, in der die Gebäude zu beiden Seiten mit langen Lehmmauern eingefaßt waren. Das mußte, bevor die Kriegsfackel sie heimgesucht hatte, eine wohlhabende, friedlich wirkende und zugleich geschäftige Stadt gewesen sein. Xing-de kam in immer neue Straßen, doch außer den Soldaten, denen man überall begegnete, bemerkte er keinen einzigen und als Einwohner erkenntlichen Zivilisten.

Schließlich wurde Zhao Xing-de auf das von hohen Mauern umschlossene Gelände eines Herrensitzes gebracht. Hier standen locker verstreut eine Menge Häuser, jedes von genügend freiem Raum umgeben und alle mit Soldaten belegt. Vor einem der Gebäude hieß man Xing-de warten.

Im Nu sah er sich von einer Horde Soldaten umringt, ausnahmslos Chinesen. Sie besaßen dieselben Gesichtsmerkmale wie Zhao Xing-de, dieselbe Hautfarbe wie er und verstanden seine Sprache, aber von China hatten sie offenbar nicht die geringste Ahnung.

Zhao Xing-de wandte sich an einen unmittelbar vor ihm stehenden Soldaten und fragte ihn, wo seine Heimat sei; doch dieser nannte ihm einen Ort, von dem Xing-de noch nie gehört hatte, und zudem, als hielte er eine solche Frage überhaupt für eine Beleidigung, versetzte er Xing-de plötzlich einen Fausthieb. Behutsam sprach Xing-de hierauf einen anderen Soldaten an. Indessen, auch diesmal war die Quittung dafür die gleiche. Ohne jeden Grund wurde Xing-de zu Boden geschlagen.

Und dabei blieb es; sobald Xing-de den Mund aufmachte, bezog er Prügel. Womit er das verdient hatte, begriff er nicht. Währenddessen tauchte von irgendwoher ein etwa achtundzwanzig-, neunundzwanzigjähriger Mann auf, dem Aussehen nach ein Hauptmann. Er trat vor Xing-de hin, und nun war er es, der die Fragen stellte: wie er heiße, woher er stamme und wie er hierher gekommen sei.

Xing-de erwiderte auf alles frei heraus. Dennoch erhielt er bei jeder Antwort einen Hieb. Und sooft er den wilden Schlag auf Kinn oder Wange verspürte, war ihm, als schwebten plötzlich seine Füße auf und sein Körper würde in der Luft zu einem steifen Stock, der sich allmählich neigte, um dann erleichtert längelang auf den Boden zu fallen. Xing-de beschloß, nichts mehr zu sagen. Es hat, dachte er, keinen Sinn; sie wollen mich nicht verstehen. Nachdem sie ihn genügend zusammengeschlagen hatten, rissen sie ihm zu guter Letzt noch die Kleider vom Leib und steckten ihn in eine Soldatenuniform. In diesem neuen Gewand war er, wie er begriff, in nichts mehr von den Soldaten ringsum zu unterscheiden. Hierauf brachte man ihn in ein anderes, nahegelegenes Anwesen. Auch dort wimmelte es von Soldaten. In Gruppen, jeweils zu dritt oder viert, standen sie im Hof und aßen.

Xing-de hatte sich in einen Winkel des Hofes zu stellen. Sogleich war er wiederum von einer Menge umringt. Aus Furcht, geschlagen zu werden, sagte er kein Wort. Da trat einer an ihn heran, streckte ihm einen Weizenfladen hin und meinte: »Iß das, aber schnell. Wir marschieren ab.«

»Und wohin?« fragte Xing-de.

Doch das wußte der Soldat nicht. Nur daß eine Schlacht mit der Armee der Uiguren sie erwartete. Wohl oder übel mußte Xing-de einsehen, daß man ihn zu einem Soldaten gemacht hatte, und dabei hatte er noch immer keine Ahnung, in welcher Stadt er sich eigentlich befand und wessen Soldaten das waren, die ihn umstanden.

An diesem Abend blieb Zhao Xing-de befreit von der Teilnahme an der Schlacht gegen die Uiguren, von der jener Soldat gesprochen hatte. Die ihm zugeteilte Aufgabe bestand darin, zusammen mit zehn anderen Soldaten draußen vor der Stadt die Pferdeweiden zu bewachen. Hier endlich erfuhr er, daß es sich bei der Armee, in die man ihn gepreßt hatte, um die nur aus Chinesen gebildete Vorausstruppe der Xi-xia handelte, daß diese Stadt das endgültig dem Reich Xi-xia einverleibte Liang-zhou war und daß die Schlacht in der Nacht zuvor uigurischen Truppen gegolten hatte, die Liang-zhou zu Hilfe kommen wollten.

Gefaßt selbst auf einen Zusammenstoß mit der Song-Armee, hatten die Xi-xia ihre Truppe zum entscheidenden Sturm auf Liang-zhou angesetzt, und nach kaum drei Tagen war die Stadt in ihre Hände gefallen.

Zhao Xing-de, einfacher Soldat in der Chinesen-Truppe der Xi-xia, verbrachte so vom Frühling an das fünfte Jahr Tiansheng in Liang-zhou und feierte hier auch den Anbruch des folgenden sechsten Jahres.

Seit er nach Liang-zhou gekommen war, hatte er innerhalb der Mauern nichts als Soldaten gesehen. Von den Bürgern, die bis zur Eroberung durch die Xi-xia in Liang-zhou gewohnt hatten, waren die Tauglichen sämtlich in die Xi-xia-Armee eingereiht worden, die nicht verwendungsfähigen Alten sowie die Frauen und Kinder hatte man vor die Stadt umgesiedelt, wo sie Ackerbau betreiben oder in den feuchten Niederungen die Tiere weiden mußten.

Liang-zhou besaß einen fruchtbaren Boden, gut für Feldfrüchte, und wenn man nur einen Schritt vor die Mauer trat, breitete sich vor einem das herrlichste Ackerland. Die Xi-xia verfügten hier über die bedeutendste Kornkammer westlich des Gelben Flusses. Außerdem galten die in dieser Gegend aufgezogenen Pferde als die besten unter dem Himmel; ihnen folgten die Pferde aus dem chinesischen Huan-qing, während diejenigen aus Qin und Wei zwar von großem Wuchs waren, aber als Kriegspferde den Fehler hatten, daß es ihnen an Wendigkeit mangelte. Nördlich der Stadt erstreckten sich, so weit das Auge reichte, die Aufzuchtgründe. Wenn man auf die Stadtmauer stieg, sah man in der Ferne unzählige Pferde, in Dutzenden von Herden über die riesigen Weideflächen verteilt. Um sie zu überwachen, brauchte man eine Menge Leute. So hatten die Xi-xia bei der Eroberung von Liang-zhou keinem der Einwohner ein Haar gekrümmt, sondern die einen zu Soldaten gemacht und alle übrigen zur Arbeit auf die Äcker und Weiden geschickt.

Tatsächlich war dies nicht das Schicksal der Leute von Liang-zhou allein; auch die Xi-xia selber wurden auf die gleiche Weise behandelt. Sobald die jungen Xi-xia-Männer fünfzehn Jahre alt waren, traten sie ausnahmslos in den Militärdienst ein und kamen entweder in die reguläre Armee oder sie wurden als sogenannte Pflichtleistende im Gefolge der Armee zu allerlei Aufgaben herangezogen. Jeder reguläre Soldat erhielt Pferd und Waffen und besaß eine volle Montur. Und wer keinen Militärdienst leistete, hatte in den fruchtbaren Landstrichen bei Ling-zhou und Xing-qing auf den Äckern zu arbeiten.

Die Stärke der regulären Armee, die in die Gegend von Liang-zhou vorgerückt war, wurde auf fünfhunderttausend Mann geschätzt. Hinzu kamen hunderttausend Mann in Einheiten, die aus ehemaligen Kriegsgefangenen verschiedener Völkerschaften bestanden, ferner fünfundzwanzigtausend Mann in Ling-zhou und Xing-qing und siebzigtausend entlang der Grenze.

Die chinesische Einheit, zu der Zhao Xing-de gehörte, galt als Voraustruppe der regulären Armee; sie wurde von lauter verwegenen Kerlen gebildet, die man unter den Chinesen ausgewählt hatte. In der Schlacht kämpfte diese Einheit stets in vorderster Linie. Die Soldaten waren teils Kriegsgefangene gewesen, teils stammten sie aus Familien, die seit alters in der Gegend wohnten; aber ohne Rücksicht auf solche Unterschiede hatte man hier nur mutige und kampferprobte junge Männer zusammengefaßt. Und rein zufällig war Zhao Xing-de, als er am Tag nach der Schlacht in die Mauern von Liang-zhou hereingewankt kam, in diese Einheit geraten.

Fast täglich hatte Zhao Xing-de an den Kampfübungen draußen vor der Mauer teilzunehmen. Er war hager von Gestalt und von Natur aus schwächlich, doch zeigte er bei den Übungen großen Eifer. Denn angenommen, man hätte ihn als Soldat für untauglich erklärt, wäre er über den Gelben Fluß geschickt und dort zur Urbarmachung der Wüste eingesetzt worden. Mochte es ihn also auch einigermaßen hart ankommen, lieber blieb er als einfacher Soldat in Liang-zhou, statt hinüber in die menschenleere Einöde zu gehen.

In diesem einen Jahr war Zhao Xing-de in drei Schlachten gegen die Uiguren von Gan-zhou dabeigewesen. Und jedesmal hatte er schließlich das Bewußtsein verloren, war zweimal schwer verwundet worden, doch stets mit seinem Pferd zur Truppe zurückgekehrt. Die Xi-xia pflegten nämlich, um nicht einmal im Tod vom Pferd zu fallen, sich mittels eines Eisenbügels auf dem Tierleib zu sichern. War dann die Schlacht vorbei, fanden sich in der Regel bei der Armee viele Pferde ein, auf deren Rücken Tote, Verletzte oder Bewußtlose festgebunden waren.

Zhao Xing-des Aufgabe war es, mit einer am Pferdesattel befestigten Wirbelwindschleuder blindlings auf die feindlichen Linien einzustürmen, sie mit einem Steinhagel zu überschütten und durch sie hindurchzujagen. Er war zu schwach, um im Reiten eine Waffe zu schwingen; zur Bedienung der Schleuder hingegen brauchte es keine Kraft, ja seine hagere Gestalt und sein geringes Körpergewicht machten ihn erst recht zu einem guten Schleuderschützen.

In allen drei Schlachten war Zhao Xing-de als Schleuderschütze eingesetzt gewesen; den Kopf an den Pferdehals geduckt und ohne einen Blick nach vorn zu werfen, hatte er sich nur auf das Abschleudern der Steine konzentriert. Sich mitten unter die Feinde zu stürzen war selbst für einen, der sein Leben für nichts erachtete, ein gewaltiges Unterfangen; Xing-des Pferd jedoch jagte mit dem leichtgewichtigen Reiter im Sattel auch ohne Peitsche voller Ungestüm durch sie hindurch. Und jedesmal war Zhao Xing-de dann ohnmächtig geworden, um erst wieder zu sich zu kommen, nachdem man ihn im eigenen Lager vom Pferderücken losgebunden hatte. Wie er dem Getümmel entronnen war und zu seiner Truppe zurückgefunden hatte, wußte er selber nicht.

Beim dritten Mal hatte er mehrere Hiebwunden erhalten, und als er aus seiner Bewußtlosigkeit aufwachte, konnte er sich, während ihn die Kameraden versorgten, an eine Verwundung überhaupt nicht erinnern. Vermutlich hatte er sie in bereits bewußtlosem Zustand abbekommen. Nach solchen Erfahrungen wollte ihm scheinen, eine Schlacht sei keine besonders schwierige Sache. Er hatte das Gefühl, wenn er nur seine Steine verschösse, dürfe er, da ihm danach wohl ohnehin die Sinne schwänden, alles übrige getrost dem ihm innewohnenden Schicksal überlassen. Daß er aus den feindlichen Linien heraus und zurück zu seiner Truppe käme, darum würde sich das Pferd schon kümmern.

An freien Tagen, an denen es nicht aufs Schlachtfeld ging, lief Xing-de umher und suchte jemanden, der sich auf die Schrift der Xi-xia verstünde. Aber keiner in seiner Einheit besaß solche Kenntnisse. Niemand wußte überhaupt, daß es diese Schrift gab. Vielleicht beherrschte sie der eine oder andere unter den höheren Offizieren; nur daß sich ihm, dem einfachen Soldaten, die Gelegenheit böte, einen Offizier anzusprechen, das konnte er nicht erhoffen. Und die Vorgesetzten aus jenen Rängen, mit denen sich gelegentliche Berührungen ergaben, waren noch nicht einmal imstande, Chinesisch zu lesen, geschweige denn die Schrift der Xi-xia.

In Ling-zhou und Xing-qing saßen zahlreiche Regierungsbehörden, gab es viele Bürger, die Handel trieben, und gewiß würde man dort die Schrift als etwas Alltägliches benutzen; in Liang-zhou indessen, diesem ausgesprochenen Frontstützpunkt, hatten die Leute mit Schrift nicht das geringste zu tun.

Als der Frühling des sechsten Jahres Tian-sheng herannahte, Zhao Xing-de also bereits ein volles Jahr gegen seinen Willen in Liang-zhou lebte, verstärkte sich in der Truppe das Gerücht, es werde demnächst zu einem großangelegten Feldzug gegen Gan-zhou kommen. Und jeder hielt das für durchaus einleuchtend. Nachdem sie das Gebiet von Xing-qing und Ling-zhou und letzthin das in chinesisches Territorium hineinreichende Liang-zhou erobert hatten, war es für die Xi-xia selbstverständlich, als nächstes ihre Hand nach Gan-zhou auszustrecken, wo die Uiguren ein kleines Königreich errichtet hatten, das jede Gelegenheit zu feindseligen Aktionen nutzte. Auch Xing-de war davon überzeugt, daß die Truppen für eine Eroberung von Gan-zhou in Kürze zusammengezogen würden.

Gegen Ende des dritten Monats setzte plötzlich vor den Mauern der Stadt eine heftige Betriebsamkeit ein. Täglich trafen von überall her neue Truppenteile ein, um draußen zu biwakieren. Wenn man nachts auf die Mauer stieg, sah man die sich im Südosten erstreckende weite Ebene, die bis in die Ferne mit Lagerfeuern bedeckt war. Auch die verschiedenen in der Stadt einquartierten Einheiten waren eifrig damit beschäftigt, ihre Ausrüstung und ihre Waffen zu richten. Eines Tages zu Anfang des Vierten Monats hatten die Einheiten aus der Stadt auf dem Platz vor der Mauer Aufstellung zu nehmen. Li Yuan-hao, Oberbefehlshaber der Armee und ältester Sohn des Xi-xia-Königs Li De-ming, inspizierte Abteilung für Abteilung. Und die Inspektion jeder einzelnen brauchte Zeit.

Da die Chinesen-Einheit, zu der Zhao Xing-de gehörte, zuletzt an der Reihe war, mußten er und seine Kameraden vom frühen Morgen bis gegen Abend ausharren, ohne sich von der Stelle zu rühren.

Als Li Yuan-hao endlich mit ihrer Überprüfung begann, ging im Westen gerade die Sonne unter, und der letzte Abendschein rötete den Platz, auf dem Xing-de und seine Kameraden standen, dazu auch alles andere, das man von dort aus überblickte, die Stadtmauer, die sich nach Osten dehnende feuchte Niederung und im Westen die Ebene. Auf Xing-de machte der junge Oberbefehlshaber der Xi-xia, den er bisher nur dem Namen nach kannte und jetzt zum erstenmal zu Gesicht bekam, einen vornehmen Eindruck. Er mochte vier- oder fünfundzwanzig Jahre alt sein. Von kleiner Statur von wenig über fünf Fuß, besaß er gleichwohl eine Würde, die einen in die Knie zwang. Und auch Li Yuan-haos Gestalt, von der untergehenden Sonne übergossen, flammte rot auf.

Während er langsam die Reihen der Einheit entlangschritt, betrachtete Li Yuan-hao jeden einzelnen mit einem musternden Blick vom Scheitel bis zur Sohle. Sobald er damit zu Ende war und bevor er vor den nächsten trat, bedachte er den Soldaten mit einem feinen Lächeln. Es war ein so gütiges Lächeln, daß es jedem einzelnen Soldaten davon warm ums Herz wurde. Ja, in seinen Blicken lag eine so wunderbare und bezaubernde Kraft, daß in jedem der Wunsch erwachte, für diesen Mann bereitwillig selbst das eigene Leben zu opfern.

Wie merkwürdig, dachte Zhao Xing-de in diesem Augenblick: jetzt bin ich also der Untergebene Li Yuan-haos. Da habe ich um seinetwillen unter Todesverachtung an Schlachten teilgenommen und bin dabei, für ihn abermals in den Kampf zu ziehen. Merkwürdig auch erschien ihm, daß er dagegen nicht die geringste Abneigung empfand.

Nach Abschluß der Inspektion und dem Wiedereinrükken in die Stadt wurde Zhao Xing-de zu Zhu Wang-li befohlen, der sein unmittelbarer Vorgesetzter war und das Kommando über hundert Mann innehatte. Zhu Wang-li hatte die Vierzig bereits überschritten, aber man erzählte sich, er habe in vorderster Linie unzählige rühmliche Waffentaten vollbracht, und was seine Kühnheit betreffe, so könne ihm keiner das Wasser reichen.

»Ich habe gehört«, sagte Zhu Wang-li, »auf deiner Uniform stünde dein Name geschrieben.« Dabei glitt sein Blick forschend über Xing-des Gewand, bis er endlich auf einer Stelle haften blieb. »Ist das dein Name?« fragte er und wies auf die in den Stoff eingeschriebenen Schriftzeichen »Zhao Xing-de«.

»Ja«, erwiderte Xing-de.

»Wenn ich lesen und schreiben könnte, würde ich es gewiß weiterbringen. Es mag einer noch so viele Ruhmestaten hinter sich haben, solange er nicht lesen und schreiben kann, wird er kein großer Mann. Von jetzt an will ich dich besonders im Auge behalten, und wenn es nötig ist, kommst du zu mir und liest mir die Befehle vor, die das Hauptquartier herumschickt.«

»Aber gern – wenn es um Befehle geht.« Und bei dieser Antwort dachte Xing-de, daß es nicht übel wäre, mit einem so mutigen Vorgesetzten näher bekannt zu werden.

»Dann lies mir doch das hier vor!« Zhu Wang-li zeigte auf ein Stück Tuch, das er in der Hand hielt.

Xing-de trat neben Zhu Wang-li und sah es sich an. Das waren keine chinesischen Schriftzeichen. Das war eindeutig Xi-xia-Schrift, ähnlich zwar, aber eben kein Chinesisch. Eine wunderliche Schrift, deren Sinn Xing-de einfach nicht zu enträtseln vermochte, wie sehr er sich auch anstrengte.

Als er erklärte, er könne das nicht lesen, da es sich nicht um chinesische Schriftzeichen handele, meinte Zhu Wang-li: »So, du kannst nur Chinesisch lesen?« Warf ihm einen verächtlichen Blick zu und schrie: »Was willst du also noch? Scher dich fort!«

Xing-de gehorchte nicht. »Das ist Xi-xia-Schrift. Bringt mich mit einem zusammen, der sich darauf versteht, und in zwei, drei Tagen kann ich das lesen. Die Xi-xia-Schrift zu lernen, wünsche ich mir schon lange. Oder laßt mich nach Xing-qing gehen. Da würde ich Euch bald von Nutzen sein.«

»Hm.« In Zhu Wang-lis alles durchdringenden Augen blitzte es, und unverwandt sah er Xing-de an. »Gut, wenn diese Schlacht vorbei ist und du sie überlebt hast, werde ich den Kommandeur bitten, daß er dich die Xi-xia-Schrift lernen läßt. Ich bin ein Mann, der hält, was er verspricht. Wenn ich überlebe und du überlebst, werde ich auf alle Fälle mein Versprechen erfüllen. Verlaß dich darauf!«

Nun stellte Xing-de seinerseits eine Frage. Er wollte gern wissen, wieso Zhu Wang-li, obwohl des Lesens unkundig, die Schriftzeichen auf seiner Uniform bemerken konnte.

»Das war nicht ich, sondern Li Yuan-hao.« Und damit schwieg er.

Seit diesem Vorfall wurde Zhao Xing-de gelegentlich zu Zhu Wang-li gerufen und mit besonderen Aufgaben betraut. Daß er lesen und schreiben konnte, schien den Hauptmann zu beeindrucken und ihm zugleich eine gewisse Achtung abzuringen.

Um die Mitte des Fünften Monats eröffnete die Armee unter dem persönlichen Kommando von Li Yuan-hao den Angriff auf Gan-zhou, den Hauptstützpunkt der Uiguren. Am Abend bevor die Einheit als Voraustruppe in Marsch gesetzt werden sollte, mußte Xing-de abermals vor Zhu Wang-li erscheinen.

»Ich werde dich in die mir unterstellte Truppe aufnehmen. Bisher hat sie noch in keiner Schlacht eine Niederlage eingesteckt. Achtzig von hundert sind gefallen, aber der Rest holte sich den Sieg. Es liegt mir daran, daß du dabei bist«, erklärte Zhu Wang-li. Xing-de war nicht gerade begeistert, andererseits aber auch nicht abgeneigt.

»Wenn wir in der bevorstehenden Schlacht siegen, will ich meiner Truppe einen Gedenkstein errichten. Und dich werde ich den Text schreiben lassen.«

»Wo wollt Ihr ihn aufstellen?«

»Weiß ich's? Vielleicht in der Wüste, vielleicht in einem Dorf bei Gan-zhou; das kann ich doch jetzt noch nicht sagen. Wir werden eine so wilde Schlacht schlagen, daß die meisten von unserer Truppe fallen, und wenn wir am Ende gesiegt haben, wird dort der Stein aufgestellt.«

»Aber wenn wir fallen, was dann?«

»Wer denn? Meinst du mich?« Zhu Wang-lis von Natur aus kalte Augen funkelten. »Freilich, auch ich könnte fallen. Sollte ich sterben, wirst du den Stein errichten.«

»Und sollte ich sterben?«

»Das wäre ein Unglück, weil dann nichts daraus würde. Also sieh zu, daß es dich nicht erwischt! Nur wirst du wahrscheinlich doch fallen. Bisher hat es noch jeden getroffen, der am Abend vor dem Abmarsch mit mir sprach. Da wird es dir nicht anders ergehen.«

Xing-de fand es abscheulich, wie sein neuer Hauptmann mit ihm redete. Andererseits, mochte der ihm auch auf den Kopf zusagen, daß er wahrscheinlich fallen würde, so große Angst vor dem Sterben hatte er wiederum nicht. Und als er fragte, ob er für den Gedenkstein chinesische oder Xi-xia-Schriftzeichen verwenden solle, brüllte ihn Zhu Wang-li an: »Natürlich chinesische, du Dummkopf! Wir sind schließlich keine Xi-xia. Die Xi-xia-Schrift brauchst du nur, wenn es darum geht, die Befehle zu lesen.«

Es hieß, Zhu Wang-li habe ursprünglich zu einer Song-Einheit gehört, die einst in Ling-zhou stand; bei der Eroberung der Stadt durch die Xi-xia sei er von diesen gefangengenommen worden und diene seitdem in der Voraustruppe der Xi-xia. So jedenfalls das Gerücht. Ihn selber danach zu fragen schien keinem ratsam. Er schäme sich, sagte man, dieser Vergangenheit, und wenn einer davon anfange, gerate er in solche Wut, daß er unberechenbar werde.

Zhao Xing-de mochte den alternden Haudegen.

3.

Der Abmarsch der zum Angriff auf Gan-zhou ausrückenden Xi-xia-Armee aus Liang-zhou brauchte volle vierundzwanzig Stunden, vom frühen Morgen des einen Tages bis zum Anbruch des nächsten. Die Gesamtstreitmacht von zweihunderttausend Mann war in über zehn Armeekorps gegliedert, die in Abständen von ein, zwei Stunden den Tag über und die Nacht hindurch nacheinander das aus Stein und Lehm gefügte Stadttor von Liang-zhou verließen und durch die nördlich der Stadt gelegene feuchte Niederung westwärts davonzogen. Bei jedem Korps bildeten die Berittenen die Spitze, ihnen folgten in langen Reihen die Fußsoldaten, schließlich einige hundert Kamele, die mit der Verpflegung beladen waren.

Zhao Xing-de, der Voraustruppe zugeteilt, gehörte zu dem als erstem abmarschierenden Korps. Die Voraustruppe bestand aus verschiedenen Einheiten, deren jede sich zur Hälfte aus Chinesen und im übrigen aus einem Gemisch von Asha, Tanguten und sonstigen Völkerschaften zusammensetzte. Sobald sie die Niederung hinter sich hatte, geriet sie wechselweise in Landstriche mit zahlreichen Sanddünen und Geröll oder in morastige Gegenden, und vom Nachmittag des Abmarschtages an gestaltete sich das Vorrücken außerordentlich mühsam.

Von Liang-zhou bis Gan-zhou war es eine Wegstrecke von fünfhundert chinesischen Meilen. Dazwischen flossen von den Qi-lian-Bergen an die zehn Flüsse in die Trockengebiete, wo sie Oasen bildeten. Am ersten Tag biwakierte das Korps am Ufer des Jiang-ba, am zweiten Tag am Ufer des Tan-shan und am dritten auf den Steinen eines namenlosen Flusses, von wo aus die Berge ganz nahe zu sehen waren. Diese Nacht hindurch heulte unablässig der Wind, daß es wie ein Donnern klang. Am Morgen des vierten Tages erreichten die Truppen das Ufer des Shui-mo und vom Nachmittag des fünften an zogen sie durch eine im Süden und Norden von hohen Bergen überragte Schlucht. Nach Verlassen dieser Schlucht legte das Korps am sechsten einen Ruhetag ein. Von hier aus war die Wegstrecke bis hin nach Gan-zhou weitgehend eben. In Schlachtformation nahmen die Truppen den Vormarsch wieder auf. Sie bewegten sich über ein ödes, völlig baumloses Hochplateau. Am siebenten und achten Tag lagerten sie nahe bei schlammig gelben Flußläufen, die sich tief in den vielschichtigen Lößboden eingegraben hatten. Vom siebenten Tag an wurden Wachposten aufgestellt.

Am neunten Tag kehrten die Kundschafter zurück, die dem Korps zwei Tagesmärsche voraus gewesen waren. Sie berichteten, die Uiguren seien mit einem großen Heer im Anrücken, um der Xi-xia-Armee entgegenzutreten, woraufhin die Soldaten der Kampftruppe ihre schwere Ausrüstung ablegten und nur noch die Waffen bei sich trugen.

Am Morgen des zehnten Tages sahen die Xi-xia-Soldaten, wie sich von den Hängen einer flachen Hügelkette herab in einem breiten Band Gruppen von schwarzen Punkten näherten. Sogleich erging an die gesamte Armee der Befehl zur Eröffnung der Feindseligkeiten. Die fünf Abteilungen der Voraustruppe, alles Berittene, schlossen im Vorrücken zu langen Kolonnen von zwanzig Pferdebreiten auf. Die Fußsoldaten und der Troß folgten in besonderen Formationen als Nachhut.

Bald darauf bewegten sich die Reihen der beiden Heere über die offene, von Dünen sanft gewellte Wüste aufeinander zu. Xing-des Einheit befand sich, von der Spitze der Kolonne aus gerechnet, ungefähr am Ende des ersten Drittels, gut hundert Mann unter Zhu Wang-lis Kommando und mit je zwei gelbfarbigen Dreieckstandarten vorn und hinten.

Bevor sie einigermaßen auf Sichtweite heran waren, ritten beide Heere in völligem Schweigen. Und es brauchte ziemlich lange, bis die staubkorngroßen schwarzen Punkte allmählich anwuchsen und man Roß und Reiter deutlich zu erkennen vermochte. Als zögen sich die Heere gegenseitig an, schrumpfte Schritt für Schritt die Entfernung zwischen ihnen.

Plötzlich dröhnten die Schlachttrommeln. Im selben Augenblick wirbelten von den Hufen dicke Staubwolken auf, so daß Zhao Xing-de nichts mehr sah. Er konnte seinem Pferd nur noch die Zügel schießen lassen. Wilde Schreie erschollen ringsum, wieder und wieder streifte ihn ein Pfeil, ein Stein. Die beiden Reiterkolonnen, kaum daß sich ihre Spitzen berührt hatten, begannen in den Strom der jeweils gegnerischen Reihen hineinzujagen. Die einen durchdrangen die Schlachtordnung der anderen; lediglich daran, daß er in entgegengesetzter Richtung ritt, war der Feind auszumachen.

Wie einen mächtigen, unerschöpflichen Fluß sah Zhao Xing-de zu seiner Rechten wie zu seiner Linken Uigure auf Uigure herangaloppieren. Die meisten hatten die Zügel völlig fallengelassen; die Schenkel an die Pferdeleiber gepreßt, fast auf den Pferden stehend, spannten sie mit beiden Händen ihre Bogen. Zhao Xing-de duckte sich, wie er es gewohnt war, an den Pferdehals, bediente seine Wirbelwindschleuder und verschoß die Steine. Unaufhörlich zischten die Pfeile an ihm vorbei; Wutgeheul und das angstvolle Wiehern der Pferde, dazu Sand und Staub in dichten Schwaden erfüllten die Luft. Menschen und Tiere stießen unter den wie ein Regen auf sie niederprasselnden Steinen und Pfeilen aufeinander, flohen, brachen die Knochen, wälzten sich auf der Erde. Zhao Xing-de ritt, was er konnte, aber dieses Getümmel schien nirgends zu enden.

Auf einmal begriff er, daß es um ihn hell geworden war. Er hatte das Gefühl, als wäre er aus einer schauerlichen, stockdunklen Höhle jählings hinausgestoßen worden in eine Welt, auf die die Sonne niederstrahlte. Unwillkürlich wandte er sich um. Dicht auf ihn folgte mit grimmigem Dämonengesicht Zhu Wang-li.

Ihre Einheit war durch das Treffen hindurch- und davongejagt. Schon wirkte das ferne Getümmel in Zhao Xing-des Augen wie eine Szene aus einem Tagtraum. Und während die Reiter auf den Kampfplatz zurücksahen, von dem sie kamen und auf dem die beiden Heere noch immer wie unentwirrbar miteinander rangen, zogen sie einen weiten Halbkreis. Als dabei sein Pferd über einen kleinen Hügel trabte, stockte Xing-de plötzlich der Atem: Drüben auf der anderen Seite zog eine Reihe gegnerischer Reiter, die sich wie sie aus dem Getümmel entfernt hatten, einen ebensolchen Halbkreis; wieder ritten ihrer beider Spitzen wie magnetisch angezogen aufeinander zu, und Schritt für Schritt schrumpfte die Entfernung zwischen ihnen.

Die beiden Einheiten prallten erneut zusammen, schoben sich ineinander. Im Nu befand sich Zhao Xing-de mitten in einem Hexenkessel. Diesmal war es ein Kampf Mann gegen Mann. Die Schwerter blitzten, unter wildem Gebrüll stürzte man sich auf den Gegner. Aber wie beim vorigen Mal, gleichsam angetrieben von einer fatalistischen Entschlossenheit, flossen die beiden Ströme von Tieren und Reitern, jede in eine andere, in die entgegengesetzte Richtung, durcheinander hindurch. Zhao Xing-de hatte die Wirbelwindschleuder fortgeworfen; er schrie, ohne daß ihm klar war, warum, er schwang sein Schwert und galoppierte in die Flut der unablässig vor ihm auftauchenden Uiguren.

Und abermals wurde er aus dem Getümmel hinausgestoßen in eine riesige weiße Leere. Da schien eine strahlende Sonne, da lagen Hügel, Sand und Staub wirbelten auf, und im blauen Himmel schwammen die Wolken. Vor und hinter ihm Berittene; ihre Reihen jedoch hatten sich gelichtet. Nur die wenigsten in seiner Nähe kannte er vom Sehen. Er hielt Ausschau nach Zhu Wang-li, konnte ihn indessen nirgends entdecken. Und während er seinem Pferd die Sporen gab, ließ Xing-de seinen Blick über die Ebene schweifen.

Dort waren jetzt zwei Kampfplätze, aus denen sich Reihen von Berittenen lösten, um wie von Kokons abgespulte Fäden bald in Halbkreisen, bald in Parabeln die Ebene zu durchkurven, sich zu strecken, zu überkreuzen oder völlig freie Linien zu ziehen. Und das Gewirr sowohl auf den Kampfplätzen als auch auf den von den Reitern gezeichneten Linien kam für keinen Augenblick zur Ruhe, es bewegte sich, es lebte.

Xing-des Einheit beschrieb auch diesmal einen weit angelegten, sanften Bogen, und dabei waren die Augen aller auf jene beiden Kampfplätze in der Ferne gerichtet. Die Überlebenden suchten zum dritten Mal den Feind, aber er wollte sich ihnen nicht stellen. Die Uiguren waren nicht mehr imstande, sich nach dem zweimaligen Treffen erneut zu formieren.

Die Einheit ritt um das Schlachtfeld herum, überließ die beiden weiter auf Tod und Leben ringenden Knäuel von Menschen und Tieren sich selber und jagte westwärts davon. Sobald sie sich genügend weit entfernt hatte, wurde eine erste Pause eingelegt. Zhao Xing-de spürte, wie sein Pferd plötzlich stehenblieb und der eigene Körper sich gleichzeitig seitwärts aus dem Sattel neigte. In einem seltsamen Winkel kamen der blaue Himmel und die Fläche des weißen Sandes vor seine Augen. Und dann, er hing jetzt kopfüber vom Pferd, schob sich mit blutverschmiertem

Gesicht eine Männergestalt wie einer der Wächtergötter in sein Blickfeld. »Na«, sagte der Mann, ein Berittener, »lebst du also doch noch?«

Die Stimme klang bekannt. Sie gehörte Zhu Wang-li.

Nun war es an Zhao Xing-de zu fragen: »Und Ihr, habt Ihr es demnach auch überlebt?«

Mit einem »Kerl, was machst du nur für eine jämmerliche Figur!« wurde Zhao Xing-de wieder hinauf in den Sattel gezerrt.

Er starrte den Hauptmann an. »Ich bin ja so froh, daß Ihr lebt.«

»Genau das wollte ich sagen«, meinte Zhu Wang-li in einem geradezu herzlichen Tonfall. »Sie stellen jetzt die Vorhut für den Sturm auf Gan-zhou zusammen. Ich bin auch dabei. Und dich werde ich mitnehmen.«

Wieder fiel Zhao Xing-de aus dem Sattel. Die Schreie vom Schlachtfeld waren noch immer zu hören, nur ferner und leiser.

Bald darauf wurden aus den Überlebenden dreitausend Mann ausgewählt und sofort nach Gan-zhou in Marsch gesetzt. Zhu Wang-li erhielt diesmal das Kommando über dreihundert Mann; unter ihnen befand sich auch Zhao Xing-de.

Als die Einheit aufbrach, schwankte Zhao Xing-de, obwohl man ihn auf dem Pferderücken angebunden hatte, weiter wie im Dämmerzustand hin und her. Sooft man an eine Quelle oder an einen Fluß kam, wurde kurz gerastet. Und bei jeder Rast brachte Zhu Wang-li eine Handvoll Wasser und flößte es Zhao Xing-de ein.

Sie ritten über den Abend hinaus; erst als sie um Mitternacht eine Oase erreichten, kam der Befehl zum Biwakieren. Im weißen Mondlicht dehnten sich, so weit sie sehen konnten, Gärten mit Birnen- und Aprikosenbäumen. Zhao Xing-de stieg von seinem Pferd, legte sich auf die Erde und fiel in einen todesähnlichen Schlaf. Morgens beim Erwachen bemerkte er dann, daß die ganze Gegend ringsum aus sorgfältig gepflegten, von Dutzenden von Bewässerungsgräben durchzogenen Feldern bestand. Hinter den Feldern erhob sich ein flacher Hügel, und auf diesem gewahrte er die Mauern einer Stadt: Gan-zhou.

In der klaren Luft der ersten Dämmerung rückte die Einheit bis nahe an das Stadttor vor, von wo aus einige hundert Soldaten tausende von Pfeilen über die Mauer schossen. Drinnen rührte sich nichts. Nach ungefähr fünf Minuten schlug abermals ein Pfeilhagel ein. Auch diesmal kam keine Erwiderung aus der Stadt.

Da trat Zhu Wang-li zu dem am Boden sitzenden Zhao Xing-de. Noch immer mit Blut verschmiert, wobei man nicht wußte, ob es das eigene oder fremdes Blut war, wirkte das Gesicht des Hauptmanns so furchterregend wie am Tag zuvor.

»Ich reite mit fünfzig todesmutigen Männern in die Stadt. Du wirst dich anschließen, verstanden?« sagte Zhu Wang-li.

Bald darauf zogen die ausgewählten Fünfzig auf das Tor zu. Mit blanken Schwertern, dicht aneinander reitend, drangen sie in die Stadt ein. Unmittelbar hinter dem Tor befand sich ein mit klarem Wasser gefüllter Teich, an dessen Ufer zwei Pferde standen; von Menschen keine Spur. In der Nähe lagen, von Lehmwällen geschützt, einige einzelne Häuser, jedes umgeben von einer Anzahl üppig belaubter Bäume.

Die Fünfzig ritten weiter in die Stadt hinein. Wo sie um eine Ecke bogen, formierten sie sich vorsichtshalber zu einer Reihe. Auf Zhu Wang-lis Befehl hatte Zhao Xing-de die Spitze übernommen. Die Häuser wurden allmählich dichter, von den Bewohnern war nichts zu sehen. Einmal allerdings kam ein einzelner Pfeil geflogen und bohrte sich in das Pferd eines der Soldaten. Völlig menschenleer konnte die Stadt demnach nicht sein.

Gabelte sich die Straße, so lenkte Zhao Xing-de sein Pferd in die Richtung, von der er sich etwas erhoffte. Sie bogen um manche Ecke, traten in manches Haus und ritten über manche breite Allee; aber es blieb dabei: Sie konnten nirgends eine Menschenseele aufspüren.

Auf Zhu Wang-lis Zuruf hin ließ Zhao Xing-de sein Pferd Galopp laufen. Die fünfzig Eindringlinge, Xing-de vornweg, jagten kreuz und quer durch die weitläufige Stadt. Und während sie so dahinrasten, kamen abermals zwei Pfeile geflogen, fielen aber beide kraftlos aufs Pflaster. Sie waren aus allzu großer Entfernung abgeschossen worden. Also mußte es in der Stadt doch noch einige Leute geben, feindlich gesonnene jedenfalls; die meisten der Bewohner von Gan-zhou indessen hatten den Ort, der viele Jahre Sitz der Verwaltung gewesen war, verlassen und sich wer weiß wohin geschlagen.

»Nimm Wolfsdreck und gib damit ein Rauchzeichen«, sagte Zhu Wang-li.

Als Zhao Xing-de begriff, daß er gemeint war, sprang er vom Pferd. Sie befanden sich jetzt auf einem freien Platz nahe dem östlichen Tor, von dem aus ein Weg hinauf auf die Stadtmauer führte. Tatsächlich, oben auf der Mauer erhob sich ein turmartiger Rundbau, der offensichtlich eine Signalplattform trug.

Zhao Xing-de ließ sich von einem anderen Soldaten einen Ballen Wolfsdreck geben und stieg auf die Mauer. Sie war etwa zwanzig Fuß hoch. Als er oben ankam, breitete sich unter seinem schweifenden Blick die ganze weite Ebene, die Gan-zhou umgab.

»Bück dich!« hörte er Zhu Wang-li heraufschreien. Aber er tat es nicht. Alle Furcht um sein Leben war von ihm gewichen. Der Signalturm hatte von unten aus klein ausgesehen, aber jetzt auf der Mauer zeigte sich, daß er ziemlich groß war, ungefähr dreißig Fuß hoch, und um ihn zu erklimmen, hatte man eine Leiter angebaut.

Über sie kletterte Zhao Xing-de hinauf. Unter seinen Füßen sah er Zhu Wang-li und die anderen immer winziger werden. Der Turm hatte zwei Stockwerke. Im ersten befand sich ein Raum, in den zwei, drei Leute hineingepaßt hätten; in ihm stand eine große Trommel. Von hier aus führte eine zweite Leiter ganz nach oben. Als er diese ein gutes Stück hinaufgestiegen war, wobei sich sein Oberkörper über die Plattform hinausschob, fuhr Zhao Xing-de vor Schreck unwillkürlich zusammen. Auf den für die Rauchsignale benutzten Bohlen sah er eine junge Frau liegen, die sich da versteckt zu haben schien. Sie hatte ein schmales Gesicht mit einer edel geformten Nase, mit tief eingeschnittenen dunklen und furchtsam blickenden Augen. Zhao Xing-de erkannte sofort, daß sie ein chinesisch-uigurisches Halbblut war. Ihr engärmeliges, am Kragen offenes Gewand lief nach unten in einem Hosenrock aus. Unverkennbar handelte es sich um ein Mädchen aus den vornehmeren Schichten.

Bevor Zhao Xing-de ganz auf die Plattform kletterte, sagte er auf chinesisch: »Du brauchst keine Angst zu haben, ich werde dir nichts antun.« Hierauf wiederholte er dasselbe in der Sprache der Uiguren. Es war nicht auszumachen, ob die junge Frau ihn verstanden hatte oder nicht; sie starrte ihn weiter mit furchtsamer Miene an.

Xing-de häufelte einen Teil des Wolfsdrecks auf die Plattform und setzte ihn in Brand. Augenblicklich verbreitete sich ein unangenehmer Gestank, und schwarzer Rauch begann sich zu entwickeln. Der Rauch stieg kerzengerade in die Höhe, bildete eine schwarze Säule, und vorsichtig, um diese nicht zu zerstören, bewegte sich Zhao Xing-de zur Seite und zündete das nächste Häufchen Wolfsdreck an.

So standen schließlich fünf Rauchsäulen gegen den Himmel und meldeten der Hauptarmee in der Ferne, aber auch den anderen von der eigenen Einheit draußen vor der Mauer, daß die Stadt erobert war.

Nachdem er das erledigt hatte, wandte er sich wieder dem Mädchen zu. »Hab keine Angst! Und bleib nur hier. Später hole ich dich und bringe dich an einen sicheren Ort«, sagte er. »Bist du eine Kaufmannstochter?«

Diesmal hatte er sie wie zu Anfang auf chinesisch gefragt. Und nun schien es, als verstünde sie ihn; denn leise schüttelte sie den Kopf.

»Oder die Tochter eines Beamten?«

Wieder schüttelte sie den Kopf. Um ihren Hals hatte sie zwei Ketten geschlungen, auf die jetzt Xing-des Blicke fielen.

»Oder eines Adligen?«

Die junge Frau sah ihm noch immer schweigend in die Augen.

»Wer ist dein Vater?«

Da kam es mit leiser Stimme über ihre Lippen: »Der jüngere Bruder des Chakan.«

»Des Königs?«

Von neuem musterte Xing-de das Gesicht dieser jungen Frau. Wenn es sich, dachte er, so verhält, dann gehört sie ja zur königlichen Familie, oder? Zunächst aber ließ er sie einmal, wo sie war, stieg von dem Signalturm hinab auf die Mauer und von dort aus weiter bis in den Winkel des Platzes hinunter, wo Zhu Wang-li und die übrigen beieinanderstanden.

»Nun hast du als erster die Stadt betreten, beim Kontrollritt durch die Straßen die Spitze übernommen und ohne Rücksicht auf die Gefahren die wichtige Aufgabe erfüllt, das Rauchsignal zu setzen. Ich werde auf jeden Fall vorschlagen, daß du das Kommando über dreißig Leute erhältst«, sagte Zhu Wang-li zu ihm, dem einzigen aus der alten Einheit, der überlebt hatte.

So warteten sie, daß die nachfolgenden Truppen in die Stadt einrückten. Zhu Wang-li hatte von seinen Untergebenen fünf Mann losgeschickt, um Wein zu beschaffen, fünf anderen befahl er, die umliegenden Häuser daraufhin abzusuchen, ob sich da Frauen versteckt hätten. Xing-de, auf einem Stein sitzend, ließ seinen Blick von Zeit zu Zeit hinauf zu dem Signalturm über der Mauer gehen, auf dem die junge Frau lag. Er überlegte, was er mit ihr tun solle, konnte aber keinen klaren Gedanken fassen. Notfalls, fand er, werde ihm nichts anderes übrigbleiben, als Zhu Wang-li ins Vertrauen zu ziehen und sie mit seiner Hilfe in Sicherheit zu bringen. Freilich, außer daß dieser ihm wohlgesonnene Hauptmann ein unvergleichlich mutiger Kerl war, der gern sein Leben aufs Spiel setzte, wußte Xing-de über seinen Charakter so gut wie nichts.

Zehn Minuten später zogen jene dreitausend Soldaten in die Stadt ein, die draußen vor der Mauer gewartet hatten. Sie bekamen ihre Quartiere zugeteilt, danach waren sie frei bis zum Abend und konnten nach so langen Tagen endlich einmal wieder tun und lassen, was sie wollten. Wie hungrige Wölfe strichen sie in der weiten, menschenleeren Stadt umher. Sie fanden Frauenkleider und stülpten sie sich über die Uniform, sie schleppten Weinkrüge herbei, schlugen ihnen die Hälse ab und tranken, indem sie den Inhalt über sich laufen ließen.

Doch als es Abend und die Dunkelheit, die sich über die Stadt legte, immer tiefer wurde, verstummte allmählich auch dieses wüste Treiben. Zhao Xing-de hatte sich den ganzen Tag über nur ein einziges Mal für kurze Zeit von seinem Posten unterhalb des Signalturms entfernt. Schließlich mußte er dafür sorgen, daß keiner sich da herumtrieb und etwa auf die Mauer stieg.

Entfernt hatte sich Xing-de nur, um nach einem Versteck für die junge Adlige zu suchen, und hatte dabei einige Bürgerhäuser in der Nachbarschaft nach einem dafür möglichst geeigneten Platz durchforscht. Als er in einem verhältnismäßig weitläufig angelegten Anwesen unter einer offenbar als Getreidespeicher benutzten Hütte einen Keller entdeckte, groß genug, um zwei, drei Leuten Raum zu bieten, hatte er beschlossen, die Frau dort unterzubringen, und bereits auch Matten und Decken aus dem Haupthaus herbeigeschafft.

Später in der Nacht dann schlich sich Xing-de aus dem Tempel, der Unterkunft für die fünfzig Mann, die am Tage als Todeskommando als erste in die Stadt eingedrungen waren. Am hohen Himmel funkelten unzählige Sterne, aber unter ihm war es so dunkel, daß er keinen Schritt weit sehen konnte.

Xing-de brauchte einige Zeit, bis er zu der Stelle fand, an der er tagsüber gestanden hatte; hierauf und vorsichtig Fuß vor Fuß setzend, stieg er auf die Stadtmauer hinauf. Oben angekommen, sah er draußen vor der Stadt hunderte von Feuern brennen. Sie verteilten sich in beträchtlichen Abständen bis weit über die Ebene hin. Das mußte die Hauptarmee der Xi-xia sein, die inzwischen angerückt war und Biwak bezogen hatte. Eigentlich wäre zu erwarten gewesen, daß er im Schein der vielen Feuer irgendeine Bewegung von Mensch oder Tier bemerkt hätte. Doch Xing-des Augen nahmen jetzt nur das Blinken dieser Feuer wahr; zwischen ihnen war alles mit lackschwarzer Finsternis ausgefüllt, und nicht das geringste Anzeichen deutete darauf hin, daß sich in ihr lebendige Wesen verbargen.

Zhao Xing-de kletterte auf die Plattform des Signalturms hinauf. Im Dunkeln vermochte er die Gestalt zwar nicht deutlich auszumachen, aber die junge Frau schien noch genauso zusammengekrümmt dazuliegen wie am Tage.

Er erklärte ihr, er werde sie zu einem sicheren Zufluchtsort bringen; sie möge also mit ihm hinunterkommen. Sie indessen rührte sich nicht. Und erst nach einer ganzen Weile erwiderte sie mit einer wie durchsichtig klaren Stimme und auf chinesisch, sie fürchte den Tod nicht mehr. Für Xing-de klang das wie eine Art Warnruf vor einem, von dem sie ja nicht wisse, wohin er sie führe und ob er Freund sei oder Feind. Er wiederholte und befahl ihr, sie möge mit ihm hinunterkommen, und stieg selber über die Leitern hinab bis auf die Mauer. Bald darauf kam sie auch herabgeklettert. Xing-des Augen hatten sich inzwischen an die Dunkelheit gewöhnt, so daß er, wiewohl undeutlich und schwach, die Umrisse ihrer Gestalt zu erkennen vermochte. Die junge Frau war größer, als er vermutet hatte.

Zhao Xing-de verbot ihr, von jetzt an ein Wort zu reden; zudem schärfte er ihr ein, sie dürfe sich unter keinen Umständen von ihm entfernen, und während er der von den Feuern überflackerten Ebene vor der Stadt den Rücken kehrte, stieg er langsam und mit vorsichtig tastenden Füßen von der Mauer herunter.

Die Schritte der jungen Frau blieben dicht hinter ihm. Xing-de überquerte den Platz; hierauf ging er in eine Gasse hinein, bog an der zweiten Ecke ab und betrat das von einer Lehmmauer umgebene Anwesen, das er am Tage gefunden hatte. Hinter der Mauer befand sich ein ziemlich großer Vorhof. Über diesen hinweg – die junge Frau ließ er nun vor sich hergehen – hielt Zhao Xing-de zunächst auf das Haupthaus zu.

Als sie vor der Hütte ankamen, wollte er sie zum Eintreten bewegen. Die junge Frau jedoch zauderte und blieb am Eingang stehen. Drinnen war es stockfinster. Da drückte Xing-de ihr seine Abendration in die Hand, die aus Weizenfladen und Zwiebeln bestand, und sagte, er werde jetzt gehen; sobald der Tag anbreche und sie die Umgebung besser erkenne, solle sie ganz hinten in der Hütte in den Keller kriechen. Er hatte den Eindruck, sie mochte, solange er bei ihr war, nicht hineingehen. Die Nachtluft war, verglichen mit der Hitze des Tages, von einer durchdringenden Kälte. Xing-de dachte daran, daß er für die junge Frau Decken in den Keller gebracht hatte; da würde sie die also gar nicht benutzen, würde die Nacht auf irgendeine andere Weise verbringen. Na gut, dachte er, wenn sie darauf besteht. Und rasch ging er davon.

Am nächsten Tag, so daß die anderen es nicht bemerkten, nahm Zhao Xing-de seine Morgenration und ein Gefäß mit Wasser und lief zu der Hütte. Als er hineinschaute, war die junge Frau nicht zu sehen, und schon glaubte er, sie hätte sich davongemacht; aber dann trat er ein und warf einen Blick in das Kellerloch, und da hatte sie sich wirklich, wie er ihr geraten, drunten versteckt.

Er sagte ihr, daß er ihr zu essen und zu trinken gebracht habe, und kaum hatte er den schönen, schlanken Händen, die sich ihm aus dem Keller entgegenstreckten, alles übergeben, ging er wieder.

An diesem Nachmittag rückte eine Abteilung der Hauptarmee, geführt von Li Yuan-hao, in die Stadt ein. Es handelte sich um nicht mehr als einen Bruchteil jener Truppen, die draußen vor den Mauern biwakierten; dennoch wimmelte es jetzt in den Straßen von Xi-xia-Soldaten, die von Wuchs und Gesicht so ganz anders waren als die Chinesen. Erst durch diese Neuankömmlinge wurde ihm klar, daß die Schlacht, in der er und seine Kameraden gefochten hatten, nur ein winziger Ausschnitt innerhalb der gesamten Operation gewesen war. Sowohl stromaufwärts am Schwarzen Fluß, der westlich der Stadt von Süden nach Norden floß, als auch am mittleren Lauf des Shan-dan, den Xing-des Einheit auf dem Anmarsch überquert hatte, war es zu schweren Zusammenstößen zwischen den Hauptarmeen gekommen, und in beiden Treffen hatten die Xi-xia überlegen gesiegt. Die an allen Fronten geschlagenen Truppen der Uiguren hätten sich, so hieß es, wie auf Verabredung eilends nach Westen abgesetzt.

Vom dritten Tag an, man wußte nicht recht woher, begannen die Einwohner von Gan-zhou, Uiguren zumeist, im übrigen Angehörige der verschiedensten Völkerschaften, in die Stadt zurückzukehren. Ihr Auftauchen hatte etwas Rätselhaftes an sich, und man fragte sich, wo sie denn solange gesteckt haben konnten. Natürlich schienen es zunächst nur sehr wenige zu sein; dessen ungeachtet bekamen die Straßen sogleich wieder ein städtisches Aussehen. Läden öffneten, die Essen verkauften, auf Märkten wurde Gemüse feilgeboten. Frauen allerdings ließen sich nirgends blicken.

Heimlich und ohne daß es jemandem aufgefallen wäre, hatte Zhao Xing-de die junge Frau in ihrem Versteck weiter jeden Tag mit Verpflegung versorgt. In der fünften Nacht schlich er sich wie immer mit dem Abendessen zu ihr, doch traf er sie in dem Keller nicht an. Diesmal ist sie gewiß davongelaufen, dachte er. Aber nicht lange und sie kam von draußen zurück. Er machte ihr Vorwürfe, sagte, es sei gefährlich für sie, den Keller zu verlassen. Woraufhin sie erwiderte, er möge unbesorgt sein; sie tue das jeden Abend, um sich das Gesicht zu waschen und Wasser zu trinken.

Sie war dabei nahe am Eingang der Hütte stehengeblieben. Das weiße Licht des späten Mondes, das zur Tür hereinfiel, lag voll auf ihrer Gestalt. Ihr Gesicht zeigte keine Spur mehr von der Vorsicht und Furcht, die sie anfangs ihm gegenüber gehabt hatte.

»Warum eigentlich bringst du mir so regelmäßig zu essen?« fragte sie, und das wieder mit jener wie durchsichtig klaren Stimme.

»Weil ich dein Leben retten möchte.«

»Wozu willst du es retten?«

Zhao Xing-de war um eine Antwort verlegen. Seit dem Augenblick, da er diese junge Frau auf dem Signalturm entdeckt hatte, war er von dem Gedanken besessen, er sei dazu bestimmt, ihr das Leben zu retten. Den Grund, warum er so empfand, mochte er sich selber nicht recht eingestehen. Also schwieg er, und die junge Frau fragte weiter: »Du willst mir helfen, aber ich habe keine Lust, mich für immer in diesem Loch zu verstecken. Wie lange eigentlich, stellst du dir vor, soll ich noch hierbleiben?«

Ihr Tonfall hatte etwas Vorwurfsvolles. Etwas Launisches auch, wie es Xing-de schien; doch war er ihr deswegen keineswegs böse, vielmehr überlegte er, was er ihr sagen könnte, um ihre Gefühle zu beruhigen. »Es kommen«, meinte er, »mit jedem Tag mehr Uiguren in die Stadt. Frauen sind bisher nicht darunter, aber ich bin sicher, auch sie werden bald zurückkehren. Ist es erst einmal soweit, kannst du hinausgehen und selber auf dich achten.«

»Ich gehöre zur königlichen Familie. Wenn sie mich gefangennehmen, werden sie mich töten.«

»Du brauchtest ja deine Herkunft nur zu verschweigen. Und sobald du eine Gelegenheit siehst, fliehst du aus dieser Stadt und gehst nach Westen zu den Deinen.«

Noch während er das sagte, spürte Xing-de, wie wenig überzeugend seine Worte waren. Tatsächlich schien es undenkbar, daß sie, der man auf den ersten Blick die Hochgeborene ansah, dazu fähig sein sollte.

An diesem Abend war es zum ersten Mal zwischen Zhao Xing-de und der jungen Frau zu einem wirklichen Gespräch gekommen. Dabei hatte er sie nie lange ansehen können. Er wußte nicht, war es Vornehmheit, war es Würde, jedenfalls lag in ihrem schmalen, gut geschnittenen Gesicht, in ihrer zarten, scheinbar hinfälligen Gestalt irgend etwas, das Xing-de ein Gefühl der Unterlegenheit gab.

Am siebenten Tag nach dem Einrücken in Gan-zhou wurde Zhao Xing-de zu Zhu Wang-li gerufen. Zhu Wang-li hatte sich allein in einem Haus mit einem schmalen Garten einquartiert, in dem drei Judendornbäume wuchsen, und in dem ebenerdigen Eingang begrüßte er ihn und sagte: »Du hattest den Wunsch, die Xi-xia-Schrift zu lernen; nun gut, dazu wirst du jetzt nach Xing-qing gehen. Du siehst, ich bin ein Mann, der auf jeden Fall hält, was er einmal versprochen hat. Und sobald du die Schrift beherrschst, kommst du zurück.« Anderntags werde eine Einheit nach Xing-qing aufbrechen; ihr solle sich Xing-de anschließen und im übrigen die Anweisungen ihres Offiziers befolgen. »Ich selbst erhalte demnächst ein größeres Kommando. Bei deiner Rückkehr mache ich dich zu meinem Berater.«

Im Augenblick befehligte Zhu Wang-li dreihundert Mann, aber es war offensichtlich, daß man ihm in Anerkenntnis seiner Verdienste künftig weit mehr Leute unterstellen würde.

Für Zhao Xing-de bedeutete dieser Auftrag natürlich ein außerordentliches Glück; allerdings erhob sich das Problem, was mit der jungen Frau in jenem Versteck geschehen sollte, wenn er bereits am nächsten Tag die Stadt verließe. Er fragte, ob es nicht möglich sei, die Abreise um einen halben Monat hinauszuschieben; doch Zhu Wang-li, als fürchte er, hier werde seine Autorität in Frage gestellt, schrie ihn an: »Morgen reitest du! Das befehle ich dir, verstanden?«

Und Zhao Xing-de nahm sich vor, dem zwar naiven, aber ihm wohlgesonnenen Draufgänger zu gehorchen.

Als Xing-de in dieser Nacht zu dem Versteck der jungen Frau kam, erklärte er ihr, daß er abreisen werde; doch brauche sie sich keine Sorgen zu machen, denn er werde ihr jemanden vorstellen, der sich an seiner Stelle um sie kümmere. Wenn er, dachte er bei sich, unmittelbar vor dem Abreiten Zhu Wang-li die Geschichte mit der jungen Frau gestünde, würde der Hauptmann ihm zuliebe gewiß alles daransetzen, sie zu beschützen.

Auch diesmal, weil sie draußen gewesen war, stand die junge Frau nahe bei der Tür, und während sie sichtbar von plötzlicher Furcht geschüttelt wurde, sagte sie: »Ich traue keinem mehr außer dir. Bitte, verlaß mich noch nicht! Bleib bei mir!«

Als er ihr darauf erwiderte, das wünschte er selber auch, könne es aber nicht, kniete sie auf dem Lehmboden nieder, reckte die Arme zum Himmel und brach in Tränen aus.

»Weißt du, warum ich allein auf dem Signalturm lag?«

Tatsächlich hatte er sie früher ein-, zweimal danach gefragt, nie aber eine Antwort erhalten.

»Ich habe«, fuhr sie in einem Tonfall fort, als sei eben jetzt der Augenblick für ein Geständnis gekommen, »dort oben auf den jungen Mann gewartet, der künftig mein Gemahl sein sollte. Ich war mit meiner Familie schon auf der Flucht unterwegs, da erinnerte ich mich, daß er gesagt hatte, er werde, wenn er noch am Leben sei, auf Biegen oder Brechen in die Stadt zurückkehren. Also schlich auch ich mich allein in die Stadt zurück. Deshalb lag ich auf dem Turm, und da hast du mich gefunden. Der junge Mann, davon bin ich überzeugt, ist in der Schlacht gefallen. Da hat sein Geist dich zu mir geschickt. Anders kann ich mir einen Menschen, wie du einer bist, nicht erklären. Und nun nach allem sagst du, du willst mich verlassen?«

Xing-de sah, wie die Schultern der vor ihm auf dem Lehmboden Liegenden bebten. Und mit ihnen bebten, kalt im Mondlicht funkelnd, die Steine in den Ketten, die ihren schlanken Hals umschlossen.

Er trat neben sie und versuchte sie aufzurichten. Sie erhob sich, wie unbewußt, wie fragend, und sah ihm voll ins Gesicht. Bis zu diesem Augenblick hatte Xing-de nichts Ungewöhnliches für sie empfunden, aber als ihm jetzt mit der kalten Nachtluft der Geruch ihres Körpers entgegenwehte, überkam es ihn plötzlich, und er konnte das Verlangen, das herrliche Wesen zu besitzen, nicht unterdrücken.

Irgendwann hatte die junge Frau ihren anfänglichen Widerstand aufgegeben und war ihm zu Willen gewesen. Xing-de indessen, sobald er wieder klar zu denken vermochte, begriff: Für das, was er getan hatte, gab es keine Entschuldigung, und der Schmerz darüber bereitete ihm heftige Pein. Er wollte aus der Hütte fortlaufen; da klammerte sich die junge Frau mit beiden Händen an seine Füße und hielt ihn zurück.

»Verzeih mir«, sagte Xing-de, »ich habe mich wie ein Tier benommen und bin doch in Wahrheit kein Tier.«

»Das weiß ich sehr gut. Es ist, weil du mich liebst. Weil du die Wiedergeburt dessen bist, der mein Gemahl werden sollte.«

»Ja, ich liebe dich«, wiederholte er ihre Worte, »vielleicht bin ich wirklich die Wiedergeburt deines Verlobten. Es war mir vorbestimmt. Oder warum sonst hätte ich den weiten Weg aus der Hauptstadt der Song bis hierher gemacht?«

Und im Augenblick glaubte er das tatsächlich. Ihm war, als spürte er auch die Trauer, die die junge Frau jetzt befiel, wie den Herzschlag in seiner eigenen Brust.

»So gehst du also?«

»Ich muß.«

»Und wirst du einmal wiederkommen?«

»Gewiß vor Ablauf eines Jahres.«

»Dann will ich hier auf dich warten. Aber du mußt mir versprechen, daß du wiederkommst«, sagte sie, und von neuem rannen ihr Tränen übers Gesicht.

Entschlossen riß sich Xing-de los, und während er unterwegs auf seinen eigenen Schatten starrte, der sich wie dick fließende Tusche auf den von keiner Schwere belasteten, aschgrauen Erdboden schrieb, kehrte er zu seiner Unterkunft zurück.

Am nächsten Morgen begab er sich zu Zhu Wang-li. Als dieser ihn erblickte, meinte er, Xing-de sei gekommen, um sich zu verabschieden, und sagte: »Du und ich, wir sterben einmal auf demselben Platz. Eil dich, daß du bald wieder hier bist! Irgendwann werden wir beide allein eine gewaltige Schlacht zu schlagen haben. Um zu siegen. Und vergiß nicht das Versprechen: nach dem Sieg wird ein Gedenkstein errichtet!« Es schien, als hätte die Heftigkeit der jüngsten Schlacht Zhu Wang-li noch keineswegs befriedigt.

»In Wahrheit«, begann Zhao Xing-de, »habe ich vor meiner Abreise eine ungewöhnliche Bitte an Euch.«

Zhu Wang-li mochte an Xing-des Miene erkennen, daß es sich allerdings um eine nicht leichte Angelegenheit handelte, und er fragte mit ebenfalls ernstem Gesicht: »Worum geht es? Sprich nur!«

»Ich habe einer jungen Frau aus der königlichen Familie der Uiguren ein Versteck verschafft. Nun möchte ich sie Eurer Obhut anvertrauen.«

»Eine Frau?« Zhu Wang-li hatte sichtlich Schwierigkeiten mit seinen Gefühlen, doch dann begann es in seinen Augen zu glitzern: »Eine Frau? Du sagst, es ist eine Frau?«

»Keine gewöhnliche Frau. Eine Prinzessin.«

»Was macht das für einen Unterschied? Zeig sie mir, schnell!« Zhu Wang-li erhob sich.

Zhao Xing-de wechselte seine Ausdrucksweise. »Sie ist nicht wie andere Frauen. Sie hat einen Teil von unserem, von chinesischem Blut. Sie spricht auch Chinesisch.«

»Frau bleibt Frau. Es gibt nur eines, wozu Frauen taugen.«

Schon bereute es Zhao Xing-de, daß er dem Hauptmann von ihr erzählt hatte. »Wenn Ihr diese Frau anrührt, werdet Ihr sterben.«

»Sterben?« Zhu Wang-lis Miene verriet, daß er eine solche Ankündigung nicht erwartet hatte. »Wieso werde ich sterben?«

»Es heißt so seit alters. Wer mit einer Frau aus der Familie des uigurischen Königs Umgang hat, den trifft ein früher Tod.«

»Ja, glaubst du, ich fürchte mich vor einem frühen Tod?«

»Das meint nicht den Tod in der Schlacht. Der Körper wird welk und schlaff, und dann stirbt man.«

Zhu Wang-li schwieg. Zwar schien er der Sache nicht recht zu trauen, und jedenfalls war es für ihn unvorstellbar, anders als auf dem Schlachtfeld zu sterben; doch blieb eine gewisse Ungeduld. »Da sollte ich ihr also besser gar nicht erst begegnen, wie?« überlegte er, um sich gleich darauf zu korrigieren: »Nur, auf diese Weise würde ich mich nie beruhigen. Zeig sie mir wenigstens einmal. Sie anzusehen kann ja wohl noch nichts schaden.«

Zhao Xing-de führte Zhu Wang-li zu dem Versteck. Die junge Frau war aus dem Keller gestiegen und saß auf dem Lehmboden in der Hütte. Während er sie, ohne jedoch einen Fuß hineinzusetzen, unbefangen anstarrte, meinte der Hauptmann mit gedämpfter Stimme: »Das ist freilich keine gewöhnliche Frau.«

»Ist das der Mann, der mich von heute an beschützen wird?« kam es plötzlich über die Lippen der Frau.

Bei diesen Worten fuhr Zhu Wang-li unwillkürlich zusammen und wich zwei, drei Schritte zurück; dann drehte er sich mit einem Ruck um, so daß er der jungen Frau den Rücken zukehrte, und ging davon. Als Zhao Xing-de ihn einholte, sagte Zhu Wang-li: »Dieser Frau bin ich nicht gewachsen. Ich wüßte gar nicht, wie ich mich ihr gegenüber benehmen sollte. Das einzige, was ich tun kann, ist, daß ich einen Uiguren aus der Stadt anstelle, damit er ihr zu essen bringt.« Und als fiele ihm das eben erst ein, fragte er: »Warum eigentlich hast du ihr zu dem Versteck verholfen?«

»Ich weiß es selber nicht.«

»Dachte ich mir's doch. Auch du weißt es nicht. Ja, genau so eine Frau ist das. Mit solchen komme ich nicht zurecht. Das sehe ich auf den ersten Blick. Solche Frauen nutzen einen aus bis zum letzten, und launisch sind sie. Glaub mir! Sie verlangen, was ihnen gerade einfällt, und unsereins hat es ohne Widerrede zu tun. Das kenne ich. Keine Spur von Demut vor dem Mann. Frauen sind das, die im Grunde gar keine Frauen sind. Gibt es denn keine gewöhnlichen Weiber hier?«

Aus Zhu Wang-lis Worten klang eine gewisse Aufrichtigkeit. Von absichtlicher Täuschung oder von Heuchelei war jedenfalls nichts zu spüren. Was mache ich aber, dachte Zhao Xing-de, wenn er sich nicht um sie kümmern will? Und als er ihn noch einmal inständig darum bat, erklärte Zhu Wang-li: »Nein, ich selber werde nicht zu ihr gehen. Mit so einer Frau mag ich nichts zu schaffen haben. Andererseits, da ich nun einmal bei ihr war, bleibt mir wohl nichts übrig, als es auf mich zu nehmen. Ich werde einen Uiguren für sie sorgen lassen.«

Zurück in der Unterkunft, befahl Zhu Wang-li seinen Leuten, fünf ältere Uiguren vorzuführen; einen davon hieß er dableiben, die übrigen schickte er wieder fort. Dann sagte er zu dem Uiguren: »Du sollst von nun an einer Frau zu essen bringen und dich auch sonst in allem um sie kümmern. Wenn du irgend jemandem ein Sterbenswörtchen davon erzählst oder die Sache kommt sonstwie auf, fällt auf der Stelle dein Kopf. Verstanden?« Dabei sah er den Alten drohend an.

Der Uigure murmelte, ihn treffe wahrhaftig ein Mißgeschick nach dem anderen, aber schließlich willigte er doch ein. So begab sich Zhao Xing-de nun mit diesem Alten zu dem Versteck der jungen Frau und ließ ihn dort noch einmal schwören, daß er Zhu Wang-lis Befehle getreulich ausführen werde.

Nachdem sie den Alten entlassen hatten, nahmen die beiden Abschied voneinander. Zhao Xing-de, weil die junge Frau ihn darum bat, wiederholte sein Versprechen aus der vorigen Nacht: vor Ablauf eines Jahres werde er zurück sein. Hierauf drängte sie ihn und sagte: »So geh jetzt, ich bitte dich! Geh geschwind!«

Als sie sich trennten, löste sie eine der beiden Ketten, die sie um ihren Hals geschlungen hatte, und legte sie in Xing-des Hand, schweigend, mit einem schwachen, aber unendlich zärtlichen Lächeln. Zhao Xing-de griff dabei nach ihren Fingern, nur um sie gleich darauf wieder freizugeben und aus der Hütte zu eilen. Noch lange spürte er die Kälte dieser Finger in seiner eigenen, rauhen Hand. Am überdachten Lehmtor des Anwesens kam ihm jener alte Uigure mit einem Kübel voll Wasser entgegen.

»Ich sorge schon dafür, daß keiner sie findet. Da könnt Ihr ganz ruhig sein«, sagte der Alte.

Am Mittag ritt Zhao Xing-de aus dem Stadttor. Draußen vor der Mauer schloß er sich der aus etwa zweihundert Mann bestehenden Einheit an, die sich bereits zum Abmarsch formierte. Er wußte nicht, was Zhu Wang-li dem jungen Offizier über ihn erzählt hatte, aber er spürte, daß dieser ihn mit großem Respekt behandelte.

Es ging in den Sechsten Monat des sechsten Jahres Tiansheng.

4.

Die Reise führte Zhao Xing-de über Liang-zhou, wo er vordem ein Jahr gelebt hatte; von dort aus ging es, für ihn zum ersten Mal, quer durch die eigentliche, die große Wüste, und als er Xing-qing, den Hauptstützpunkt der Xi-xia, erreichte, befand sich die Stadt in einem wahren Siegestaumel. Daß der Vertreibung der Uiguren aus ihrem Bollwerk Gan-zhou eine so große Bedeutung beigemessen wurde, hatten sich Männer von der Front wie Zhao Xing-de nicht vorstellen können.

Doch in der Tat waren die Xi-xia erst durch die Eroberung von Liang-zhou und nun durch die Inbesitznahme von Gan-zhou in ihrem Bestreben, die Rechte am Durchgangshandel mit den Westländern an sich zu reißen, einen wichtigen Schritt vorangekommen. Bis dahin waren alle aus dem Westen herangeführten Güter, angefangen von Schmuck und Edelsteinen, durch die Hände der Uiguren von Gan-zhou gegangen, bevor sie weiter ostwärts nach Song-China und zu den Khitan gelangten, und auf diese Weise hatte sich ein Profitmonopol herausgebildet; von nun an würden die Xi-xia die für die Uiguren einst so segensreiche Aufgabe übernehmen. Liang-zhou und damit die berühmte Pferdezucht zu kontrollieren, hatte vor allem militärische Bedeutung; die Einnahme von Gan-zhou hingegen brachte dem aufsteigenden Xi-xia-Reich einen unschätzbaren Zugewinn in wirtschaftlicher Hinsicht. Westlich des Gelben Flusses hatten sie es jetzt nur noch mit einem kleinen, von Chinesen beherrschten Gebiet bei Gua-zhou und Sha-zhou zu tun. Sobald sie auch das eroberten, würde ihr Territorium unmittelbar an das Tarim-Becken angrenzen, jenes Tor zu den Westländern mit ihren unermeßlichen Schätzen.

Xing-qing unterschied sich, abgesehen davon, daß die Xi-xia hier ihren Hauptstützpunkt hatten, auch sonst erheblich von Städten wie Liang-zhou oder Gan-zhou, in denen Zhao Xing-de bisher gewesen war. Zwar begann in einiger Entfernung die schier endlose Wüste, doch die Stadt selbst lag inmitten einer von zahlreichen Bäumen bestandenen Ebene; im Norden sah man in der Ferne die Kette der He-lan-Berge, nach Osten zu waren es etwa dreißig chinesische Meilen bis an den Gelben Fluß. Die Umgebung der Stadt war von Flüssen und Sümpfen durchzogen, zwischen ihnen verliefen kreuz und quer die Bewässerungsgräben, und sorgsam gepflegte Felder und Obstgärten erstreckten sich bis weit hinaus.

Die Stadt besaß sechs Tore, innerhalb der Mauern ragten hohe Wachttürme auf. Was Zhao Xing-de, nachdem er Xing-qing betreten hatte, zuerst und mit Erstaunen bemerkte, waren die vielen Schriftzeichen auf den Gebäuden und ihren überdachten Umfassungsmauern längs der Straßen. Es handelte sich ausnahmslos um jene der chinesischen nachgebildete Xi-xia-Schrift. Wunderlich geformte, in Gelb, Blau, Rot und anderen Farben geschriebene Zeichen, deren Flut ihm, solange er noch nicht daran gewöhnt war, bei jedem Gang durch die Stadt ein Gefühl seltsamer Fremdheit verursachte. Natürlich wußte er es seit seiner Ankunft: In Xing-qing waren chinesische Schriftzeichen strikt verboten; man wurde gezwungen, die erst vor wenigen Jahren entwickelte nationale Schrift zu benutzen.

Und das galt nicht nur für die Schrift; ob es die Kleidung, das Schminken, die Umgangsformen betraf, alles ursprünglich Chinesische war abgeschafft, und statt dessen wurde gefördert, was der eigenen Tradition entsprach. Auch hierin waren der Stolz und der Anspruch eines neu aufkommenden, schließlich erstarkenden Reiches zu spüren. Gewiß, manches dabei mochte komisch wirken, doch einfach mit einem Lachen ließ sich das nicht abtun. In den Augen der Xi-xia, die ihm in den Straßen entgegenkamen, sah Zhao Xing-de eine seltsame Mischung gespiegelt: aus Furchtlosigkeit und Grausamkeit, aus Unwissenheit und Hochmut. Daß dieses Volk den Turfan wie den Uiguren überlegen war, daran konnte kein Zweifel bestehen.

Das Heereswesen stand bei den Xi-xia im Zentrum der Reichsverwaltung, alle inneren Angelegenheiten wurden jedoch durch Ämter geregelt, die man in Nachahmung des Song-Systems eingerichtet hatte. Zhao Xing-de wies man in einen in der Nordwestecke der Stadt gelegenen buddhistischen Tempel mit großen Wohngebäuden ein, in denen eine Art Schule oder, wie es bei den Song hieß, eine »Akademie« untergebracht war. Schüler im eigentlichen Sinne gab es nicht; man hatte vielmehr an die dreißig Soldaten aufgenommen, die von den verschiedenen Einheiten abkommandiert worden waren, um hier die Xi-xia-Schrift zu lernen. Von Zhao Xing-de abgesehen handelte es sich ausschließlich um junge Xi-xia, wohingegen die etwa zehn Lehrer, die in der Xi-xia-Schrift unterrichteten, sämtlich Chinesen waren. Für Zhao Xing-de, der in diesem Tempel einen Raum für sich bewohnte, ein in mancher Hinsicht glücklicher Umstand.

Zunächst und als Einübung in die Sprache der Xi-xia wurde Zhao Xing-de zu allerlei Verrichtungen herangezogen, aber bald bemerkte man, daß er eine vorzügliche Bildung besaß, und beschäftigte ihn mit schwierigeren Aufgaben. Er mußte kleine Flugschriften verfassen oder dabei behilflich sein, die Bedeutung der chinesischen Schriftzeichen herauszuschreiben. So fand Zhao Xing-de nach langer Zeit zurück zu dem, was einst, im Umgang mit den Büchern, sein Leben ausgemacht hatte. Die Zeit zwischen dem Herbst dieses Jahres und dem Frühling des nächsten widmete er ausschließlich dem Erlernen der Xi-xia-Schrift.

In Xing-qing dauerte der Winter vom zehnten bis zum dritten Monat. Vom elften an froren die vom Gelben Fluß bis vor die Stadt herüberführenden Kanäle zu, und fast jeden Tag hagelte es. Um den vierten Monat, als auf dem Gelben Fluß das Eis aufging, begann für Xing-de die Mitarbeit an einem Wörterbuch, in dem die Xi-xia-Schriftzeichen den chinesischen gegenübergestellt werden sollten. Das war eine sehr mühsame Arbeit. Dazu blies, sobald es Sommer wurde, ein ständiger Nordwestwind, es herrschte eine entsetzliche Hitze, und der feine Sand aus der Wüste wehte über die Stadtmauern herein und bedeckte die Straßen. Wenn es besonders schlimm kam, war es selbst bei Tage dunkel wie in der Nacht. Blieb aber der Sandsturm aus, so gingen schwere Gewitterregen nieder.

Nachdem Zhao Xing-de die Arbeit an dem Wörterbuch übernommen hatte, verging ihm die Zeit wie im Fluge. Die Xi-xia-Schrift bestand aus über sechstausend Zeichen. Entwickelt hatte sie ein Chinese, doch war dieser inzwischen gestorben. Hätte er noch gelebt, wäre es wahrscheinlich ein leichtes gewesen, die den Xi-xia-Schriftzeichen entsprechenden chinesischen herauszufinden. Aber da der Erfinder dieser Schrift nun einmal tot war, erwies es sich als recht schwierig, unter den jeweils vielen chinesischen Schriftzeichen mit gleicher Bedeutung die richtigen auszuwählen.

Im Herbst des siebenten Jahres Tian-sheng war das Wörterbuch so gut wie fertiggestellt. Zhao Xing-de hatte also, seit er im Sechsten Monat des sechsten Jahres Tian-sheng nach Xing-qing gekommen war, schon fast eineinhalb Jahre in der Stadt verbracht. Nicht daß er in dieser Zeit die uigurische Prinzessin und Zhu Wang-li vergessen hätte, doch nach seiner Ankunft in Xing-qing waren sie ihm mehr und mehr in eine seltsame Ferne entrückt.

Auch die unter Zhu Wang-li miterlebten wilden Schlachten, der entbehrungsreiche und rauhe Alltag draußen im

Grenzgebiet, alles erschien ihm jetzt wie ein Traum. Liang-zhou und Gan-zhou, Städte, in denen er damals gewesen war, schrumpften für ihn zu weit abgelegenen Plätzen zusammen, die mit seiner Wirklichkeit nichts zu tun hatten und an die er nie zurückkehren würde. Tatsächlich konnte er sich einfach nicht mehr vorstellen, nach diesem Leben in Xing-qing je wieder an die Front zu gehen. Und ähnlich war es mit seiner Erinnerung an die uigurische Prinzessin. Anfangs zwar hatte er, sooft er an sie dachte, einen heftigen Schmerz in der Brust verspürt, hatte gemeint, noch immer ihre beim Abschied so kalte Hand in der seinen fühlen zu können; doch auch das hatte sich mit der Zeit wie verblassende Schatten allmählich verloren. Schließlich fragte er sich, ob er denn wirklich bei ihr gelegen habe. War das nicht nur im Traum gewesen? Nein, es trieb ihn nichts mehr, ihretwegen noch einmal nach Gan-zhou zu reiten.

Als die Arbeit an dem Wörterbuch abgeschlossen war, wußte Zhao Xing-de nicht recht, was er anfangen sollte. Ursprünglich war es sein Wunsch gewesen, jenes Etwas zu fassen, das die Xi-xia zu besitzen schienen; deswegen war er in diese Grenzregion gekommen, und nun hatte er, ihm selber kaum bewußt, bereits Jahre hier verbracht. Währenddessen war ihm jede Illusion über das Volk der Xi-xia, der eigentliche Grund also seines Umherschweifens, abhanden gekommen. Jene heftige Erregung, die ihm einst die entblößte Frau auf dem Markt von Kai-feng verursacht hatte, nichts im Alltag von Xing-qing vermochte sie ihm wiederzuerwecken. Möglich, daß diesem Volk bei der Wildheit seines Blutes ehedem tatsächlich eine unverfälscht natürliche Schönheit eigen gewesen war; die jetzigen Xi-xia jedenfalls hatten nicht die Spur mehr davon. Sie waren Staatsbürger eines durch so ungewöhnliche Machthaber wie De-ming und Yuan-hao geeinten und neu aufsteigenden Reiches, in dem es darum ging, nach und nach ein nationales Selbstbewußtsein zu entwickeln. Die Männer waren tapfer und todesmutig, die Frauen ertrugen Not und Entbehrung und hüteten, lange Jahre allein gelassen, das Haus. Ihre Entschlossenheit, dem Reich zu dienen, gab ihren Gesichtern einen merkwürdig freudlosen Ausdruck.

Damals im Traum hatte Xing-de auf die Frage des Kaisers den von He Liang ausgearbeiteten Vorschlag zur Grenzsicherung verteidigt; jetzt würde er dazu einen etwas anderen Standpunkt einnehmen. Diese Xi-xia waren stärker, als es sich irgendeiner der verantwortlichen Song-Beamten vorstellen konnte; sie waren ein befähigtes Volk. Gewiß hatten sie derzeit während der andauernden Feldzüge keine Muße, sich kulturellen Dingen zuzuwenden; wenn sie aber erst einmal ihre Nachbarn ringsum unterworfen und damit die Phase erreicht hätten, daß an den Aufbau einer eigenen Kultur zu denken wäre, würden sie von Song-China nicht mehr zu bändigen sein. Sollte also den Song daran gelegen sein, eine künftige Bedrohung Chinas auszuschließen, müßten sie jetzt ihre gesamten Streitkräfte aufbieten und die Xi-xia angreifen. Oder es wäre zu spät. Im Grunde war es bereits ein Fehler gewesen, daß man der Eroberung von Liang-zhou und Gan-zhou durch die Xi-xia tatenlos zugesehen hatte.

Genau besehen, bestand für Zhao Xing-de keinerlei Anlaß mehr, noch länger bei den Xi-xia zu bleiben. Ihre Schrift hatte er erlernt, und wie es in Xing-qing, ihrer größten Stadt, zuging, auch damit hatte er in diesen eineinhalb Jahren seine Erfahrungen gemacht.

Eine Rückkehr auf das Territorium Song-Chinas wäre, hätte er sie gewünscht, durchaus möglich gewesen. Die offiziellen Beziehungen waren keineswegs unterbrochen, wenngleich man nicht mehr so ungehindert hin- und herreisen konnte wie damals, als Xing-de zuerst in die Grenzregion gekommen war. Tatsächlich hielt das außerordentlich komplizierte Dreierverhältnis zwischen Xi-xia, Song und Khitan die beiden Reiche mit knapper Not davon ab, die Feindseligkeiten gegeneinander zu eröffnen. Andererseits wußte Xing-de, seit er in Xing-qing lebte, daß ungeachtet dieser Umstände Zivilpersonen heimlich die Grenze in beiden Richtungen überquerten. Es hätte mithin allein seines Entschlusses bedurft, nach Song-China zurückzukehren; aussichtslos war das nicht.

Gerade dazu aber konnte er sich nicht durchringen. So wenig er Lust empfand, wieder nach Gan-zhou aufzubrechen, hinderte ihn doch der Gedanke an Zhu Wang-li und die junge Uigurin daran, eine solche Entscheidung zu fällen. Und ginge er nach Gan-zhou, würde das bedeuten, daß er endgültig in die Voraustruppe der Xi-xia einträte; dann wäre an ein nochmaliges Entkommen nicht mehr zu denken. Keiner begab sich dorthin, ohne mit dem Leben abgeschlossen zu haben. Zudem hatte er nicht die geringste Ahnung davon, was der von ihm geretteten Uigurin inzwischen widerfahren war. Hatte sich ihr Schicksal zum Bösen gewendet oder zum Guten, und sie wäre heil nach Westen zu ihrer Familie gelangt? Doch hier versagte seine Vorstellungskraft.

Zhao Xing-de feierte den Beginn eines neuen, des achten Jahres Tian-sheng. Als der Frühling kam, wurde es allmählich unruhiger in den Straßen von Xing-qing. Auffällig oft zogen Truppen ab oder marschierten ein in die Stadt, und ihre Zahl nahm zu. Hartnäckig hielten sich Gerüchte, ein neuer Feldzug gegen die Turfan stehe bevor. Tatsächlich hatte Jue-si-luo, der Anführer der Turfan, die von den Xi-xia aus Liang-zhou vertriebenen Truppen angeworben, auch einige zehntausend aus Gan-zhou geflüchtete Uiguren für sich gewonnen und verstärkte mit ihnen allmählich den Widerstand gegen die Xi-xia. Diese mußten daher, um weiter in Richtung Gua-zhou und Sha-zhou vorrücken zu können, zunächst die Turfan angreifen, die immer wieder Streifzüge in die dazwischenliegenden Gebiete unternahmen.

Inmitten solcher Unruhe ging irgendwann der Frühling von Xing-qing zu Ende, und der Sommer stand vor der Tür. Eines Tages schlenderte Zhao Xing-de durch das Geschäftsviertel nahe dem Südtor. Bei jedem Schritt lief ihm der Schweiß aus allen Poren. Als er eben aus den Gassen heraus auf den in einem Winkel des Viertels gelegenen Marktplatz treten wollte, sah er eine Frau auf sich zukommen, und im selben Augenblick schrie er unwillkürlich auf.

»Oh, das ist ja die Frau von damals!«

Wirklich glaubte er, es müsse jene Xi-xia sein, der er einst auf dem Markt in Kaifeng das Leben gerettet hatte. Ihr Wuchs, ihr Gesichtsausdruck, alles unverkennbar dasselbe. Ohne viel zu überlegen, ging er auf sie zu und sprach sie an: »Erinnerst du dich an mich?«

Die Frau starrte ihn unverwandt und mit einem seltsamen Blick an, und schließlich erwiderte sie: »Nein, wie sollte ich auch!«

»Du warst in Kaifeng, nicht wahr?«

»Nein.«

Sie schüttelte heftig den Kopf, um gleich darauf in ein kreischendes, offenbar spöttisch gemeintes Lachen auszubrechen. Erst jetzt beim Anblick ihres lachenden Gesichts begriff Xing-de, daß er sich geirrt hatte. Sie sah ihr ähnlich, aber die Frau von damals war sie nicht.

Xing-de ließ sie stehen und ging weiter. Er hätte, wurde ihm plötzlich klar, unter den Frauen ringsum viele entdekken können, die aussahen wie jene aus Kaifeng. Alle mit diesen dichten Brauen, diesen düsteren Augen, dieser schimmernden Haut.

Lange Zeit hatte Zhao Xing-de überhaupt nicht an die Frau gedacht, der er in Kaifeng auf dem Markt begegnet war, und dabei verdankte er es letzten Endes ihr, daß ihn das Schicksal hierher verschlagen hatte. Aber nun sah er sie wieder vor sich, nackt auf die Bohle hingestreckt, erfüllt von einem wilden Trotz. Ja, die Erregung, die sie ihm einst verursacht hatte, war keineswegs verblaßt, und von neuem begann sie in ihm aufzulodern. Und während ihn ein Gefühl bedrängte, als hätte er irgend etwas sehr Wichtiges vergessen, lief er langsamer als gewöhnlich durch die Stadt.

Zufällig, nachdem er an diesem Tag in seine Unterkunft zurückgekehrt war, kamen Zhao Xing-de Neuigkeiten über Zhu Wang-li zu Ohren, nämlich durch einen soeben aus Gan-zhou eingetroffenen Xi-xia-Soldaten, den er beiläufig fragte, wie es seinem damaligen Hauptmann inzwischen ergangen sei. Der Mann erzählte, daß Zhu Wang-li das Kommando über einen befestigten Vorposten zweihundert chinesische Meilen westlich von Gan-zhou erhalten habe; bereits seit einem halben Jahr sei er mit dreitausend Soldaten dort stationiert. Als er das hörte, dachte Xing-de: Da liegt er also jetzt, der Kommandeur über dreitausend Leute, bereit für die Schlacht! Wie mußten seine Augen funkeln! Gewiß hatte er sich freiwillig auf diesen Vorposten gemeldet, um sich den Wunsch nach einem möglichst hitzigen Getümmel zu erfüllen. Und Xing-de hatte durchaus Verständnis dafür, daß es einen chinesischen Haudegen, der in der Voraustruppe eines fremden Volkes diente, nach solcher Raserei verlangte, in Anbetracht zumal des Vorlebens, das Zhu Wang-li gehabt und von dem er, Zhao Xing-de, irgendwann gerüchteweise gehört hatte.

In diesem Augenblick und zu seiner eigenen Überraschung stieg in Zhao Xing-de die Sehnsucht auf, noch einmal an die Front zu gehen. Nie zuvor hatte ihn das Gefühl mit ähnlicher Gewalt überfallen. Er erinnerte sich an das, was er Zhu Wang-li versprochen, was er der uigurischen Prinzessin geschworen hatte. Die gesetzte Frist zwar

war längst abgelaufen, aber ihm schien, sein Wort müsse er halten. Vermutlich warteten sie beide auf ihn. Zum ersten Mal, seit er nach Xing-qing gekommen war, trat ein wilder Glanz in seine Augen.

Zehn Tage später – er hatte sich einer an die Front abgehenden Einheit angeschlossen – brach Zhao Xing-de nach Gan-zhou auf. Sie ritten dieselbe damals von ihm benutzte Route, nur in genau entgegengesetzter Richtung.

Als sie Liang-zhou erreicht hatten, legte die Einheit dort eine fünftägige Pause ein. Auch Xing-de verbrachte diese Zeit innerhalb der Mauern. Die Stadt hatte sich in den vergangenen drei Jahren völlig verändert. Einst hatte sie ganz den Eindruck eines Frontpostens gemacht, doch jetzt reihten sich überall in den Vierteln die Geschäfte, und die zu beiden Seiten mit Bäumen bestandenen Straßen waren ordentlich hergerichtet. Im übrigen war nun auch hier alles mit Xi-xia-Schriftzeichen bedeckt. Es herrschte gerade Regenzeit, und während ihres Aufenthalts goß es so, daß die Männer kaum vor die Tür kamen.

Am zehnten Tag nachdem sie Liang-zhou verlassen hatten, trafen sie vor Gan-zhou ein. Anders als in Liang-zhou erhielten die Männer hier keine Erlaubnis, die Stadt zu betreten. Von außen war nicht recht zu erkennen, wie es hinter den Mauern aussah; zahllose Truppen zogen ein und aus, und es schien, als hätte sich die Stadt in eine besondere Art von Hauptquartier verwandelt, wäre jedenfalls nicht mehr dieselbe wie zu Xing-des Zeiten.

Nachdem er eine Nacht draußen vor der Mauer verbracht hatte, machte sich Zhao Xing-de gleich am nächsten Morgen auf den Weg nach jenem weiter westlich gelegenen Vorposten, der Zhu Wang-li unterstand. Wenn man ihn schon nicht in die Stadt hineinließ, wäre es, dachte er, besser, sich hier gar nicht erst lange aufzuhalten. Er schloß sich einer kleinen Nachschubeinheit an, die westwärts zog.

Die von Gan-zhou aus in diese Richtung führenden Straßen war er zuvor noch nie geritten. Am ersten Tag kamen sie durch eine Gegend, in der große und kleine Flußläufe mit Sandbänken abwechselten. Die Flüsse waren sämtlich über die Ufer getreten. Am zweiten Tag sah es nicht anders aus, und gegen Abend erreichten sie den Xi-wei. Von hier aus, so hieß es, seien es noch fünfzehn chinesische Meilen südwestwärts an diesem Fluß entlang bis zu Zhu Wang-lis Posten. Also trennte sich Zhao Xing-de von der Einheit, mit der er gekommen war. Er ritt an das Ufer hinab und rastete eine Weile. Die Sonne war untergegangen, doch der Mond verbreitete ein Licht, hell wie am Tag, so daß Xing-de im gemächlichen Weiterreiten den Fluß wie einen wehenden weißen Gürtel neben sich hatte.

Zhu Wang-lis Posten befand sich in einem kleinen Dorf am Fuß der Qi-lian-Berge. Die vermutlich erst nach Zhu Wang-lis Stationierung aufgeführte Befestigungsanlage machte, im Mondlicht schimmernd, von fern her den Eindruck eines großen Grabes. Doch als sich Zhao Xing-de der Mauer näherte, kamen vom Tor her zwei Berittene auf ihn zu galoppiert und nahmen ihn ins Verhör. Beide waren sie Chinesen.

Von ihnen geführt, gelangte Zhao Xing-de in eine enge, von Erd- und Steinwällen eingefaßte Gasse, bog mehrmals in andere, labyrinthisch verwinkelte Gassen ein, bis er plötzlich auf einen Platz stieß, der einen freieren Blick gewährte. Im Mondlicht waren vor dem Hintergrund der Berge einige bäuerlich wirkende Häuser zu erkennen, offenbar alle in Militärunterkünfte verwandelt. Das mochte einst ein kleiner Gebirgsort gewesen sein, aber statt des dörflichen Friedens herrschte in ihm nun die in solchen Forts übliche Strenge.

Zhu Wang-li hatte, wie es schien, das größte Haus im Dorf für sich requiriert. Nachdem die Berittenen Zhao Xing-de bis dorthin begleitet hatten, ließen sie ihn im Vorhof warten. Bald darauf trat Zhu Wang-li aus dem Haus, schob sich langsam heran, und in einer Haltung, als wolle er sichergehen, daß er sich nicht täusche, blieb er einige Schritte von Xing-de stehen und reckte nur den Kopf zu ihm her.

»Hm, lebst du also?« murmelte er einsilbig und wie zu sich selber, während er Xing-de mit funkelnden Augen musterte. In den zwei Jahren, seit Xing-de ihn zuletzt gesehen hatte, war Zhu Wang-li gealtert. Seine Haut hatte ihren Glanz verloren, eine Anzahl kleiner Flecke bedeckten seine Stirn. Sein Bart leuchtete weiß im Mondlicht.

»Nach einem Jahr bist du nicht wiedergekommen; da habe ich gedacht, es hätte dich irgendwo erwischt«, sagte Zhu Wang-li und dann plötzlich, als schleuderte er die Worte heraus: »Sie ist tot.«

»Tot?« fragte Xing-de, weil er nicht begriff.

»Ja, tot«, wiederholte Zhu Wang-li und begann langsam davonzugehen.

»Wer, meint Ihr, ist tot?«

»Frag mich nicht!« erwiderte Zhu Wang-li wütend.

Doch Xing-de ließ nicht locker. »Diese Frau?« fragte er.

»Sie ist gestorben. Und Tote kehren nicht ins Leben zurück. Frag nicht weiter!«

»Woran gestorben?«

»Sie war krank.«

»Was hat ihr gefehlt?«

Zhu Wang-li war einen Augenblick stehen geblieben, jetzt ging er von neuem los. »Jedenfalls war sie krank. Schade um sie.«

»Es tut Euch leid?«

»So leid, als ob ich eine Stadt verloren hätte.«

»Hat sie Euch noch irgend etwas für mich gesagt?«

»Nein. Aber ich pflege mich nicht dazuzusetzen, wenn einer stirbt.«

»Warum tut es Euch leid um sie wie um eine verlorene Stadt?« Daß er so sehr um sie trauerte, wollte Zhao Xing-de nicht recht in den Sinn.

»In ruhigeren Zeiten wäre sie gewiß Königin eines Landes geworden.« Und während er heftig den Kopf schüttelte, meinte Zhu Wang-li: »Ich habe gesagt, du sollst mich nichts fragen. Also frage auch nicht! Ich habe schließlich getan, worum du mich gebeten hattest.« Damit ließ er Xing-de stehen und ging ins Haus.

Nach einer Weile wurde Xing-de hineingerufen. Man hatte Wein bereitgestellt, einige Offiziere des Stabes waren erschienen. Anders als noch kurz zuvor zeigte sich Zhu Wang-li in der heitersten Laune, und zufrieden pries er Zhao Xing-de dafür, daß dieser, wie versprochen, zurückgekehrt war. Gewiß, Zhu Wang-li war gealtert, aber nun besaß er die Würde und das Auftreten eines Kommandeurs.

Als Zhao Xing-de anderntags in dem ihm zugeteilten Quartier erwachte, war der größte Teil der Truppen, und mit ihnen Zhu Wang-li, bereits nicht mehr im Fort. Bei Morgengrauen, so hieß es, seien einige Dutzend Pfeile über die Mauern hereingeflogen, und sofort habe sich Zhu Wang-li an der Spitze der Männer in Marsch gesetzt.

Von einem Soldaten erfuhr Zhao Xing-de einiges über das Leben im Fort; das klang nicht eben erfreulich. Gefechte gebe es jeden Tag. Die Uigurin also war gestorben, und er, so hatte er das Gefühl, war völlig umsonst die weite Strecke bis hierher geritten. Andererseits wiederum bereute er seine Rückkehr keineswegs. Ihm schien, er wäre da, wo er eigentlich hingehörte.

Bei Tage besehen, war der Ort im Norden sowie im Osten und Westen von Mauern umgeben; nach hinten zu schützte ihn der steil ansteigende Berg. Dort am Hang lagen einige Reihen von Erdhügeln: die Gräber der Gefallenen.

Zhao Xing-de blieb drei Monate hier. Jeden zweiten Tag

nahm er an den Strafexpeditionen teil. Seltsamerweise hatte er jetzt das Gefühl, wenn er stürbe, wäre es ihm nicht leid darum. Da die uigurische Prinzessin nicht mehr lebte, konnte seine Rückkehr hierher nur noch den einen Sinn haben, daß er sich an den Kämpfen beteiligte. Immerhin hätte er gern gewußt, wie denn die junge Frau gestorben war. Von Zhu Wang-li freilich durfte er sich darüber keine Auskunft erwarten. Wann immer er ihm gegenüber die Uigurin nur mit einem einzigen Wort erwähnte, wurde Zhu Wang-li sogleich ärgerlich oder schrie ihn an.

Gegen Ende des Zehnten Monats – in den nahen Bergen und auf den Feldern kündigte sich bereits der Winter an – traf bei dem Vorposten ein Bote aus Gan-zhou ein, der den Befehl überbrachte, die gesamte Mannschaft habe sich im Eilmarsch nach Gan-zhou zu begeben. Das von dem Boten vorgelegte Dokument war in Xi-xia-Schrift abgefaßt, und Zhao Xing-de las es dem schriftunkundigen Kommandeur vor.

An diesem Abend ließ Zhu Wang-li die Truppen auf dem Platz antreten und hielt eine Ansprache: »Bis heute haben wir Tag für Tag immer nur kleine Scharmützel ausgefochten, aber nun geht es in die große Schlacht gegen die Turfan. Und unsere Einheit ist dabei. Ich verlange von euch als den Chinesen der Voraustruppe, daß ihr kämpft bis zum letzten. Wer überlebt, errichtet den Gefallenen Gräber.«

Anderntags vom frühen Morgen an waren sämtliche Soldaten der Einheit damit beschäftigt, die Befestigungsanlagen zu zerstören, und nachdem dies gegen Abend erledigt war, brach die Truppe in die Nacht hinein in Richtung Gan-zhou auf. Ohne Rast jagten die dreitausend, alles Berittene, über Flüsse und Sandbänke und durch Dörfer, und in der Abenddämmerung des folgenden Tages erreichten sie Gan-zhou. Zhao Xing-de als einziger vermochte bei diesem Gewaltmarsch nicht mitzuhalten. Mit den beiden Soldaten, die ihm Zhu Wang-li zur Bedeckung beigegeben hatte, traf er einen Tag später bei der vor den Mauern von Gan-zhou kampierenden Einheit ein. Hier war in Schwärmen, so weit das Auge reichte, das riesige Xi-xia-Heer dabei, sich zu sammeln.

Die Inspektion, die Li Yuan-hao regelmäßig vor jedem Feldzug vornahm, war auf den zweiten Tag nach Zhao Xing-des Ankunft festgesetzt.

Tags zuvor, nachdem er einen Passierschein erhalten hatte, betrat Zhao Xing-de die Stadt. Er sehnte sich danach, seinen Fuß noch einmal in das für ihn mit so vielen Erinnerungen verbundene Gan-zhou zu setzen. Doch wie in Liang-zhou hatte sich auch hier alles gründlich verändert. Er stand unter der Mauer mit dem Signalturm, aber es war die Mauer nicht mehr, über die er mit der jungen Uigurin herabgestiegen war. Den Platz davor füllten Soldatenunterkünfte, dicht an dicht, die Mauer selber hatte man mit weiteren Reihen von Steinen erhöht, und auf ihr waren zahlreiche Wachtposten zu sehen, die Ausschau hielten.

Xing-de suchte das Haus, in dem er die junge Frau versteckt hatte; doch auch jene Gegend hatte sich ganz und gar verändert, und er fand nicht den geringsten Anhaltspunkt dafür, wo es hätte gewesen sein können.

Schließlich gab er die Suche nach dem Haus auf und ging ins Zentrum der Stadt. Schon war er dabei, zum Osttor zurückzukehren, als er die Leute neben sich den Namen Li Yuan-haos nennen hörte. Er wandte sich mit der Menge um; da bemerkte er, wie von weit hinten her, und mitten auf der Straße jemand gemächlich herangeritten kam. Kein Zweifel, der soviel Würde verbreitende, stattliche Reiter war niemand anderes als Li Yuan-hao, den er damals vor den Mauern von Liang-zhou gesehen hatte. Xing-de blieb stehen, wo er stand, um den Oberkommandierenden vorüberziehen zu lassen. Als Li Yuan-hao vorbei war und

Xing-de einen Blick auf den nächsten Reiter warf, hielt er unwillkürlich den Atem an. Es war, das hatte er nicht erwartet, eine Frau; zudem glich sie aufs Haar jener uigurischen Prinzessin, von der es hieß, sie sei tot.

Um sich noch einmal dieser Ähnlichkeit zu vergewissern, sprang Zhao Xing-de auf das Pferd zu. Doch vor dem plötzlichen Störenfried scheute das Tier und bäumte sich auf. Und es entging Zhao Xing-de nicht, daß die Frau im Sattel dabei einen leisen Schrei des Erschreckens ausstieß. Gleichzeitig streifte ihr Blick Zhao Xing-des Gesicht; im Nu jedoch hatte sie mit einem festen Griff nach den Zügeln das Pferd wieder unter Kontrolle und galoppierte, starr geradeaus sehend, an Xing-de vorüber. Sie schloß zu Li Yuan-haos Pferd auf, holte es ein und ließ es hinter sich. Da gab auch Li Yuan-hao seinem Pferd die Sporen, um ihr nachzujagen.

Zhao Xing-de stand da wie angewurzelt; was geschehen war, schien unfaßbar. Diese Frau, dachte er, muß die uigurische Prinzessin gewesen sein. Unmöglich, daß sich seine Augen getäuscht hatten. Jedenfalls konnte er sich nicht vorstellen, daß sie nur des scheuenden Pferdes wegen so reagiert hatte. Also lebte sie. Und nicht nur das. Sie lebte und diente am Ende gar an Li Yuan-haos Seite als dessen bevorzugte Konkubine. Wenn Zhu Wang-li behauptet hatte, sie sei tot, so war das eine Lüge. Sie lebte.

Zhao Xing-de wußte später nicht zu sagen, wie und auf welchem Wege er zu seiner Einheit zurückgefunden hatte. Er mußte rücksichtslos durch Gruppen von Soldaten gelaufen, mußte dahinmarschiert sein, als ob er sich auf einer menschenleeren Straße befände. Irgendwann wurde es Nacht; die zahllosen Einheiten, die den Platz vor den Mauern füllten, zündeten jede ihr Lagerfeuer an.

Ohne die anderen auch nur zu beachten, lief er geradeaus auf Zhu Wang-li zu.

»Ich hab' sie gesehen. Mit meinen beiden Augen habe ich

sie gesehen. So, und nun mal raus mit der Sprache!« schrie Xing-de. Für ihn war Zhu Wang-li jetzt nicht mehr der Kommandeur.

Langsam drehte Zhu Wang-li sein rotes Gesicht vom Feuer weg und sah zu Xing-de auf. »Hast du es noch nicht kapiert? Ich sage: sie ist tot!« schrie auch er in derselben Lautstärke. Daß Xing-de die Uigurin meinte, schien er sofort verstanden zu haben.

»Lüg mich doch nicht an! Sie lebt. Mit meinen Augen habe ich mich davon überzeugt.«

»Dummkopf! Wer tot ist, der ist tot.« Zhu Wang-li sprang auf, mit wutverzerrter Miene starrte er von oben auf Xing-de herab. »Wage das noch einmal zu sagen! Und du kommst mir nicht ungeschoren davon!« drohte Zhu Wang-li, sichtlich bereit, im Ernst das Schwert zu ziehen.

Aber Zhao Xing-de war entschlossen, die Sache mit der Frau auf jeden Fall und jetzt klarzustellen. Er würde sich nicht einschüchtern lassen; denn sie lebte ja, die Uigurin.

»Ich habe sie gesehen. Zusammen mit Li Yuan-hao«, begann Xing-de, um dann mit einem Satz zurückzuspringen. Zhu Wang-li hatte sein Schwert herausgerissen und es bis hoch über den Kopf geschwungen. Gleich darauf fuhr die Spitze der niedersausenden Klinge in einen dicken Holzkloben im Feuer, daß ringsum die Funken sprühten.

»Ich habe sie gesehen. Wie sie auf einem Pferd ritt«, brachte Zhao Xing-de noch mit Mühe über die Lippen, dann rannte er davon. Diesmal war die Schwertspitze tatsächlich auf ihn gerichtet. Als er sich umsah, hatte ihn Zhu Wang-li, die blanke Klinge erhoben, schon fast eingeholt. Zhao Xing-de rannte weiter. Er stürzte sich in benachbarte Einheiten, er sprang über ihre Lagerfeuer. Einer hinter dem anderen, in endloser Reihe warteten die Flammenstöße auf ihn. Nicht die Zehntausende von Soldaten auf dem weiten Platz, nicht die Pferdeherden und nicht die

Berge von Material und Nachschub nahmen seine Augen wahr. Nur die Feuer kamen, hatte er den Eindruck, ihm entgegengeflogen.

Zwei Jahre zuvor, in der ersten Nacht nach dem Einrükken in Gan-zhou, war er, um die Uigurin vom Signalturm herunterzuholen, auf die Mauer gestiegen und hatte von dort aus die vielen über die Ebene verstreuten Feuer erblickt; damals hatten sich in seinen Augen allein diese Flammen gespiegelt, hatte er zwischen Feuer und Feuer sonst nichts erkennen können, und genauso gewahrte er nun abermals nichts außer den Flammen.

Und dennoch, irgendwann endete auch dieses Meer der Feuer. Ein tiefes Dunkel ohne ein einziges Lichtfünkchen breitete sich vor ihm aus. Wie um den letzten Rest seiner Kräfte gebracht, ließ er sich fallen. Zhao Xing-de saß im Gras. Auf dem Gesicht und auf den Händen spürte er die Kühle des nächtlichen Taus. Dann hörte er neben sich noch einen anderen keuchen. Als er sich umwandte, war es Zhu Wang-li, der sich, auch er nach Luft ringend, ins hohe Gras setzte, die Beine von sich streckte und zu ihm herübersah.

»Was ... sagst ... du ...?« stieß, von rasselnden Atemzügen unterbrochen, Zhu Wang-li hervor. Zhao Xing-de hatte kein Wort gesagt. Er war vor lauter Keuchen einfach nicht fähig dazu. Eine ganze Weile saßen sie sich so gegenüber, und jeder lauschte auf das Schnaufen des anderen.

Am nächsten Tag vom Morgengrauen an rückten die Zehntausende von Soldaten, die vor den Mauern biwakiert hatten, in einzelnen Kolonnen auf das große freie Areal im Westen und nahmen in den vorbestimmten Positionen Aufstellung. Auch die Truppen aus der Stadt kamen herbeigezogen, um sich gleichfalls einzureihen. Von den Mauern herab dröhnten die Trommeln. Zwischen den Einheiten war jeweils einiger Abstand gelassen; hier standen die Zehntausende von Pferden.

Noch am Morgen begann Li Yuan-hao mit der Inspektion. Da Zhu Wang-lis Männer anders als beim vorigen Mal die erste Reihe bildeten, war für sie der Anfang zugleich auch das Ende; dennoch durften sie sich nicht von der Stelle rühren, bis die Inspektion des gesamten Heeres vorüber war.

Li Yuan-haos mit nur etwa fünf Fuß recht kleine Gestalt machte auch diesmal einen überaus vornehmen Eindruck auf Zhao Xing-de. Gewiß, er hatte ihn zusammen mit der Uigurin vorüberreiten gesehen, doch empfand er deswegen weder Haß noch Abneigung gegen ihn. Ihm war, als hätte das eine nichts mit dem anderen zu tun.

Gegen Sonnenuntergang war die Inspektion beendet. Schon versank die große purpurne Scheibe hinter dem Horizont, und der Abglanz blutroter Wolken verfärbte die weite Ebene.

Als Li Yuan-hao, der Oberbefehlshaber der Armee, zuletzt auf eine kleine Anhöhe getreten war, bemerkte Xing-de, wie auf der genau über Li Yuan-haos Schultern sichtbaren Mauerkrone plötzlich eine Gestalt auftauchte. Natürlich lag zwischen der Anhöhe und der Stadtmauer ein erheblicher Abstand, weshalb die Gestalt, die sich da oben bewegte, im Vergleich zu Yuan-hao wie ein Punkt erschien.

Ohne eigentlichen Vorsatz behielt Zhao Xing-de jenen kleinen Punkt im Auge. Immerhin reizte ihn die Überlegung, was jemand jetzt um diese Zeit wohl auf der Mauer wollte. Genauer gesagt, wäre sein Blick nicht mit jenem winzigen Vorgang beschäftigt gewesen, er hätte anders die entsetzliche Langeweile nicht zu unterdrücken vermocht.

Li Yuan-hao begann zur Armee zu sprechen. Offensichtlich ging es um irgendwelche Instruktionen, doch war seine Stimme kaum zu hören. Nur gelegentlich drang aus den seltsamsten Richtungen ein Wortfetzen herüber.

Da geschah es. Zhao Xing-de sah, wie der schwarze Punkt da oben – er hatte eine Weile reglos verharrt – sich plötzlich von der Mauer löste, als ob er flöge. Und während er vor der Mauerfläche herabstürzte, zog er, bemerkte Xing-de, so etwas wie einen langen Schweif hinter sich her. Es war die Sache eines einzigen Augenblicks gewesen. Niemand sonst schien den Vorfall beobachtet zu haben; jedenfalls war keinerlei Aufregung über den Platz gegangen. Und nichts regte sich danach.

Wie zuvor trug der Wind die Stimme Li Yuan-haos dann und wann und nur bruchstückweise an Xing-des Ohr.

Die Truppen ruhten diese Nacht noch einmal, und sobald der Morgen kam, brachen sie nach Westen auf. Den ganzen Tag über, eingehüllt in Sand und Staub, schwankte Zhao Xing-de auf seinem Pferd. Er dachte an nichts.

Abends biwakierten sie in einem ausgetrockneten Flußbett. Nach den Anstrengungen des Tages war Xing-de in tiefen Schlaf gesunken, doch erwachte er davon, daß ihn jemand plötzlich heftig an der Schulter rüttelte. Vor ihm stand Zhu Wang-li. Als dieser sah, daß Xing-de die Augen geöffnet hatte, sagte er unvermittelt: »Diesmal stimmt es, glaub' mir!«

»Was denn?« fragte Xing-de mißmutig.

»Daß sie tot ist, wirklich tot.« Mit diesen Worten setzte sich Zhu Wang-li, er schien gebrochen.

»Ich traue deinem Gerede nicht. Woher soll ich wissen, ob du es ernst meinst?« schrie Xing-de.

»Das ist keine Lüge. Gestern hat sie sich von der Stadtmauer gestürzt. Sie ist endgültig tot.«

Als Zhu Wang-li das sagte, trat der Vorfall oben auf der Mauer, den er tags zuvor beobachtet hatte, wieder deutlich vor Xing-des Augen. Wäre also die Uigurin jener schwarze Punkt gewesen?

»Bist du wirklich ganz sicher?« Xing-de selber spürte, wie seine Stimme zitterte.

»Ganz sicher. Deshalb hatte Li Yuan-hao den Abmarsch auf heute verschoben. Ich weiß es von einem, der die Geschichte in allen Einzelheiten mitbekommen hat«, erwiderte Zhu Wang-li. Dann senkte er den Kopf. Für eine Weile herrschte Schweigen zwischen beiden. Schließlich begann Zhu Wang-li von neuem und sagte: »Jetzt kann ich es ja zugeben, ich habe diese Frau geliebt. Ich liebe sie noch. Immer hielt ich die Frauen für ein bloßes Spielzeug; doch dann hast du mich mit ihr zusammengebracht, und schon war mein Herz an sie verloren. Schändlich von mir, ich weiß, aber ich konnte nicht anders.«

»Warum hast du dich nicht weiter so um sie gekümmert, wie ich gebeten hatte?«

»Man hat sie einfach weggeholt. Unglücklicherweise war Li Yuan-hao dahintergekommen... Dieser Bastard! Er hat sie umgebracht.«

Die letzten Worte brachte Zhu Wang-li wie ein Stöhnen hervor. Hierauf warf er sich mit dem Oberkörper nach vorn und starrte auf einen Punkt im Leeren, ganz so, als sähe er da Li Yuan-hao stehen.

Xing-de war von Zhu Wang-lis Verhalten derart überwältigt, daß er einfach die Zeit nicht fand, sein eigenes Herz zu befragen. Gleich darauf und wie um einen anders nicht abzuschüttelnden Zorn loszuwerden, sprang Zhu Wang-li plötzlich auf, gab einen seltsam heulenden Schrei von sich, wandte das Gesicht gegen den nächtlichen Himmel und verharrte für eine lange Weile in dieser Stellung.

Natürlich konnte Xing-de nicht wissen, wie Zhu Wang-li, nachdem er sie bei ihm gelassen und selber davongeritten war, die Frau wirklich behandelt hatte. Auch gab es Wichtigeres zu überlegen. So rief er sich ihr Gesicht bei der Begegnung zwei Tage zuvor in Erinnerung. Es war ein Gesicht gewesen, in dessen Ausdruck alles gleichzeitig enthalten war, Erschrecken und Verlegenheit, Freude und

Trauer. Und daß sie im nächsten Augenblick losgaloppiert war, hatte zweifellos damit zu tun gehabt, daß sie unfähig gewesen war, ihm ihre wahren Gefühle zu offenbaren.

Nach Ablauf jenes einen Jahres war er nicht wiedergekommen. Die Schuld lag bei ihm. Ihr war gar nichts anderes übriggeblieben, als sich in ihr Schicksal zu fügen. Er hatte kein Recht, sie dafür zu tadeln, daß sie Li Yuan-haos Konkubine oder was auch immer geworden war. Vermutlich hatte sie ihm mit dem Sprung von der Mauer zeigen wollen, daß sie dennoch die Reinheit ihres Herzens bewahrt hatte. Anders als auf solche Weise hatte sie es ihm nicht zu beweisen gewußt. Und kaum war Zhao Xing-de mit seinen Überlegungen bis zu diesem Punkt gelangt, überkam ihn ein Bedauern und unendliches Mitleid. Ihm war, als drängte sich ihr Herz in das seine.

Wäre er bei ihr gewesen oder wenigstens seinem Versprechen getreu nach einem Jahr wiedergekommen, hätte ihr Schicksal sicherlich einen anderen Verlauf genommen. Zwar konnte er nicht dafür einstehen, daß sie glücklich geworden wäre, aber gewiß hätte sie sich nicht von der Mauer zu stürzen brauchen.

Mit einem Gefühl der Reue erinnerte er sich, wie er die ganze Zeit über geglaubt hatte, es werde ihr schon gutgehen; und nun hatte sie, wie er überzeugt war, seinetwegen Selbstmord begehen müssen.

Die Armee rückte gegen das Gan-zhou am nächsten gelegene Su-zhou, eine der größeren Städte der Uiguren, vor. Immerhin jedoch waren es von Gan-zhou bis Su-zhou fünfhundert Meilen, was ungefähr zehn Tagesmärschen entsprach. Nachdem sie am Ufer eines ausgetrockneten Flusses biwakiert hatten, gelangten die Truppen vom folgenden Tag an zunächst auf eine mit kleinen Steinen bedeckte Ebene, die allmählich immer mehr das Aussehen einer Wüste annahm, und schließlich hatte sie sich ganz und gar in eine Sandwüste verwandelt. Kein Baum, kein Halm, wohin sie auch kamen, nur diese Sandfläche, die sich endlos bis an den fernen Himmel hin fortsetzte. Damit sie nicht im Sand versanken, bekamen die Pferde Holzschuhe an die Hufe, und die Kamelhufe wurden mit Yakfellen umwickelt.

Drei Tage lang waren sie so durch die Wüste geritten, als sie zum erstenmal auf einen großen Fluß trafen und grasbestandenes Land erblickten. Sobald sie jedoch den Fluß überquert hatten, befanden sie sich abermals in einer Wüste. Auch sie dehnte sich drei Tagesmärsche hin, und danach erreichten die Truppen einen Salzsee. Wie groß er war, blieb unklar, doch zog sich allein schon die Straße vierzig Meilen weit an ihm hin, und das Ufer war weiß, als wäre Reif darauf gefallen, und mit dichtem Schilf bewachsen.

Als sie den Salzsee hinter sich hatten, setzte sich die kahle Ödnis noch eine Weile fort, doch gleichzeitig damit, daß fern im Südwesten hohe schneebedeckte Gipfel auftauchten, wurden nun hier und da auch Bäume und Bauernhäuser sichtbar. Es waren meist Aprikosenbäume, und sie bogen sich in dem durchdringend eisigen Wind.

Am achten Tag nach dem Abmarsch aus Gan-zhou rückte die Armee in Su-zhou ein. Eigentlich hatte man damit gerechnet, daß es unterwegs bis hierher zu Scharmützeln mit den Turfans käme; tatsächlich aber hatte sich kein einziger Turfan-Soldat blicken lassen. Su-zhou war wiederum von hohen Mauern umgeben; bei den Bewohnern handelte es sich zum größten Teil um Uiguren, außerdem lebten hier eine beträchtliche Menge Chinesen, von denen freilich viele kein Chinesisch mehr verstanden. Nach dem Verlust von Gan-zhou hatten die Uiguren die Stadt als Hauptstützpunkt benutzt, sie inzwischen jedoch völlig geräumt, so daß die Xi-xia ohne Blutvergießen in Su-zhou hatten einziehen können.

Wenn man die Mauer der Stadt bestieg und den Blick nach Süden wandte, sah man die schneebedeckten Qi-lian-Berge; nach Norden zu breitete sich, so weit das Auge reichte, das graugelbe Meer der Wüste. In der Stadt gab es eine mächtige Quelle, aus der ein herrliches klares Wasser schoß und die von zahllosen, jahrhundertealten Weidenbäumen umstanden war. In der Han-Zeit war dies Jiu-quan gewesen, der Distrikt der »Reisweinquelle«; denn man sagte, das Wasser der Quelle spende Perlen und gleiche in seinem Wohlgeschmack dem Wein.

In Su-zhou angekommen, begriff Zhao Xing-de, daß Gan-zhou und Liang-zhou, die er bisher für ausgesprochene Grenzposten gehalten hatte, weit wohnlichere und zivilisiertere Plätze gewesen waren. Innerhalb der Mauern zwar ließ es sich leben, trat man aber nur einen Schritt vor das Tor, hatte man dort die Weite des tödlichen Sandmeeres vor sich, auf das wörtlich die Redensart zutraf: »Zehntausend Meilen flache Wüste und kein Rauch von einem Herdfeuer«.

In der Zeit in Su-zhou wurde Xing-de häufig von einem heftigen, ja schmerzhaften Gefühl des Heimwehs gepackt. Dabei hatte er, schien ihm, noch längst keinen Grund, sich so nach Song-China zurückzusehnen. Aus den Chroniken der Han- sowie der Späten Han-Zeit kannte er die Schicksale von Zhang Qian und Ban Chao. Bis zu jenen Westgebieten, die vor tausend Jahren der mit nur sechsunddreißig Mann aus der kaiserlichen Hauptstadt aufgebrochene Ban Chao nach einem halben Leben und unter ständigen Kämpfen mit den Barbaren schließlich erreicht hatte, war es von Su-zhou aus noch immer Zehntausende von Meilen weit. »Euer Untertan«, hatte Ban Chao, krank vor Heimweh, in seinen späten Jahren an den Kaiser geschrieben, »ist ohne

Hoffnung, in den Distrikt von Jiu-quan zurückzugelangen, so daß ich mir nur wünschen kann, ich überschritte, solange ich lebe, noch einmal den Yu-men-Paß.« Und selbst der Yu-men-Paß lag neunhundert Meilen westlich von Su-zhou.

Tatsächlich war Zhao Xing-de seit der Geschichte mit der uigurischen Prinzessin die Vorstellung, er werde je wieder den Boden Song-Chinas betreten, abhanden gekommen. Allen Heimwehqualen zum Trotz hatte sich unvermerkt das Gefühl in ihm festgesetzt, ihm sei es bestimmt, den Rest seines Lebens hier draußen in der Grenzregion zu verbringen.

Die Voraustruppe wurde jetzt in zwei Abteilungen aufgegliedert, deren eine dem Kommando Zhu Wang-lis unterstand; gleichzeitig erhielt Zhao Xing-de innerhalb der chinesischen Einheit einen höheren Rang. Er bekleidete nunmehr den Posten eines Stabsoffiziers an der Seite Zhu Wang-lis, was ihm an friedlichen Tagen mehr Zeit und Freizügigkeit verschaffte, als er im Grunde brauchte. Sobald es zum Kampf kam, war das natürlich anders. Dann stürzten sich Zhu Wang-li und Zhao Xing-de wie die einfachen Soldaten in die Schlacht.

Und eine weitere Veränderung hatte der Tod der uigurischen Prinzessin in Zhao Xing-de bewirkt. Im Gegensatz zu früher begann er sich in seinem Herzen vom Buddhismus angezogen zu fühlen. Solange er in Kaifeng gewesen war, hatte davon keine Rede sein können, und selbst in den zwei Jahren, die er in der Xi-xia-Hauptstadt Xing-qing verbrachte, war er dem Buddhismus gegenüber gleichgültig geblieben. Für die kahlgeschorenen Priester in ihren violetten Gewändern hatte er nichts als Verachtung empfunden, hatte gemeint, was kann ihre Leere, ihr Nirwana schon sein, wenn sie keine einzige Seite aus dem »Lun-yu« oder dem »Meng-zi« gelesen haben! Aber seit er nach Su-zhou gekommen war, spürte Zhao Xing-de, wie sein Inneres mehr und mehr nach dem Absoluten verlangte. Es wuchs sein Wunsch, sich vor diesem ganz wie bei einer Bekehrung auf die Knie zu werfen. Xing-de selbst war der Wandel in seinen Empfindungen nicht recht begreiflich. Klar war ihm nur so viel, daß irgendein Zusammenhang mit dem Tod der uigurischen Prinzessin bestehen mußte.

Hier in der Grenzregion war er ständig vom Tod umgeben. Wahrhaftig sah er Sterbende fast jeden Tag. Mancher erkrankte über Nacht, und am Morgen schon war er kalt. Wenn man durch die Stadt ging, stieß man mit Sicherheit auf ein oder zwei Menschen, die mit dem Tode rangen, und trat man vor die Mauern hinaus, lagen dort auf dem Sand die blanken Skelette.

Mit der Zeit erschien in Xing-des Augen der Mensch immer kleiner, sein Tun immer bedeutungsloser. Und um so mehr fesselte ihn eine Religion, die dieser Kleinheit und Bedeutungslosigkeit dennoch einen Sinn zu geben versuchte. Ein erstes Interesse für die buddhistischen Schriften wurde in ihm geweckt, als er einmal zufällig mit anhörte, wie in einem Tempelbezirk innerhalb von Su-zhou ein chinesischer Priester vor einer großen Menschenmenge das Lotos-Sutra auslegte. Xing-de stand hinter der Menge und sog die Predigtworte in sich ein. Das Gesicht des Priesters konnte er nicht erkennen, aber die Stimme drang klar zu ihm herüber. Nach einer Weile ging die Predigt unvermerkt in einen rezitativischen Gesang über.

»Schlagt im Gebälk die Glocke, baut eine Halle,
brennt kostbaren Weihrauch Tag und Nacht!
So werden immerdar verheißende Wolken
über den Himmel wehen, und endlich
erscheinen allerorten die Zeichen des Glücks.
Die Schützenden gewähren Beistand,

Weise und Heilige sprechen Lob und Preis,
auch die Buddhas alle sind da, uns Mut zu spenden.
Ah, wie der weiße Stirnfleck Buddhas leuchtet!
Welche Gnade, sein Licht zu empfangen!
Da bemüht sich das eiferndste Herz noch mehr.
Eines Tages werden wir die Reine Lehre hören,
einmal dem Kreislauf der Wiedergeburten entrinnen.«

Und als der Gesang endete, begann die Predigt von neuem. Da habe einst ein König bekanntgemacht: Wenn ihm einer die reine Lehre vom Lotos erklären könne, wolle er sich nicht scheuen, sein Sklave zu werden. Auf diese Aufforderung hin habe sich ein Einsiedler bei ihm gemeldet; danach sei der König von seinem Thron gestiegen und sei dem Einsiedler in die Berge gefolgt. Nach allen nur denkbaren Kasteiungen habe der König zuletzt die Erleuchtung erlangt. Das war eine so volkstümlich einfache Auslegung, daß Xing-de ihr vordem kaum zugehört haben würde; jetzt jedoch fühlte er sich, er wußte nicht warum, von ihr gefesselt.

Nicht lange danach lieh er sich von jenem Tempel einen Band des Lotos-Sutra, und als er ihn durchgelesen hatte, holte er sich den nächsten und so fort, bis er alle sieben Bände kannte. Darüber wuchs in seinem Inneren die Bereitschaft, diese Dinge ernst zu nehmen. Nachdem er mit dem Lotos-Sutra zu Ende war, begann er sich in das Prajnaparamita-Sutra zu vertiefen; hierzu, so sagte man ihm, gebe es einen Kommentar, das »Sastra von der Großen Weisheit«, aus dem er, und eben das war sein Wunsch, noch Genaueres über die Lehre erfahre, und also borgte er sich auch von diesem Werk jeweils einige Bände und las sie. Allmählich faszinierte ihn die von der konfuzianischen Philosophie völlig verschiedene buddhistische Glaubenslehre. Wie von einer fiebrigen Krankheit gepackt, schleppte

Xing-de nacheinander sämtliche hundert Bände des »Sastra von der Großen Weisheit« herbei, um sie in einem Winkel seiner Militärunterkunft draußen in der Grenzregion zu verschlingen.

Seit dem Einmarsch in Su-zhou waren vier Monate vergangen, als im Dritten Monat des folgenden neunten Jahres Tian-sheng die Nachricht eintraf, ein großes Turfan-Heer nähere sich zum Angriff auf die Region, woraufhin die Xi-xia-Armee sofort aus der Stadt aufbrach, um den Gegner zurückzuschlagen.

Sobald die Truppen aus dem Tor ausgerückt waren, setzten sie sich nach Osten in Marsch, und tags darauf stießen sie unweit des Salzsees auf die Vorhut der Turfan. Diese bestand, im Gegensatz zur Voraustruppe der Xi-xia, für die wie immer die chinesischen Einheiten Zhu Wang-lis und anderer benutzt wurden, aus eigenen Turfan-Soldaten.

Für Zhu Wang-li wie für Zhao Xing-de war es das erste größere Treffen mit den Turfan. Während die Xi-xia-Verbände in einer einzigen, langgestreckten Kolonne vorrückten, kamen ihnen die Turfan-Soldaten breit auseinandergezogen und wie planlos über die ganze Ebene verteilt entgegen. Wohin man auch sah, überall auf dem weithin überschaubaren Gelände bewegten sich wie kleine Punkte irgendwelche Turfan-Soldaten. Augenscheinlich waren sie je zur Hälfte beritten und zu Fuß.

Die Schlacht entwickelte sich höchst unbefriedigend und gegen alle bisherigen Erfahrungen. Die von Zhu Wang-li geführte Reitertruppe stürzte sich geradeaus unter die Feinde und jagte weiter, ohne aus der Formation zu geraten. Dabei wurde sie von allen Seiten mit Pfeilen eingedeckt. In langer Kolonne galoppierte sie über die von Turfan-Soldaten übersäte Ebene, wand sich hin und her wie eine Schlange, beschrieb einen Kreis und streckte sich wieder zu einer Linie, zog eine Ellipse, machte kehrt, um dann in Querrichtung zu reiten, zielte nach Westen und schoß nach Osten davon.

Unzählige Turfan-Soldaten wurden von den Hufen der Xi-xia-Pferde niedergetrampelt, aber auch die Xi-xia hatten nicht wenige Verluste. Schon allein dadurch, daß sie sich in geschlossener Formation bewegten, waren sie ein ständiges Ziel für die von den Turfan abgeschossenen Pfeile. Zhao Xing-de wußte nicht zu sagen, wer bis jetzt die meisten Gegner zu Fall gebracht hatte, die eigene oder die andere Seite. Von Zeit zu Zeit hörte er unmittelbar hinter sich Zhu Wang-lis Stimme irgend etwas schreien. Doch was sie schrie, verstand er nicht.

Xing-de gewann den Eindruck, die Xi-xia-Armee geriete allmählich in eine ungünstige Lage. Schließlich konnten ihre Einheiten ihren Ritt hin und her zwischen den Gegnern nicht unbegrenzt fortsetzen. Andererseits war klar, daß sie, wenn sie ihren Pferden Einhalt geböten, einen Hagel von Pfeilen auf sich ziehen würden. Als er eine Gelegenheit sah, drängte Xing-de sein Pferd neben das von Zhu Wang-li und machte kurzerhand den Vorschlag, sie sollten sich zurückziehen. Besonders schwierig wäre das nicht. Sie brauchten ja nur die Pferde an der Spitze vom Schlachtfeld wegzulenken, und damit hätte es sich schon erledigt.

Zhu Wang-lis rotes Gesicht wurde noch röter. Er setzte eine verächtliche Miene auf. »Was denn? Meinst du, wir gewinnen das nicht?« sagte er, und gleich darauf: »Na, gut. Ziehen wir uns für den Augenblick zurück und versuchen wir's dann noch einmal.«

Wenn Zhu Wang-li einen Entschluß gefaßt hatte, pflegte er ihn rasch in die Tat umzusetzen. Ein einzelner Reiter scherte aus der Kolonne aus, um den Befehl zu überbringen, und bald darauf konnte man sehen, wie die Spitze der Xi-xia-Reiterei die Richtung änderte. Dann verließ die lange Kolonne das Schlachtfeld.

In einiger Entfernung machten die Reiter halt. Nach kurzer Rast befahl Zhu Wang-li einen neuen Angriff. Wieder begann der Kampf auf Leben und Tod, warfen sie sich auf den Feind, und sowohl Zhu Wang-li als auch Zhao Xing-de waren nur ein Glied in ihrer langen Kette.

Auf diese Weise wogte die Schlacht zwischen den beiden Armeen hin und her, bis die Sonne unterging und es zu dämmern begann. Irgendwann war es über dem Schlachtfeld Nacht geworden. Ein fahles Mondlicht breitete sich aus, wovon die salzige Ebene eine glatte Oberfläche wie Email bekam und bläulich schimmerte. Die Nachtluft war eisig wie im strengsten Winter.

Nach und nach hatten die Xi-xia die Oberhand gewonnen. Mit dem Dunkelwerden war es den Turfan so gut wie unmöglich geworden, ihre Pfeile einzusetzen. Zudem änderte Zhu Wang-li die Taktik, teilte die Einheit in mehrere Abteilungen auf und schickte diese abwechselnd in die Schlacht. Die Absicht war, dem Feind keine Ruhe zu gönnen und dabei doch die eigenen Leute nicht zu ermüden. Mehrmals versuchten die Turfan, ihre Soldaten zu sammeln, aber immer wieder wurden sie von der Reiterei unter Zhu Wang-lis Kommando auseinandergetrieben.

Noch tief in der Nacht dauerten die Kämpfe an.

Endlich gegen Morgengrauen gab Zhu Wang-li den Befehl, die Angriffe abzubrechen, und ließ die Truppen Aufstellung nehmen. Die Vorhut der Turfan hatte fast alle Mann verloren, der Rest war geflohen. Gleichzeitig damit setzte die Hauptarmee der Xi-xia, die bisher, ohne sich an den Kämpfen zu beteiligen, weiter rückwärts Position bezogen hatte, ihren Vormarsch fort, um das von hier aus noch etwa zwanzig Meilen entfernte Hauptlager der Turfan anzugreifen.

Zhu Wang-li führte seine Truppen nach Su-zhou zurück. Um diese Zeit begann es zu schneien. Am Nachmittag des folgenden Tages zog, nach triumphalem Sieg über das Turfan-Heer, die Hauptarmee durch tiefen Schnee heran.

Noch keine zehn Tage waren seit diesem Sieg über die Turfan vergangen, als Yan-hui, der Gouverneur von Gua-zhou, an der Spitze von tausend Berittenen erschien, um sich den Xi-xia zu unterwerfen. Das kam völlig unerwartet. Doch auf diese Weise konnten die Xi-xia das Gebiet von Gua-zhou kampflos ihrem Reich einverleiben.

Gua-zhou und Su-zhou waren von Chinesen errichtet worden, und einst hatte hier, als von der Regierung eingesetzte Militärbefehlshaber, die Familie Zhang die eigentliche Macht ausgeübt, neuerdings indessen war die Herrschaft an die Familie Cao gefallen. Der Militärbefehlshaber Cao Xianshun residierte in Su-zhou, sein jüngerer Bruder Yan-hui verwaltete als Gouverneur das Gebiet von Gua-zhou. Von beiden Städten hatte das nahe Su-zhou gelegene Gua-zhou besondere Furcht vor den Xi-xia und erklärte deshalb freiwillig seine Unterwerfung, bevor etwas geschah.

Die Xi-xia ihrerseits hätten ohnehin irgendwann gegen diese Städte, die seit alters das Tor zu Innerasien bildeten, vorrücken müssen. Nur gerade hier war die Situation außerordentlich kompliziert. Anders als in Liang-zhou, Gan-zhou und Su-zhou, die sie bisher erobert hatten, standen ihnen in diesem Falle keine Turfan oder Uiguren gegenüber, sondern Chinesen mit allen Rechten ihrer Volkszugehörigkeit. Zwar waren sie gegenwärtig nicht in das Song-Reich eingegliedert und traten als unabhängiger Staat auf, doch daß sie völlig ohne Beziehungen zum Mutterland gewesen wären, konnte man so ohne weiteres nicht behaupten. Immerhin hatte die herrschende Familie der Cao, und mochte es auch nur formell sein, den Titel eines Militärbefehlshabers vom Song-Hof verliehen bekommen, und hätten sich nicht andere, fremde Völkerschaften zwischen die beiden Städte und das Song-Reich geschoben, wäre die Region zweifellos wie vordem noch immer ein Teil des chinesischen Reiches gewesen. Genau besehen, handelte es sich um eine kleine, von Chinesen bewohnte Insel, die durch die Einfälle nichtchinesischer Völker vom Mutterland getrennt worden war und unter dem Zwang der Umstände ihre staatliche Unabhängigkeit hatte erklären müssen. Aber wenn auch nur eine kleine Insel, so war sie doch insofern wichtig, als sie innerhalb der Territorien jenseits des Gelben Flusses geographisch die Stelle einnahm, die im buchstäblichen Sinne über den Zugang zu Innerasien und zu den Ländern im Westen entschied; alle westliche Kultur gelangte über sie in die verschiedenen Reiche des Ostens, auch die mannigfaltigsten Erzeugnisse des Westens wurden, auf schwankenden Kamelrücken, durch diesen schmalen Korridor nach Osten transportiert.

Daß nun von den beiden Städten Gua-zhou auf eigenen Wunsch den Vasalleneid ablegte, mußte die Xi-xia-Führer selbstverständlich ermutigen. Sie würden die Gelegenheit nicht versäumen, die Stadt unter ihre Fittiche zu nehmen, würden auch gegen das noch hinter Gua-zhou liegende Suzhou vorrücken und so mit einem Schlag ihre Eroberung der Territorien jenseits des Gelben Flusses abschließen. Gerüchte dieser Art liefen auch in Zhao Xing-des Einheit um. In Wahrheit jedoch kam es zu einem solchen Feldzug nicht. Der Großteil der Xi-xia-Armee wurde aus Su-zhou abgezogen. Lediglich Zhu Wang-lis Truppe blieb mit einigen weiteren Einheiten in der Stadt. Und Zhao Xing-de verbrachte vergleichsweise ruhige Tage, ringsum eingeschlossen von der Wüste, auf die nie ein Tropfen Regen fiel. Von Zeit zu Zeit ging er über die aschgraue Erde zu der im Zentrum der Stadt aus Lehm errichteten Tempelbibliothek.

5.

Im folgenden ersten Jahr Ming-dao (nach westlichem Kalender 1032) starb der Xi-xia-König De-ming. Er war einundfünfzig Jahre alt geworden. An seiner Stelle bestieg Yuan-hao, sein Sohn, den Thron. De-ming, ein Mann von sanftem Charakter, hatte während seiner ganzen Regierungszeit eine Politik des Kompromisses gegenüber den großen Reichen der Khitan und der Song betrieben und erfolgreich alles vermieden, was den aufsteigenden Staat der Xi-xia hätte gefährden können.

Yuan-hao war von anderer Art als sein Vater, tatkräftig in jeder Hinsicht. Wegen der Song- und Khitan-Politik hatte es immer wieder Auseinandersetzungen zwischen beiden gegeben. Bereits in jungen Jahren von seinem Vater mit dem Kommando über die Reiterei betraut, besaß Yuan-hao ein gerüttelt Maß an praktischer Kampferfahrung; wenn er eine Schlacht schlug, dann nie ohne zu siegen, und jetzt nach der Eroberung von Lian-zhou, Gan-zhou und Su-zhou war er voller Selbstbewußtsein und fürchtete nichts in der Welt. Seiner Meinung nach sollten die Xi-xia unverändert ein Leben nach ihren Sitten und Gebräuchen führen, ja man erzählte sich, einst habe er seinem Vater De-ming deswegen Vorhaltungen gemacht, weil dieser ein Brokatgewand trug, das er von den Song als Geschenk erhalten hatte.

Kaum hatte Yuan-hao den Thron bestiegen, da verlegte der Turfan-Führer Jue-si-luo sein Hauptquartier von Zonghe nach Qing-tang (auch Xi-ning genannt); damit meldete er gewissermaßen seinen Protest gegen die neue Situation an und erwartete dort die Xi-xia.

Yuan-hao seinerseits fürchtete einen Waffengang mit Song-China nicht, beschloß aber fürs erste, die mit den

Song paktierenden Turfan zu einer Schlacht zu zwingen und so ihre Kraft zu brechen, daß er sich ihrer ein für allemal entledigt hätte, und hierauf das Gebiet von Su-zhou in Besitz zu nehmen. Beide, Jue-si-luo wie Yuan-hao, warteten jedoch den günstigsten Zeitpunkt zum Losschlagen ab und setzten ihre Truppen nicht leichtfertig in Marsch.

In dieser gespannten Atmosphäre, in der es jeden Augenblick zum Krieg kommen konnte, verbrachten Zhu Wang-li und Zhao Xing-de das erste Jahr Ming-dao innerhalb der Mauern von Su-zhou und begrüßten hier auch den Frühling des folgenden zweiten Jahres Ming-dao. Zhao Xing-de machte sich diese ganze Zeit über noch intensiver mit den heiligen Büchern des Buddhismus vertraut. Das letzte halbe Jahr suchte er an exegetischen Schriften in die Hand zu bekommen, soviel er nur konnte.

Im Dritten Monat plötzlich erhielt Zhu Wang-lis Einheit den Befehl, als Besatzung nach Gua-zhou zu gehen. Bis dahin war in Gua-zhou kein einziger Xi-xia-Soldat stationiert gewesen. Seit Yan-hui als der Machthaber in Gua-zhou den Xi-xia den Vasalleneid geschworen hatte, waren zwar zwischen beiden Seiten Gesandtschaften hin- und hergereist, da es sich aber um ein im Grunde selbständiges Territorium handelte, hatte man von einer militärischen Besetzung abgesehen. Diesmal indessen war das anders. Jeder spürte das Unheildrohende in der von Li Yuan-hao damit eingenommenen rigorosen Haltung.

An der Spitze seiner fünftausend Chinesen verließ Zhu Wang-li nach zweieinhalbjähriger Stationierung die Mauern von Su-zhou. Es war die Zeit, in der überall in der Wüste das Weißgras trieb, das man als Futter für die Kamele verwendete.

Zhao Xing-de ritt neben Zhu Wang-li einher. Ihm fiel ein altes Gedicht ein, das er vor vielen Jahren noch in seiner Heimat gelesen hatte: »Von Jiu-quan westwärts die Straße zum Yu-men-Paß hin – Weißgras auf allen Bergen und Wüstenstrichen, so weit das Auge reicht.« Er trug es Zhu Wang-li vor und meinte, wenn der Dichter nicht gelogen habe, werde sie an diesem Tag das Weißgras unter den Hufen ihrer Pferde bis Gua-zhou begleiten.

Zhu Wang-li ging mit keinem Wort darauf ein, statt dessen fragte er in einem geradezu gerührten Tonfall, wieso Xing-de eigentlich dazu gekommen sei, in einer solchen Gegend zu bleiben. »Damals, als du nach Xing-qing gingst, hättest du von dort aus nach China zurückkehren sollen.«

»Nachdem ich aber nun einmal hier bin, läßt sich wohl daran nichts mehr ändern«, erwiderte Xing-de lachend.

»Da magst du recht haben. Jetzt ist es zu spät. Nachdem du wiedergekommen bist, um zu beschließen, in diesem Weißgras alt und nutzlos zu werden.«

Xing-de spürte, daß Zhu Wang-li insgeheim auf die Geschichte mit der Uigurin anspielte. In jener ersten Nacht auf dem Marsch von Gan-zhou nach Su-zhou, als die Truppen am Ufer eines ausgetrockneten Flusses biwakierten, hatten sie miteinander über die uigurische Prinzessin gesprochen und jeder hatte aus sehr unterschiedlichen Gefühlen ihren Tod beklagt; seither indessen und wie auf ausdrückliche Verabredung war von ihr nie wieder die Rede gewesen.

Inzwischen dachte Xing-de nur noch selten an sie. Nicht daß er die Erinnerung verdrängt hätte, doch überkam sie ihn in immer längeren Abständen. Dessenungeachtet waren seine Gefühle für die Tote keineswegs schwächer geworden. Gewiß, die Abstände waren groß, aber wenn er sich ihrer erinnerte, hatte er jedesmal ihr Gesicht deutlich vor Augen. Ja, es erschien ihm deutlicher von Mal zu Mal. Er konnte sich an ihre Augen, ihre Nase, ihren Mund erinnern. Er konnte sich an ihr verwirrtes Lächeln erinnern, an jenen Ausdruck, gemischt aus Freude und Trauer und

Erschrecken, den er zuletzt an ihr gesehen hatte. Ebenso vermochte er bei geschlossenen Lidern klar und deutlich die schmale Linie zu wiederholen, die sie, ein kleiner Punkt geworden, bei ihrem Sturz von der Mauer von Gan-zhou beschrieben hatte.

Und dachte er an die Uigurin, so spürte er, wie ein Gefühl beständiger Stille seinen Körper durchdrang. Das war längst nicht mehr nur die Liebe zu der Toten oder die Klage um sie, sondern eher so etwas wie die Lobpreisung eines Reinen und Vollkommenen, aus dem dergleichen menschliche Empfindungen herausgefiltert waren.

»Alles ist Karma«, sagte Xing-de, indem er das buddhistische Wort benutzte. Zwar befürchtete er, Zhu Wang-li werde es nicht verstehen, aber er fand keinen anderen passenden Begriff.

Zhu Wang-li hatte jedoch so genau nicht zugehört und meinte jetzt: »Sobald wir in Gua-zhou stationiert sind, solltest du dort in die Dienste des Gouverneurs treten. Irgend etwas wird es für dich zu tun geben. Ob Karma oder nicht, es war schließlich ein Irrtum, daß du in die Vorhut der Xi-xia-Armee geraten bist. Ganz sicher war es ein Irrtum. Gua-zhou ist ein Staat von Chinesen wie wir. Wenn du Geduld hast, wird sich schon eine Gelegenheit ergeben, daß du zurück ins Song-Reich kommst.«

Zhu Wang-lis Worte erregten keinerlei besondere Gefühle in Zhao Xing-de. Käme wirklich der Tag, daß er sich von der Einheit trennte und in die Dienste des Gouverneurs von Gua-zhou träte, so konnte er sich doch nicht vorstellen, daß das für ihn von besonderer Bedeutung wäre. Und ob dieser Tag kam oder nicht, auch darüber würde allein sein Karma entscheiden. Schließlich würde er es nicht gerade ablehnen, nach China zurückzukehren; nur daß er von sich aus nach einer solchen Gelegenheit eigens Ausschau halten könnte, schien ihm ausgeschlossen. Viel mehr interessierte ihn, was eigentlich in diesem alt gewordenen Kommandeur einer Ausländereinheit vorging, daß er jetzt auf dergleichen Dinge zu sprechen kam.

»Genug von mir, und was wirst du tun?« fragte Xing-de.

»Ich? Nun, da ist noch etwas, das ich erledigen muß.«

»Und das wäre?«

»Kannst du dir das nicht vorstellen? Kannst du dir nicht vorstellen, woran ich Tag und Nacht denke?« erwiderte Zhu Wang-li und brach in ein unbekümmertes Lachen aus, um dann mit fester Stimme und wie abschließend hinzuzufügen: »Nach allem bleibt mir auf jeden Fall noch eines zu tun.« Aber weiter verlor er darüber kein Wort. Und Zhao Xing-de, obwohl er nichts begriff, war überzeugt, daß Zhu Wang-li eines Tages auch ausführen würde, was er in seinem Kopf bewegte. Hatte er doch, wozu er entschlossen war, noch immer in die Tat umgesetzt.

Von Su-zhou bis Gua-zhou waren es sechshundertdreißig Meilen oder zehn Tagesmärsche. Die Straße durch die Wüste war fast überall mit Eisklumpen übersät. Am zweiten Tag ihres Rittes sahen die Männer weiß glänzende, schneebedeckte Bergketten im Norden wie im Süden. Während der folgenden vier Tage zogen sie durch Einöden, über die, vom Sturm gepeitscht, der Schnee stiebte. Und nachdem sie am sechsten Tag einige ausgetrocknete Nebenarme des Sule-Flusses überquert hatten, gelangten die Truppen endlich wieder auf eine grasbewachsene Ebene. Auch hier war der Boden vereist. Am siebenten und achten Tag ging es erneut durch Wüstenstriche, von einem kalten Wind umtobt, am neunten abermals durch ein Grasland.

Zur Mittagszeit des zehnten Tages, während aus einer Ecke des Himmels ein heftiger Fallwind auf sie niederstürzte, zogen Zhu Wang-lis Truppen in Gua-zhou ein. Die von Mauern umgebene Stadt besaß Tore im Osten, Westen und Süden. Der Einmarsch erfolgte durch das östliche Tor, wo sich, ein Gemisch aus vielerlei Völkerschaften, die Streitkräfte von Gua-zhou zur Begrüßung formiert hatten. Im Nu war die kleine Stadt von den fünftausend Reitern, den zahllosen Pferden und Kamelen wie überschwemmt. Gua-zhou war buchstäblich auf Sand errichtet, auch auf den Straßen innerhalb der Mauern häufte sich der Sand, und es ging sich in ihnen nicht weniger beschwerlich als draußen in der Wüste.

In den ersten drei Tagen und Nächten nachdem Zhu Wang-li und seine Männer angekommen waren, tobte der Sturm mit einer solchen Stärke, daß die oberen Teile der alten Stadtmauern einzustürzen drohten. Windstille Tage, so hieß es, gebe es hier im Jahr nur wenige.

Zhao Xing-de fand zwar das ständige Herumgetriebenwerden vom Wind schier unerträglich, aber zum erstenmal seit Jahren hatte er in dieser Stadt wieder ein gewisses Gefühl der Sicherheit. Unter den Kaufleuten, die mit Schafwolle und Tierhäuten handelten, selbst unter den Süßholz und verschiedene Körnerfrüchte feilbietenden Bauern befanden sich viele Chinesen. Auch in Su-zhou war das so gewesen, nur daß man dort hinsichtlich der Sitten und Gebräuche nicht mehr von wirklichen Chinesen hatte sprechen können. Hier in Gua-zhou verhielt es sich damit völlig anders. Sprache, Brauchtum, Kleidung, alles machte einen Eindruck wie daheim im Mutterland. Die Stadtmauern und die Tore waren älter, baufälliger und kleiner als in den Städten bisher, erschienen aber Zhao Xing-de irgendwie vertrauter. Und eine Zeitlang lief er jeden Tag durch die vom Sturm durchtobten Straßen und Gassen.

Am siebenten Tag nach ihrem Einmarsch begleitete er, zusammen mit einigen weiteren Offizieren, Zhu Wang-li zu einer Einladung in die Gouverneursresidenz.

Der Palast des Gouverneurs Yan-hui war groß und prächtig, Yan-hui selbst, er mochte um die Fünfundvierzig sein, ein beleibter Mann mit einem unbeweglichen, düsteren Gesichtsausdruck, außerordentlich kultiviert zwar, wie man es von einem Abkömmling der Familie Cao, die vordem als Militärbefehlshaber die gesamten Territorien jenseits des Gelben Flusses kontrolliert hatte, nicht anders erwarten konnte, aber offensichtlich ein Müßiggänger.

Yan-hui erklärte ihnen, daß Su-zhou (oder Dun-huang), wo sein älterer Bruder Xian-shun residiere, eine große Stadt sei, ein blühendes Zentrum des Buddhismus und durch die vielen, aus den Westländern heranreisenden Kaufleute ein lebhafter Handelsplatz, an dem es eine Menge Wohlhabender gebe, wohingegen sich Gua-zhou recht klein ausnehme. Er amtiere hier im Auftrage seines Bruders, habe freilich nichts Rühmenswertes vorzuweisen. Nur was seinen buddhistischen Glauben angehe, lasse er sich so leicht von keinem übertreffen und habe dafür gesorgt, daß man in zwei, drei Tempeln die kostbarsten Sutrenabschriften sammele. Wenn es gewünscht werde, sei er, sagte er, jederzeit zu einer Führung bereit.

Der einzige in der Gruppe indessen, der sich für Sutren interessierte, war Zhao Xing-de, und er bat den Gouverneur für einen anderen Tag um diese Freundlichkeit. Woraufhin sich Yan-hui wieder an alle wandte: »Ich höre, daß die Xi-xia neuerdings über eine eigene Schrift verfügen. Da möchte ich gern die Sutren, die ich besitze, in die Xi-xia-Sprache übersetzen lassen und sie so den Xi-xia zum Geschenk machen. Zweifellos ist man in Xing-qing bereits mit solchen Übersetzungsarbeiten befaßt, doch wünschte ich, ich könnte damit zugleich Buddha mein Dankopfer bringen. Die entstehenden notwendigen Aufwendungen werde ich voll auf mich nehmen. Ob mich die Herren dabei wohl unterstützen würden?«

Auch jetzt wieder antwortete keiner außer Xing-de. Zhu

Wang-li schien ziemlich unzufrieden mit dem Beherrscher von Gua-zhou, daß dieser weder zu trinken noch zu essen hatte auftragen lassen. Die ganze Zeit über saß er mit mürrischer Miene auf seinem Stuhl.

Zu folgern jedoch, man hätte es bei Yan-hui mit einem unaufmerksamen, engstirnigen Mann zu tun, wäre übereilt gewesen. Schon wollten Xing-de und die anderen die nicht eben interessante Visite abbrechen und gehen, als Yan-hui seinen Besuchern eröffnete, daß er jedem von ihnen ein Haus sowie einige Khotan-Jade und Zhu Wang-li als dem Kommandeur zu allem noch eine Konkubine schenken werde. Sofort war Zhu Wang-lis gute Laune wiederhergestellt. Mit der gewohnten Würde und Lebhaftigkeit des Vorgesetzten erwiderte er Yan-hui, dieser möge nur ohne Umschweife sagen, was er wünsche; man sei bereit, ihn in jeder Hinsicht zu unterstützen. Dann stellte er ihm noch einmal Zhao Xing-de vor, der neben ihm stand, und sagte: »Vom Buddhismus verstehe ich nicht viel, aber dieser Mann wird sich gewiß als nützlich erweisen; besprecht nur alles mit ihm, so bringt Ihr die Sache am besten voran.«

Zhu Wang-lis Unterkunft, ein Haus im Ostviertel der Stadt, in dem früher ein uigurischer Kaufmann gewohnt hatte, erwies sich als ein stattliches Anwesen mit einem weiten Garten und einem viereckigen Brunnen darin. Im Inneren war es mit prunkvollen Möbeln ausgestattet; überall hingen Schmucktafeln über den Türen, und die Pfeiler waren mit Zieraten bedeckt. Zhu Wang-li sollte hier die schönsten Tage seines Lebens verbringen.

Das Zhao Xing-de zugewiesene Haus lag gleichfalls im östlichen Viertel, ein kleines Haus, in seinen Ausmaßen nur ein Bruchteil desjenigen, das Zhu Wang-li bewohnte; dafür befand sich daneben ein Gelände, auf dem einst ein König-Ashoka-Tempel gestanden haben sollte, und nur einige Schritte vom Haus entfernt erhoben sich inmitten eines lichten Hains die Reste einer alten Pagode. Außer von dem König-Ashoka-Tempel gab es in der Nachbarschaft noch die Ruinen einiger weiterer Tempel aus derselben Zeit. Und Xing-de, weil er es war, hatte sein Vergnügen daran, auf solch historischem Boden zu wohnen. Er wurde hier von zwei Ordonnanzen bedient, das Essen brachten die Soldaten jeweils von der Truppe heran.

Nachdem er in seine neue Unterkunft eingezogen war, begab sich Xing-de einige Male zu Yan-hui in den Gouverneurspalast, und rasch wurden sie miteinander vertraut. Eines Tages, als er Xing-des Schrift zu Gesicht bekam, pries Yan-hui diese aufs höchste und meinte, es gebe zur Zeit gewiß niemanden weder in Su-zhou noch in Gua-zhou, der so schöne Zeichen schreibe wie er. Auch mit seinen Kenntnissen in den Sutren und in der Lehre fand Xing-de die Bewunderung des frommen Herrschers.

Bei einem wiederholten Besuch Xing-des kam Yan-hui erneut auf das Problem der Sutrenübersetzung zu sprechen, das er bereits bei jener ersten Begegnung angeschnitten hatte. Möglicherweise sei man in Xing-qing längst dabei, das zu tun; er jedoch wolle damit ein Werk des Glaubens leisten, im Sinne einer Votivgabe an Buddha. Xing-de seinerseits hielt es für ausgeschlossen, daß in Xing-qing an Sutrenübersetzungen gearbeitet werde. So lange sei es noch nicht her seit der Entwicklung der Xi-xia-Schrift, zudem besitze man dort nur einige wenige Rollen, und dann gebe es für die Xi-xia, also einer aufstrebenden Nation, eine Unmenge anderer Arbeit, die bewältigt sein wolle. Yan-huis Vorhaben werde daher von den Xi-xia zweifellos mit großem Beifall bedacht werden; nur handele es sich um eine so riesige Arbeit, daß eine einfache Zusage, daran mitzuwirken, noch nichts bedeute.

»Ja, aber dein Kommandeur«, insistierte Yan-hui, »hat mir doch alle Hilfe versprochen, oder etwa nicht?«

Irgendwie mochte Xing-de diesen Gouverneur. Gewiß, politisch war er unfähig; sobald die Xi-xia erstarkt waren, hatte er sich von ihnen bedroht gefühlt und in seiner Kleinmütigkeit und Nervosität geglaubt, er werde nur dann Ruhe finden, wenn er sich ihnen sogleich unterwerfe. Aber auf der anderen Seite war er von einer durchaus lauteren, aufrichtigen Art. Besonders liebte Xing-de sein Lächeln. Dabei geriet zunächst Yan-huis schlaffe Haut in Bewegung, und dann nach einer Weile erschien in seinen Augen und um seinen Mund der Ausdruck einer tief in ihm sitzenden Freude. Er erinnerte in gewisser Weise an das Lächeln eines unschuldigen Kindes.

Nicht zuletzt, um dieses Lächeln auf Yan-huis Gesicht aufscheinen zu sehen, fühlte sich Xing-de schließlich genötigt, seinen Wünschen entgegenzukommen.

Xing-de kehrte zu seiner Einheit zurück und berichtete Zhu Wang-li davon.

»Freut mich, daß du das auf dich nimmst«, erklärte Zhu Wang-li sofort. »Ich verstehe von dergleichen zwar nicht das geringste, aber wenn dir die Sache nicht unangenehm ist, solltest du es unbedingt tun.«

»Es ist nur so, daß ich es allein gar nicht schaffen würde. Ich brauchte dazu einige Helfer, die entsprechend ausgebildet sind.«

»Nun, dann hole dir solche Leute und lasse sie mitarbeiten. Das ist doch das einfachste, oder?«

»Es wird sie nirgends geben außer in Xing-qing«, erwiderte Xing-de.

Woraufhin Zhu Wang-li meinte: »Also gehst du eben nach Xing-qing.« Als wäre weiter nichts dabei.

Eine Reise nach Xing-qing war ein beschwerliches Unternehmen. Andererseits kannte Xing-de dort einige Leute, die imstande waren, Sutren aus der chinesischen Version in die Xi-xia-Sprache zu übertragen. Er konnte sich mühelos sogar an ihre Gesichter erinnern. Sie alle waren Chinesen und hatten damals mit ihm in der Xi-xia-Bibliothek gearbeitet.

Zu Anfang des Fünften Monats traf Xing-de seine Vorbereitungen für die Abreise nach Xing-qing. Er verfaßte verschiedene Schriftstücke, die er den Militärbehörden unter Berufung auf Yan-hui und Zhu Wang-li vorlegte. Doch ein Abreisedatum wurde vorläufig nicht festgesetzt. Er hatte sich in Geduld zu fassen, bis irgendwelche Truppen von Gua-zhou aus nach Osten aufbrächen.

Eines Tages um die Mitte desselben Monats wurde Zhao Xing-de zu Yan-hui gerufen, und als er sich zu ihm in den Palast begab, erklärte ihm Yan-hui: »Da ist ein Kaufmann aus Su-zhou, Wei-chi Guang mit Namen, von dem es heißt, er wolle nach Xing-qing aufbrechen. Wie wär's, wenn Ihr mit ihm rittet?«

Xing-de wußte nicht, was für ein Mann dieser Wei-chi Guang war, hielt es aber jedenfalls für eine Tollkühnheit, zum gegenwärtigen Zeitpunkt, da der Kriegszustand zwischen den Xi-xia und den Turfan fortbestand, mit einer Handelskarawane von Gua-zhou nach Xing-qing zu ziehen. Immerhin beschloß er, ihn einmal aufzusuchen. Auch Yan-hui kannte den Kaufmann nicht näher.

Am folgenden Tag ging Xing-de in das dem Südtor benachbarte Viertel, in dem die Gasthöfe lagen. Als er nach Wei-chi Guang fragte, war dieser gerade ausgegangen; doch hieß es, er werde bald zurückkommen, und so drückte sich Xing-de in einen Winkel der engen, schmutzigen Gasse und wartete. Nicht lange danach trat Wei-chi Guang auf ihn zu, ein noch junger Mann, groß und schlank, von dunkler Hautfarbe und mit stechenden Augen. Zunächst schien er nicht recht zu begreifen, weshalb Zhao Xing-de zu ihm gekommen war, und fragte vorsichtig, wie um sich keine Blöße zu geben: »Du bist von der Besatzungsarmee, nicht wahr? Na, und was führt dich zu mir?«

»Ich habe deinen Namen vom Gouverneur gehört«, erwiderte Xing-de.

»Vom Gouverneur? Damit kannst du mir keinen Schrekken einjagen. Wir haben unsere ordnungsgemäßen Reisepapiere. Also, was willst du? Sag es schnell. Ich bin im Augenblick so beschäftigt, daß ich nicht weiß, wo mir der Kopf steht.«

Dies war ein herausfordernder Empfang. Xing-de sah ein, daß sein Gegenüber ein sehr ungeduldiger Mann war, weshalb er in kurzen Worten seine Bitte vortrug, ihn in der Karawane nach Xing-qing mitreiten zu lassen.

»Auf Anordnung der Xi-xia-Armee oder des Gouverneurs?« fragte Wei-chi Guang.

»Beide wünschen es.«

»Ich pflege in der Karawane außer meinen Männern niemanden mitzunehmen. Wäre es auf Befehl nur einer Seite, des Gouverneurs oder der Xi-xia-Armee, würde ich es rundweg abschlagen; da es aber beide wünschen, kann ich wohl schlecht nein sagen. Wird eine Menge Umstände machen; immerhin, versuchen wir's. Übermorgen bei Tagesanbruch reiten wir los. Morgen nacht bei Mondaufgang schnürst du dein Bündel und kommst hierher.«

Und in rauhen Worten setzte er hinzu, wenn Xing-de sich seiner Karawane anschließe, habe er sich auch seinem Kommando zu unterwerfen; darüber müsse er sich klarsein.

Anderntags ging Zhao Xing-de zu Zhu Wang-li, um sich von ihm zu verabschieden. Kaum hatte dieser ihn zu Gesicht bekommen, da meinte er: »Um deinetwillen habe ich Waffen für zwanzig Mann herausgerückt!«

Erst verstand Xing-de kein Wort von dem, was Zhu Wang-li ihm da vorhielt, aber dann allmählich ging ihm ein Licht auf: Wei-chi Guang war bei Zhu Wang-li erschienen und hatte als Gegenleistung dafür, daß er ihn, Zhao Xing-de, mitnähme, die leihweise Überlassung von genügend Waffen gefordert, um damit zwanzig seiner Leute auszurüsten.

»Mir gefiel dieser wagemutige junge Kerl. Deshalb habe ich eingewilligt. Du kannst unterwegs darauf pochen«, sagte Zhu Wang-li.

Auf dem Rückweg sprach Xing-de auch bei Yan-hui vor und erfuhr, daß Wei-chi Guang ebenfalls hier gewesen war. Nur hatte er den Gouverneur nicht um Waffen, sondern um fünfzig Kamele gebeten. Da dies, so habe Wei-chi Guang erklärt, eine offizielle Angelegenheit sei, möge man ihm fünfzig Regierungskamele zur Verfügung stellen, und Yan-hui hatte schließlich nachgegeben und beim Verladeamt das Nötige verfügt.

»Du wirst mithin«, setzte Yan-hui, ähnlich wie zuvor Zhu Wang-li, hinzu, »in aller Bequemlichkeit und stolzen Gesichtes reisen können. Wei-chi Guang besitzt selbst fünfzig Kamele, und da er nun noch einmal fünfzig unentgeltlich dazubekommen hat, wird er dich gewiß mit Respekt behandeln.«

Xing-de jedoch, der Wei-chi Guangs harten Gesichtsausdruck noch vor sich sah, bezweifelte, ob irgendwer, und hätte er ihm wieviel auch immer zugestanden, den wilden Glanz in den Augen dieses Mannes zu besänftigen vermochte.

Am selben Abend begab sich Zhao Xing-de, von zwei Soldaten mit seinem Gepäck begleitet, zum verabredeten Platz. Bald darauf erschien Wei-chi Guang, nahm den Soldaten Xing-des Gepäck ab und übergab es den Kameltreibern. Dann sagte er kurz angebunden zu Xing-de nur: »Komm mit!« Und ging los.

Xing-de entließ die Soldaten und folgte Wei-chi Guang, wobei seine Stiefel immer wieder im Sand versanken. Obwohl es der Fünfte Monat war, schlug ihm die Nachtluft mit bitterer Kälte entgegen.

Während er so dahinstapfte, überlegte Zhao Xing-de, woher dieser Wei-chi Guang wohl stammen könnte. Er war weder ein Chinese noch ein Uigure oder Turfan, und vom Gesicht her ließ er sich keiner jener innerasiatischen Völkerschaften zuordnen, denen Xing-de bisher begegnet war. Er sprach ein dialektgefärbtes Chinesisch. Sie gingen inzwischen durch eine dunkle Straße an der Stadtmauer hin; da vermochte Xing-de schließlich seine Neugier nicht zu unterdrücken, und er fragte: »Wo bist du eigentlich geboren?«

Wei-chi Guang blieb stehen und wandte sich um. »Ich bin Wei-chi Guang«, sagte er, wobei er jedes einzelne Wort mit einer so nachdrücklichen Betonung aussprach, als wolle er Xing-de warnen.

»Deinen Namen weiß ich. Ich habe gefragt, in welchem Land du geboren bist.«

Daraufhin brüllte ihn Wei-chi Guang wütend an: »Du Schwachkopf! Ich bin ein Wei-chi. Begreifst du das nicht? Keiner außer vom Geschlecht des Herrscherhauses von Khotan trägt diesen Namen. Mein Vater war von königlichem Blut.« Und schon wieder weitergehend, fuhr er fort: »Bedauerlicherweise wurde das Haus Wei-chi im Kampf um die Macht von dem Clan der Li geschlagen. Heute sitzen die Li auf dem Thron von Khotan, aber meine Familie ist anders als diese Emporkömmlinge.«

Wenn das zutraf, was Wei-chi mit noch immer zorniger Stimme von sich gegeben hatte, wäre sein Vater also ein Khotan gewesen. Aber auch den Khotan, die Xing-de kannte, glich er nicht.

»Und woher kam deine Mutter?« fragte Xing-de weiter.

»Meine Mutter? Meine Mutter stammt aus der berühmten Familie Fan aus Su-zhou. Ihr Vater hat in den Ming-sha-Bergen bei Su-zhou eine Menge Buddha-Höhlen graben lassen.«

»Was heißt hier: Buddha-Höhlen graben lassen?«

Wei-chi Guang blieb erneut stehen und drehte sich um; und plötzlich faßten zwei Hände wie Adlerklauen nach Xing-des Kragen und zogen ihn langsam zusammen.

»In den Ming-sha-Bergen Buddha-Höhlen graben lassen, das ist nicht so einfach. Das kann nur eine ganz vornehme Familie oder ein schwerreicher Mann. Merke dir das!«

Xing-de spürte, wie ihm die Kehle zugeschnürt, wie er, nach Atem ringend, mehrmals heftig hin und her geschüttelt wurde. Er wollte schreien, aber er brachte keinen Laut heraus. Gleich darauf hoben seine Füße vom Erdboden ab, so daß ihm war, als schwebte er, seltsam leicht geworden, in der Luft. Im nächsten Augenblick lag er auf dem Rücken im Sand. Immerhin war er weich gefallen wie auf Stroh und empfand keinerlei Schmerzen.

Xing-de erhob sich langsam, wobei er den Sand abklopfte. Vielleicht war es, weil ihm nichts weiter weh tat, jedenfalls kam keine eigentliche Wut über Wei-chi Guangs Verhalten in ihm auf.

Von nun an ging Xing-de schweigend hinter Wei-chi Guang her. Dieser Mann hatte demnach, seinen Worten zufolge, Blut von beiden Seiten in den Adern, von den Chinesen und von den Khotan. Und ließ man einmal die väterliche Seite unberücksichtigt, die Tatsache allein, daß sich die meisten Chinesen in den Territorien westlich des Gelben Flusses mit fremden Völkerschaften vermischt hatten, berechtigte zu der Annahme, Wei-chi Guang besäße durch seine Mutter Blutsanteile auch verschiedener anderer Herkunft. So gesehen, war es nicht eben verwunderlich, daß er in seiner ganzen Erscheinung keinem der vielen Stämme wirklich glich.

Wie lange sie auch gingen, die Straße unter der Stadtmauer hin nahm kein Ende. Sie war, hatte Xing-de den Eindruck, wie die Finsternis, die sich in alle Ferne dehnt.

Dennoch gelangten die beiden Männer schließlich an eine hellere Stelle. Nicht daß sie beleuchtet gewesen wäre, und es mochte Xing-de auch nur so scheinen; jedenfalls aber begannen die Umrisse der Dinge undeutlich sichtbar zu werden.

Vor ihm erstreckte sich eine enge, schnurgerade Gasse, zu deren beiden Seiten sich Gebäude reihten, die mit ihren tief herabgezogenen Dächern anders als die üblichen Häuser und alle von Mauern umgeben waren. Hier und da vor diesen Gebäuden bewegten sich große Tiere, und zwar eine Menge. Xing-de war stehengeblieben und starrte hinüber auf die Tiere, und als er, wieder zu sich gekommen, um sich blickte, war Wei-chi Guang von seiner Seite verschwunden. Gleich darauf begriff er, daß er selber rasch aus dem Wege gehen mußte. Die Tiere kamen offenbar aus jenen Gebäuden; von Minute zu Minute wuchs ihre Zahl in der Gasse, und langsam schob sich eine riesige Herde auf ihn zu.

Ohne viel zu überlegen und wie von der Herde verfolgt, lief Zhao Xing-de los und erreichte einen großen, offenen Platz an der Stadtmauer. Daß es in Gua-zhou einen solchen Platz überhaupt gab, hatte er bis jetzt nicht gewußt. Auf diesem standen bereits viele Kamele, zwischen denen er ein Dutzend oder mehr fremdländisch gekleidete Männer umherlaufen sah. Sie waren dabei, die Tiere zu beladen.

Nach einer Weile vernahm Xing-de die ihm inzwischen vertraute Stimme Wei-chi Guangs. Sie war, ein ärgerliches Gebell, bald hier, bald da zwischen Männern und Kamelen zu hören. Xing-de ging der Stimme nach. Von da an hielt er sich dicht an Wei-chi Guang, um ihn nicht wieder aus den Augen zu verlieren. Wei-chi Guang redete in allen möglichen Sprachen. Wenn er die Sprachen der Uiguren, der Turfan oder der Xi-xia benutzte, konnte ihn auch Xing-de verstehen; bei den übrigen hatte er keine Ahnung, um welche es sich da handelte. Sooft ein Wort in einer ihm unbekannten Sprache fiel, fragte Xing-de, was das für eine sei. Und Wei-chi Guang nannte sie ihm anfangs auch: »Das ist die der Khotan, der Long, der Asha.« Doch dann, als ihm das allmählich lästig wurde, schrie er: »Halt's Maul!« Dabei packte er abermals Xing-de beim Kragen. Wie beim erstenmal schwebte Xing-de in der Luft, und wieder rollte er mit einem Gefühl der Schwerelosigkeit in den Sand.

Irgendwann später fiel das Licht des Mondes auf den Platz. Die hundert Kamele und die mehr als ein Dutzend Männer warfen schwarze Schatten auf den aschgrauen Sand; für das Beladen brauchten sie die ganze Nacht.

Xing-de blieb nichts zu tun. Er entfernte sich von Wei-chi Guang, und während er zwischen den Kamelen und den Männern umherschlenderte, musterte er das eine oder andere Gepäckstück. Er hätte nur gern gewußt, was sie enthielten. Manchmal konnte er sich mit den Männern leicht verständigen, manchmal, obwohl er alle Sprachen durchging, die er kannte, gelang das nicht. Dennoch erfuhr er so, daß es sich bei den Waren, die diese Karawane in Richtung Osten transportierte, um Juwelen und persischen Brokat, um Tierhäute sowie um Stoffe und Spezereien aus all jenen Ländern des Westens, um Samen und anderes handelte.

Endlich ließ das Lärmen ringsum ein wenig nach, das Beladen der Tiere schien beendet, und sogleich erscholl Wei-chi Guangs Stimme, die zum Aufbruch rief. Dann zog die Karawane durch das für gewöhnlich geschlossene, jetzt aber ihretwegen aufgestoßene Südtor aus der Stadt. Die hundert Kamele formierten sich zu einer langen Reihe, überwacht von Bewaffneten zu Pferde, die hier und da neben ihr ritten. Zhao Xing-de schaukelte auf dem Rücken eines Kamels nahe dem Ende der Karawane.

»Wo ist eigentlich mein Gepäck?« fragte er Wei-chi Guang, der auf einem Kamel vor ihm saß.

»Auf dem Kamel, das du reitest. Nur, sieh dich vor, daß du mich nicht weiter mit Fragen nach deinen Sachen belästigst!« schrie Wei-chi Guang zurück.

Bis zur Morgendämmerung war es noch einige Zeit hin; der Mond, der jetzt mitten am Himmel stand, warf ein fahles Licht auf die Ebene.

Die von Wei-chi Guang geführte Karawane brauchte nahezu fünfzig Tage, um von Gua-zhou nach Xing-qing zu gelangen. Solange er in Gua-zhou gewesen war, hatte Xing-de davon keine Ahnung gehabt, aber tatsächlich kam es in den gesamten Territorien westlich des Gelben Flusses überall und immer wieder zu kleineren Gefechten zwischen den Truppen der Xi-xia und der Turfan. Geriet die Karawane in die Nähe eines solchen Gefechts, wartete sie entweder ab, bis es zu Ende war, oder sie zog auf Umwegen daran vorbei, so daß sie auf diese Weise manchen Tag verlor.

Am meisten erstaunte es Xing-de, welches Ansehen sich Wei-chi Guang sowohl bei den Xi-xia als auch bei den Turfan zu verschaffen wußte. Wenn die Schlacht im Gange war, wich er ihr natürlich aus; standen sich jedoch die beiden Seiten gegenüber, ohne schon wirklich losgeschlagen zu haben, so ritt er unbekümmert an dem einen wie dem anderen Lager entlang, oder er ließ seine Karawane zwischen beiden quer über das künftige Schlachtfeld ziehen, sein Vorhaben dadurch ankündigend, daß er eine Fahne aufsteckte, in die als Symbol für Vaisravana, den Schutzgott seines Hauses, ein großes »Vai« eingefärbt war. In solchen Fällen pflegten beide Armeen das Ende der Karawane abzuwarten, bevor sie den Kampf aufnahmen.

Die Scharmützel zwischen den Turfan und den Xi-xia, so sehr sie die Reise aufhielten, bekümmerten Wei-chi Guang kaum; viel mehr Kopfzerbrechen bereitete ihm der Durchzug durch die verschiedenen befestigten Städte. In Su-zhou wie in Gan-zhou und Liang-zhou erlebte Xing-de, wie Wei-chi Guang immer wieder entsetzlich aufgebracht war und wegen jeder Kleinigkeit losschrie. Überall mußte die Karawane zwei, drei Tage pausieren, bis die Zollangelegenheiten geklärt waren. Nach Wei-chi Guangs eigenen Worten hatte er vor dem Einmarsch der Xi-xia nur die uigurischen Beamten zu bezahlen brauchen; jetzt hingegen waren die an ihrer Stelle eingesetzten Xi-xia zu bezahlen und die noch immer die eigentliche Macht in Händen haltenden Uiguren obendrein. Die in fünfzig Partien auf die Kamelrücken geladenen Rohedelsteine hatten sich daher unterwegs um ein Fünftel verringert.

Während dieser langen Reise lernte Zhao Xing-de die Art und das Temperament des jungen Karawanenführers, der ihm noch beim Aufbruch so rätselhaft erschienen war, gründlich kennen. Wei-chi Guang war ein Mann, der nichts von sich wies, sofern er sich dabei bereichern konnte. Gewiß, seinem Gewerbe nach war er ein Kaufmann, aber hätte man ihn einen Banditen, einen Erpresser genannt, wäre das keineswegs eine Übertreibung gewesen.

Wann immer er auf eine kleine Karawane traf, ritt er mit einigen seiner Untergebenen hin, und nach irgendwelchen Verhandlungen kehrte er mit sämtlichen Waren der anderen, die er ihnen abgeschwindelt hatte, zurück. Solche Unternehmungen inszenierte er ganz offen auch vor Xing-des Augen. Unter den von ihm angeführten Männern befanden sich welche vom Stamm der Long, der in den Bergen südlich von Su-zhou zu Hause war, sowie einige vom weiter westlich ansässigen Stamm der Asha, und beide waren dafür bekannt, daß sie sich als Straßenräuber betätigten.

Wei-chi Guang schien nichts in dieser Welt zu fürchten. Es gab Dinge, die ihn ärgerten, die ihn erregten, aber keine, die für ihn ein Grund gewesen wären, in Angst zu geraten. Er war von einem solchen Hochmut, daß er bis zu dem Augenblick, in dem es ans Sterben ginge, einfach nicht imstande sein würde, sich vorzustellen, daß der Tod nach ihm greifen könnte.

Alles, was dieser rebellische junge Mann unternahm, wurde, wie Xing-de erkannte, beherrscht von dem Stolz auf seine Geburt. Es war der Abglanz einer Herkunft aus königlichem Hause, aus der jetzt vom Erdboden verschwundenen Khotan-Dynastie der Wei-chi, der ihn von einem Augenblick zum anderen verwandelte. Er konnte bald tapfer wie nur irgendeiner, bald wieder ebenso grausam sein. Und zweifellos spielte selbst dann, wenn er in der Wüste andere Karawanen überfiel, irgendwo in seinem Inneren der Stolz der Wei-chi-Dynastie eine gewichtige Rolle. Gestützt auf den Ruhm und die Macht seiner Vorväter hatte er die Gewohnheit, sich nicht eher zufriedenzugeben, als bis er den anderen auch noch das letzte Bündel weggenommen hatte.

Die Stadt Xing-qing hatte sich, verglichen mit der Zeit von vor drei Jahren, als Zhao Xing-de dort gewesen war, sehr verändert, der Wandel war sichtbar auf Schritt und Tritt. Die Bevölkerung hatte enorm zugenommen. In den Geschäftszeilen herrschte ein außerordentlicher Wohlstand, ständig wurden neue Läden errichtet; dafür hatte die Stadt insgesamt in diesen drei Jahren die damals noch spürbar gewesene Gelassenheit der alten Festung völlig verloren. Und nicht nur innerhalb der Mauern, sondern auch draußen vor den Toren drängten sich die Menschen. So wurde nahe dem elfstöckigen Nordturm ein neues Viertel nach dem anderen angelegt. Ähnlich war es in der Gegend um den Westturm und auch in der Nordwestecke der Stadt, wo sich jener Tempel befand, in dem Xing-de gewohnt hatte.

Im selben Maße, wie das Reich der Xi-xia zu einer Großmacht aufstieg, schwoll auch Xing-qing rasch zu einer Großstadt an. Jedoch fiel Xing-de auf, daß die Leute jetzt zumeist weit einfacher, ja ärmlich gekleidet waren. Das mochte an den hohen Steuern liegen, die man ihnen des Turfan-Krieges wegen abverlangte. Damals während seines Aufenthalts in der Stadt hatte Xing-de häufig davon gehört, daß am Fuße der He-Lan-Berge achtzig Meilen weiter westlich zahlreiche Tempel entstünden; heute, drei Jahre später, waren solche Gerüchte verstummt. Vermutlich war das Geld für militärische Bauten verwendet worden.

Genau wie seinerzeit fand Xing-de auch diesmal wieder Unterkunft in jenem ausgedehnten Tempel im Nordwestviertel der Stadt. Im Vergleich zu früher wirkte die Anlage jetzt noch mehr wie eine Schule, die Zahl der Lehrer und Schüler hatte beträchtlich zugenommen, desgleichen die der chinesischen Lehrer. Unter den Chinesen waren einige, die er, weil er damals zusammen mit ihnen an Xi-xia-Schriftstücken gearbeitet hatte, vom Gesicht her kannte. Was ihn nach seiner Ankunft in diesem Tempel am meisten erstaunte, war die Tatsache, daß die von ihm angefertigte Gegenüberstellung von Xi-xia- und chinesischen Schriftzeichen, zu einem regelrechten Buch gebunden und mehrfach kopiert, fleißig verwendet wurde. Ein knapp Sechzigjähriger namens Suo, der seit langem in diesem Tempel lebte und an der Xi-xia-Schrift arbeitete, kam mit dem Buch zu Xing-de und bat ihn, den Titel dafür zu schreiben. Obwohl Suo die Xi-xia-Schrift durchaus beherrschte, war er doch mehr ein Beamter denn ein Gelehrter, und da er als solcher der älteste war, hatte er inzwischen den höchsten Rang inne. Als ihm nun zu Ohren gekommen war, daß Xing-de zufällig zurückgekehrt sei, hatte Suo beschlossen, ihn um die Abfassung des Titels für das Büchlein zu bitten. Normalerweise pflegte man in derartigen Fällen einen der Xi-xia, die daran mitgearbeitet hatten, als Verfasser zu nennen; weil sich aber Xing-de mit all seinen Kräften dieser Aufgabe gewidmet hatte, sollte er wenigstens das Privileg erhalten, die Zeichen für den Titel zu schreiben.

Zhao Xing-de schlug das Büchlein auf. Sogleich sprangen ihm einige Wörter in die Augen, die er selber ausgewählt hatte: Donner, Sonnenschein, Himmelstau, Wirbelwind – Schriftzeichen, in einer Reihe untereinander geschrieben, die sich auf Naturerscheinungen dieser Art bezogen. Rechts daneben standen die entsprechenden Xi-xia-Schriftzeichen, dazu die Aussprache der Xi-xia-Wörter in chinesischen und die Aussprache der chinesischen Wörter in Xi-xia-Zeichen. Das Ganze mochte von einem Schüler kopiert worden sein; die Schrift war recht linkisch, und dennoch bedeutete das Buch für Xing-de eine liebe Erinnerung.

Als er eine andere Seite aufschlug, waren dort Tiernamen aufgeführt wie Katze, Hund, Schwein, Kamel, Pferd und Ochse, auf wieder einer anderen die Bezeichnungen für die Körperteile wie Augen, Kopf, Nase, Zunge, Zähne und Mund.

Eine Weile betrachtete Xing-de Seite um Seite, dann griff er schließlich zum Pinsel, tauchte ihn in die Tusche und schrieb auf den auf den Buchdeckel aufgeklebten, schmalen Streifen weißen Papiers: »Xi-xia und Chinesisch vereint, ist zuzeiten die Perle in der Hand.« Und indem er den Pinsel weglegte und auf das Büchlein wies, fragte er den alten Mann: »Genügt das?«

Als er sah, daß dieser zustimmend nickte, beschrieb er einige weitere Papierstücke mit denselben Schriftzeichen. Sie waren dazu bestimmt, auf die anderen Kopien aufgeklebt zu werden.

Unmittelbar nach seiner Ankunft in Xing-qing hatte Xing-de mit Hilfe Suos, seines einstigen Vorgesetzten, die nötigen Schritte eingeleitet, um das Vorhaben, dessentwegen er die weite Reise von Gua-zhou her gemacht hatte, zu verwirklichen. Nach ungefähr einem Monat wurde ihm von der Regierung die Erlaubnis dazu erteilt. Die von ihm ausgewählten sechs Chinesen sollten als von Yan-hui dorthin berufen nach Gua-zhou entsandt werden. Zwei von ihnen waren Priester, Männer mit großer Erfahrung sowohl in den chinesischen als auch in den Xi-xia-Schriftzeichen, dazu hervorragende Kenner der buddhistischen Kultur. Diese Priester hatten beide bereits die Fünfzig erreicht, wohingegen die übrigen aus der Gruppe um die vierzig Jahre alt waren. Alle hatten sie ehedem mit Xing-de zusammengearbeitet. Daß man in Xing-qing so rasch auf die Bitte Yan-huis eingegangen war, hatte seine Ursache in dem Umstand, daß man hier dergleichen noch keineswegs übersetzte, ja in Wahrheit besaß man nicht einmal die Sutren, von denen man hätte ausgehen können. Wie Xing-de gerüchteweise hörte, war man dabei, in Kürze eine Gesandtschaft an den Song-Hof zu schicken, um von dort die gesamten buddhistischen Lehrschriften zu erhalten.

Sobald die Verhandlungen beendet waren, beschloß Xing-de, den anderen voraus nach Gua-zhou zurückzukehren. Gewiß wäre es am schönsten gewesen, gemeinsam mit ihnen zu reisen; aber diese hatten zunächst ihre Vorbereitungen zu treffen und wollten, wie sie erklärten, ihre Abreise aus Xing-qing auf den Herbstanfang verschieben.

In der größten Hitze des Siebenten Monats hatte Xing-de alles in Xing-qing erledigt und schloß sich der jetzt wieder westwärts nach Gua-zhou ziehenden Karawane Wei-chi Guangs an. Wei-chi Guang verfügte über eine solche Menge an Gepäck, daß es ein Vielfaches von dem ausmachte, was er bei der Herreise gehabt hatte. Die Zahl der Kamele wurde daher noch einmal um dreißig Tiere vermehrt, und manche der Karawanenbegleiter mußten sich nun um zehn Kamele kümmern. Die Rückladung bestand zum größten Teil aus Seide, daneben aus Pinseln, Papier, Tusche, Reibsteinen, Schrift- und Bilderrollen und Antiquitäten, doch davon jeweils nur kleinere Mengen.

Da Xing-de inzwischen mit Wei-chi Guangs Art durchaus vertraut war, vermied er es nach Möglichkeit, jedenfalls solange er kein Anliegen hatte, in dessen Nähe zu geraten. Wei-chi Guangs Stolz und Überheblichkeit führten bei ihm zu seltsamen Reaktionen, wie sie sich ein normaler Mensch nicht vorzustellen vermochte, und entsprechend schwierig war es für jeden, diesen Mann nicht in üble Laune zu versetzen. Das beste ist, dachte Xing-de, ich gehe ihm aus dem Weg. Aber nun begann Wei-chi Guang seinerseits, Xing-de aus irgendwelchen Anlässen aufzusuchen. Er war überzeugt, daß unter den unwissenden und vulgären Karawanenbegleitern und Kameltreibern Xing-de der einzige wäre, mit dem er einigermaßen wie von gleich zu gleich reden könnte.

Eine Reise mit Wei-chi Guang indessen war keine friedliche Angelegenheit. Einmal eines Abends, es war am zweiten Tag nachdem sie Liang-zhou verlassen hatten, kampierten sie auf einer Grasebene nahe einer Quelle, Xing-de zusammen mit fünf Kameltreibern im selben Zelt, erschien Wei-chi Guang bei ihm. Wie immer in solchen Fällen entstand durch sein Auftauchen augenblicklich eine gespannte Atmosphäre im Zelt; die Kameltreiber verkrochen sich in eine Ecke und kehrten den beiden den Rücken zu.

Ohne sie auch nur im geringsten zu beachten, kam Wei-chi Guang auf Xing-de zu und sagte: »Auf jeden Fall sind die uigurischen Weiber, ob hoch oder niedrig, alle ausgemachte Huren.« Wobei rätselhaft blieb, wieso er plötzlich dieses Thema anschnitt.

In der Regel pflegte Xing-de Wei-chi Guangs Gerede schweigend über sich ergehen zu lassen; diese Bemerkung jedoch konnte er nicht überhören.

»Das stimmt nicht«, erwiderte er in einem einigermaßen heftigen Tonfall. »Es gibt auch anständige unter ihnen.«

»Gibt es nicht.«

»Wie es mit den Frauen aus den unteren Schichten steht, das weiß ich nicht, aber eine ehrbare Uigurin aus königlicher Familie hat sich sogar das Leben genommen, um ihre Treue zu beweisen«, erklärte Xing-de.

Woraufhin Wei-chi Guang ihn anschrie: »Ach, halt's Maul!« Und indem er Xing-de wütend anstarrte: »Ehrbare königliche Familie! Wenn ich das schon höre! Bei den Uiguren-Königen kann schließlich keiner sagen, von welchem Pferdeknochen sie abstammen.«

Für Wei-chi Guang schien es festzustehen, daß man die Bezeichnung »ehrbare königliche Familie« nur für seine, die Familie der Khotan-Wei-chi benutzen dürfe. Obwohl ihm das klar war, gab Xing-de nicht nach. Er hatte diesem tollkühnen jungen Mann bisher in allem möglichen nachgegeben; doch zumindest hierin, nämlich was die Treue jener uigurischen Prinzessin betraf, war er dazu nicht imstande.

»Sie stammen nicht von irgendeinem Pferdeknochen ab. Eine Königsfamilie nenne ich eine solche, die den adligen Geist durch Generationen weitervererbt hat.«

»Jetzt reicht's mir aber!« Mit einer raschen Bewegung packte Wei-chi Guang Xing-de beim Kragen und würgte ihn. »Versuch das noch einmal zu sagen! Diesen Unsinn!«

Mit beiden Armen zerrte er Xing-de aus dem auf dem Boden ausgebreiteten Stroh in die Höhe.

»Na, los!«

Xing-de wollte wohl, doch versagte ihm die Stimme. Als er glaubte, der Würgegriff lasse nach, wurde er aufs Stroh geworfen, wurde, kaum daß er ein Stück geflohen war, erneut in die Höhe gehoben und wieder zu Boden geschleudert. Zwar hatte er dergleichen Brutalitäten Wei-chi Guangs schon öfters erlebt, diesmal indessen gab sich Xing-de nicht geschlagen. Nach jedem Sturz auf den Boden stieß er Wortfetzen aus wie »Eine Königsfamilie ... die den adligen ... den Geist ...«

»Also gut«, sagte Wei-chi Guang scheinbar nachdenklich, indem er den Versuch, den sich noch immer wehrenden, noch immer dieselben Worte ausstoßenden Xing-de kleinzukriegen, fürs erste aufgab und ihn losließ. Dann forderte er ihn auf: »Komm mit!« Und ging voraus aus dem Zelt.

Xing-de folgte ihm. Die Nachtluft war kalt wie mitten im Winter. Auch der Sand, der tagsüber glutheiß gewesen war, hatte sich jetzt völlig abgekühlt. Vor Xing-des Augen reihten sich im fahlen Licht die Dutzende von Zelten, in einer Regelmäßigkeit geordnet, als hätte man sie an der Meßlatte entlang aufgebaut.

Wei-chi Guang schwieg; er ging etwa siebzig Schritte vom Zeltplatz weg auf die Ebene hinaus, wo er endlich innehielt und von Xing-de verlangte: »Sag, daß nur das Khotan-Haus Wei-chi eine Königsfamilie genannt werden kann! Wenn du das sagst, werde ich dich zurückkehren lassen, ohne daß ich dir Arme und Beine in Stücke gehauen habe. Sag es!«

»Nein.«

Und darauf Wei-chi Guang, wieder als ob er überlegte: »Warum nur nicht? Schön, wenn du das nicht herausbringst, du Hundsfott, dann sag, daß die uigurischen Frauen alle Huren sind. Dazu wirst du doch wohl imstande sein, oder?«

»Das werde ich nicht sagen.«

»Du willst nicht? Warum willst du's nicht sagen?«

»Auf keinen Fall lasse ich mir ausreden, daß sich die uigurische Prinzessin zum Beweis ihrer Treue von der Stadtmauer gestürzt hat.«

»Na, gut.« Mit diesen Worten warf sich Wei-chi Guang auf Xing-de. Im Nu war Xing-des Körper zu einem Stock geworden und kreiste parallel zum Erdboden um Wei-chi Guang herum.

Schließlich spürte Xing-de, wie sich sein Körper von der Achse, um die er wirbelte, plötzlich entfernte, wie er durch das dunkle Nichts schwebte und in dem vom Tau nassen Gras landete. Über sich sah er, ein wenig schräg, die Tafel mit den Gestirnen hängen. Und während er lang ausgestreckt auf der Erde lag, ging ihm eine Reihe von Schriftzeichen durch den Kopf: Tautropfen, Donnerschlag, Blitzstrahl, Regenbogen, Milchstraße. Begriffe für Naturerscheinungen, die auf irgendeiner Seite jenes Büchleins standen, auf das er als Titel geschrieben hatte: »Xi-xia und Chinesisch vereint, ist zuzeiten die Perle in der Hand.«

Einen Augenblick später merkte er, wie sein brutaler Gegner abermals auf ihn losgestürzt kam.

»Sag es, du Schwein!«

»Was soll ich sagen?«

»Die Wei-chi sind...«

Sobald der andere den Mund aufmachte, nahm Xing-de instinktiv alle seine Kräfte zusammen, um ihn, der seinen Körper gegen den Boden preßte, zurückzustoßen. Wei-chi Guang, davon gereizt, daß Xing-de ihm auch nur den leisesten Widerstand entgegenzusetzen wagte, schien vor Wut zu platzen.

»Du bist wohl nicht ganz bei Sinnen, wie?!«

Er erhob sich, und ein weiteres Mal packte er Xing-de beim Kragen und riß ihn in die Höhe. Xing-de erwartete, daß er gleich wieder um Wei-chi Guang durch die Luft gewirbelt würde.

Doch im nächsten Augenblick fühlte er sich freigelassen. Wei-chi Guang hatte seltsamerweise seine Hände von ihm genommen. Xing-de machte taumelnd zwei, drei Schritte; dann setzte er sich ins Gras.

»Was ist denn das?« fragte Wei-chi Guang von oben

herab. Er hielt etwas zwischen seinen Fingern und versuchte, es gegen den schwachen Schimmer der Nacht zu erkennen. Xing-de sah zu Wei-chi Guang auf; doch als er bemerkte, daß das Ding in Wei-chi Guangs Hand einer Halskette glich, tastete er unter sein Gewand. Er griff ins Leere. Was sich dort hätte befinden müssen, war nicht mehr da.

Xing-de sprang auf. »Gib mir's zurück!« Mit einem ungleich heftigeren Tonfall als bisher drang er auf Wei-chi Guang ein.

»Wie bist du denn an so was geraten?«

Wei-chi Guangs Worte waren umgekehrt weitaus friedlicher denn je. Xing-de schwieg. Er mochte diesem Schurken nicht sagen, daß er es von der uigurischen Prinzessin erhalten habe.

»Da besitzt du ja etwas Großartiges. Solltest gut darauf aufpassen!«

Obwohl unklar blieb, was Wei-chi Guang dachte, gab er die Halskette zurück, und als hätte er vergessen, Xing-de zu strafen, ließ er ihn stehen und ging davon. Die Kette war gerissen, war nur noch eine lange Schnur, doch schien sie sich nicht aufgelöst zu haben und kein Stein zu fehlen.

Nach diesem Vorfall war Wei-chi Guang in seiner Haltung gegenüber Xing-de plötzlich wie verwandelt, ja sogar freundlich. Ihm als einzigem sagte er kein grobes Wort mehr. Von Zeit zu Zeit kam er zu ihm; er hätte zu gern gewußt, wie Xing-de an diesen Schatz gelangt war.

Xing-de seinerseits nahm sich gegenüber diesem brutalen und nun auf einmal so kastratenhaft sanften Menschen jetzt alle jene Rechte heraus, die ihm eigentlich von Anfang an zugestanden hätten. Er tat, was ihm gefiel. Und die von Zhu Wang-li zur Verfügung gestellten Waffen für zwanzig Mann und Yan-huis fünfzig Kamele in Rechnung gesetzt, hatte er ja durchaus einen Anspruch darauf.

Natürlich wußte Xing-de, daß es für einen Gauner wie Wei-chi Guang eine Leichtigkeit wäre, ihm das Halsgeschmeide wegzunehmen. Wenn er es dennoch nicht versuchte, so mochte das, dachte Xing-de, daran liegen, daß er zunächst die Herkunft dieser Kette zu erfahren hoffte, um von dort noch mehr Schätze herauszuholen.

In Gan-zhou rastete die Karawane für drei Tage im Kamelhof. In dieser Zeit kletterte Xing-de einmal an der Südwestecke der Stadt auf die Mauer. Von oben aus war weiter weg ein Teil des Marktes draußen vor dem Südtor zu erkennen; dahinter breitete sich, so weit das Auge reichte, die grasbestandene Ebene. Xing-de versuchte, einen Blick hinunter auf das Marktgetriebe zu werfen. Die Leute, die dort hin und her liefen, wirkten klein wie Erbsen. Dann ging er hinüber zur Westseite der Stadtmauer, von wo aus sich damals die uigurische Prinzessin hinabgestürzt hatte.

Zhao Xing-de dachte daran, wie er für die Prinzessin, die sich seinetwegen das Leben genommen, so gar nichts hatte tun können, und jetzt erst recht spürte er den Schmerz darüber in seiner Brust. Eine kleine halbe Stunde lief er oben auf der Mauer dahin; dabei wuchs in ihm der Entschluß, alles, was er nach seiner Rückkehr nach Gua-zhou tun werde, dem Andenken dieser Frau zu weihen. Natürlich wäre die Weiterübersetzung der chinesischen Sutren-Fassungen in die Sprache der Xi-xia eine Arbeit im Auftrage Yan-huis, doch nahm er sich vor, sie im Sinne eines Opfers für die uigurische Prinzessin zu leisten.

Bei diesem Gedanken sah er bereits alles lebhaft vor sich. Nicht daß es ihn nicht schon bisher gereizt hätte, die Schriftzeichen der chinesischen Sutren durch Xi-xia-Zeichen zu ersetzen; wenn jedoch nun auch das Gedenken an die uigurische Prinzessin daran beteiligt war, gewann die Arbeit eine völlig andere Bedeutung für ihn.

Während ihn von oben die heiße Glut der Sonne überschüttete, lief Xing-de die Mauer rundum ab. Von seinen Armen, seinen Beinen, seinem Nacken, von seinem ganzen Körper rann der Schweiß.

»Ich beuge das Haupt vor den Heiligen der Drei Welten,
ich glaube an die Buddhas der Zehn Himmelsrichtungen.
So bringe ich nun mein Flehen vor,
dieses Diamant-Sutra in Händen haltend:
Daß ich von oben die Vier Großen Gnaden empfange,
daß ich unten bewahrt werde vor den Drei Pfaden zur Hölle.
Wer da Augen hat zu sehen und Ohren zu hören,
der entschließt sich für immer zum Buddha-Weg
und weiht dem hier Gesagten sein ganzes Leben...«

Wie von selbst kamen Xing-de die Worte der Fürbitte aus dem Prajna-paramita-Sutra über die Lippen. Gleichzeitig, und ohne daß er es erwartet hätte, füllten sich seine Augen mit Tränen. Zusammen mit den Schweißtropfen, die seinem Körper entströmten, fielen sie in den roten Staub auf der Mauer.

6.

Vom Sommer des zweiten Jahres Ming-dao bis zum folgenden ersten Jahr Jing-you (nach westlichem Kalender 1034) lebte Zhao Xing-de getrennt von seiner Einheit bei Yan-hui, dem Beherrscher von Gua-zhou, wo er sich ganz der Übertragung der Sutren in die Sprache der Xi-xia widmete. Man hatte ihm ein Gebäude innerhalb der Residenz Yan-huis zur Verfügung gestellt, und von morgens bis abends saß er, seit Ende des Herbstes zusammen mit den sechs aus Xing-qing angereisten Chinesen, über dieser Arbeit. Die sieben hatten sich das Gesamtpensum eingeteilt in Sektionen für das Nirvana-, das Prajna-paramita-, das Lotos- und das Agama-Sutra sowie für die exegetischen und die mystischen Dharani-Texte, wovon jeder eine Abteilung übernahm.

Gua-zhou hatte im Jahr neunzig bitterkalte und fünfzig extrem heiße Tage; die Regenmenge war gering. Die berüchtigten Stürme tobten am heftigsten vom Winter bis in den Frühling hinein; da stiebte es so von Sand, daß man an manchen Tagen kaum atmen konnte. Zu solchen Zeiten war der Himmel tagsüber genauso dunkel wie in der Nacht.

Xing-de selbst hatte das Prajna-paramita-Sutra übernommen, das er zuerst in Su-zhou gelesen hatte. Die Arbeit ging zwar nur langsam voran, doch während er sich in sie vertiefte, konnte er alles andere vergessen.

Vom Frühsommer dieses Jahres an rückte die Einheit Zhu Wang-lis immer häufiger aus, um die allmählich bis in unmittelbare Nähe heranschwärmenden Turfan zu bekämpfen. Gelegentlich kam sie mit gefangenen Gegnern zurück, unter denen sich sowohl Turfan als auch Uiguren befanden. Selbst beim kleinsten Scharmützel pflegte Zhu Wang-li die Einheit persönlich anzuführen.

Solange Zhu Wang-li nicht gegen die Turfan unterwegs war, besuchte ihn Xing-de alle drei Tage in seinem prächtigen Haus.

Es war um Herbstanfang. Zhu Wang-li war eben aus einer mehrtägigen Schlacht gegen die Turfan zurückgekehrt, als Xing-de bei ihm erschien. Er mochte diesen Zhu Wang-li, der in solchen Augenblicken in seinem Gesichtsausdruck, in seinen Gesten und seiner Sprechweise noch eine leichte Erregung verriet. Von Art und Verlauf der Kämpfe sprach er nie. Manchmal zwar setzte ihm Xing-de einigermaßen hartnäckig mit Fragen zu, doch selbst dann gab Zhu Wang-li nur ausweichende Antworten, rief nach Jiao-jiao, der jungen Chinesin, die für ihn sorgte, und ließ sie Tee bringen. Offensichtlich liebte er sie, und sie schien ihm von Herzen zu dienen. So oft er ihn besuchte, immer mußte Xing-de mit anhören, wie Zhu Wang-li nach seiner Jiao-jiao rief. Er hatte eine bestimmte Art, auf dem Schlachtfeld den Befehl zum Angriff herauszuschreien, und ebenso einen besonderen Tonfall, ihren Namen zu rufen.

Auch an diesem Tag wieder saß Xing-de auf einem Stuhl dem alten Kommandeur gegenüber, der seine Uniform noch nicht abgelegt hatte. Es war einer der seltenen windstillen Tage; über dem durchs Fenster sichtbaren Innenhof lag der Schein einer stillen Herbstsonne. Nachdem sie den Tee getrunken hatten, begann Zhu Wang-li, vermutlich um die Soldatenuniform loszuwerden, sich Stück für Stück seiner Kleidung zu entledigen. Jiao-jiao trat hinter ihn und half ihm zärtlich dabei.

»Ah, was ist denn aber das?«

Auf den Klang von Jiao-jiaos heller Stimme sah Xing-de zu ihr hin. In der einen Hand hielt sie Zhu Wang-lis Kleider, in der anderen ein Halsgeschmeide. Xing-de beobachtete, wie sich Zhu Wang-lis Gesicht gemächlich zu ihr umwandte. Um sie dann, als er bemerkte, was sie in der Hand hatte, mit plötzlich veränderter Miene und in barschem Tonfall anzufahren: »Faß das nicht an!«

Es klang so heftig, daß selbst Xing-de darüber erschrak. Das junge Mädchen legte die Kette geschwind auf den Tisch und starrte Zhu Wang-li benommen an. Dieser nahm die Kette und ging damit in die hinteren Gemächer; als er zurückkam, war sein Gesichtsausdruck so ruhig wie zuvor, und abermals rief er in jenem besonderen Tonfall nach Jiao-jiao und befahl ihr, frischen Tee zu bringen.

An diesem Tag, auch nachdem er wieder in seiner Unterkunft war, konnte Xing-de keine Ruhe mehr finden. Er glaubte, das Halsgeschmeide, das Zhu Wang-li besaß, müsse genau wie sein eigenes sein. Er hatte es nur für einen Augenblick auf Jiao-jiaos Handteller gesehen, konnte sich aber unmöglich vorstellen, daß er sich getäuscht haben sollte. Die uigurische Prinzessin hatte, erinnerte er sich, zwei Ketten um den Hals getragen; also hätte es gut sein können, daß er jetzt die eine und Zhu Wang-li die andere besaß. Nur, wenn dem so war: wie sollte Zhu Wang-li sie bekommen haben? Hatte die uigurische Prinzessin, so wie ihm die eine, Zhu Wang-li die andere geschenkt? Oder hatte Zhu Wang-li sie ihr geraubt?

Xing-de war nicht imstande, seine Gedanken davon ab- und anderen Dingen zuzuwenden. Unablässig grübelte er nach. Indessen, es half alles nichts, und die Antwort würde er nur erfahren, wenn er Zhu Wang-li danach fragte.

Spät nachts endlich fand Xing-de einen Weg, sich von den Grübeleien zu befreien. Genau besehen, war ihm ja nicht allein die Geschichte mit diesem Halsgeschmeide unklar. Zwar wußte er, wie heftig Zhu Wang-li jene Frau geliebt hatte und daß er sie noch immer liebte; dessenungeachtet jedoch hatte er nicht die leiseste Ahnung, wie eng die Beziehungen zwischen ihr und Zhu Wang-li gewesen waren. Auch glaubte er, kein Recht zu haben, dies zu erfahren. Er hatte jener Frau ein Versprechen gegeben und hatte es gebrochen. Trotzdem hatte sie sich seinetwegen – und davon war Xing-de fest überzeugt – in Gan-zhou von der Stadtmauer gestürzt. War es nicht genug, daß sie für ihn gestorben war? Es bestand keine Notwendigkeit, weitere Nachforschungen anzustellen.

Und Xing-de beschloß, so wie er bisher Zhu Wang-li nicht über sein Verhältnis zu jener Frau befragt hatte, nun auch die Sache mit dem Halsgeschmeide nie zu erwähnen. Ob dieser Schmuck von der uigurischen Prinzessin stammte oder nicht, hatte nicht das geringste mit dem zu tun, was zwischen ihr und ihm selber bestanden hatte.

Ungefähr einen halben Monat nach dieser Geschichte mit der Kette erschien plötzlich Wei-chi Guang in Xing-des Unterkunft. Auf der Rückreise von Xing-qing hatte er sich nur zwei, drei Tage in Gua-zhou aufgehalten, war dann sogleich nach Su-zhou aufgebrochen und hatte in dem einen Jahr nichts von sich hören lassen.

Es war gegen Abend, als Wei-chi Guang kam. Mit dem Sonnenuntergang begann aus den vier Ecken des Zimmers die Kälte heraufzukriechen. Wei-chi Guangs Augen in dem verwegenen Gesicht blitzten mit derselben Heftigkeit wie einst. Er setzte sich auf den Stuhl, den Xing-de ihm anbot, und nach der ziemlich spitzen Vorbemerkung, er werde heute nicht eher wieder gehen, als bis er es aus Xing-de herausgequetscht habe, meinte er: »Also, wie bist du an jene Halskette geraten? Ich bin schließlich nicht blind. Dergleichen Juwelen liegen ja nicht einfach irgendwo herum. In Khotan nennt man sie Mondglanzsteine. Ich bin bisher mit allerlei Edelsteinen umgegangen, aber solche ausgezeichnete Ware ist mir nie unter die Augen gekommen. Das heißt nicht, daß ich dir deine Halskette wegnehmen will. Du sollst behalten, was du hast. Ich möchte die andere haben.«

»Die andere!?« Xing-de hatte unwillkürlich die Stimme gehoben.

»Ja, es muß noch eine geben. Sag mir, wo sie ist! Ich werde sie mir holen. Ich habe bisher immer bekommen, was ich wollte; warum also nicht auch sie? Deine Kette und die andere gehören nämlich als ein Paar zusammen. Wer hat sie? Diese andere?«

»Davon weiß ich nichts«, erwiderte Xing-de.

»Natürlich weißt du's. Es muß doch jemand gewesen sein, der die Kette, die du jetzt hast, vor dir besaß. Nenn ihn mir! Wer zum Teufel war es?«

»Ich weiß es nicht.«

»Was heißt, du weißt es nicht?« Für einen Augenblick nahm Wei-chi Guang eine drohende Haltung ein, schien dann aber seine Absicht sofort wieder zu ändern und meinte: »Sei doch nicht so unfreundlich zu mir! Sind wir nicht auf der Reise nach Xing-qing und zurück gut miteinander ausgekommen, wie zwei Brüder?«

»Ich weiß es eben nicht.«

»Ja, und wie ist sie dann in deine Hände gelangt? Hast du sie etwa gestohlen?«

»Ich weiß nicht.«

Von neuem bebte Wei-chi Guangs Gesicht vor Zorn. »Versuche nicht, mich zum Narren zu halten! Wo ich dich in aller Bescheidenheit um etwas bitte.«

Der junge Mann sprang auf; er blickte um sich, wie um sich abermals auf Xing-de zu stürzen.

»Was ich nicht weiß, das weiß ich nicht.«

»Gut, wenn es so ist, dann gib mir die, die du hast!«

Als wäre ihm endlich der Geduldsfaden gerissen, griff Wei-chi Guang nach Xing-des Kragen. Indessen überlegte er es sich offenbar auch jetzt noch einmal anders. Tatsächlich würde er sie ja Xing-de abnehmen können, wann immer er wollte. Und davon abgesehen, befand sie sich so an einem sicheren Platz, wo sie keiner vermutete. Zudem fand er, daß es entschieden besser wäre, nicht nur die eine Kette, sondern beide zu bekommen. Also entspannte sich seine Miene, und er sagte zu Xing-de: »Du solltest einen solchen Schatz so gut wie nur möglich verwahren. Wirklich ist es richtiger, du behältst, was du hast. Ich hole mir die andere Kette. Wenn ich sie besitze, und als Nachkomme der Khotan-Dynastie der Wei-chi muß ich sie haben, ist damit mein größter Wunsch erfüllt. Ich gehe jetzt nach Liang-zhou. Bis ich dich auf der Rückreise wieder aufsuche, überleg es dir gut!« Damit verließ Wei-chi Guang das von der Abenddämmerung erfüllte Zimmer und ging durch die Kälte draußen von dannen.

Wei-chi Guang hatte gesagt, er reise nach Liang-zhou, und ungefähr zwanzig Tage später erschien er neuerlich in Xing-des Unterkunft. Wie er berichtete, hatte Yuan-hao, der Führer der Xi-xia, im Siebenten Monat nun also doch die chinesische Grenze überschritten und war mit seinen Truppen ins Song-Reich vorgedrungen, hatte dabei unterwegs die Bauernhäuser verwüstet und bis weithin nach Qing-zhou geplündert; danach sollte er sich jüngst wieder nach Xing-qing zurückgezogen haben. Als Folge von all dem herrsche in den Territorien westlich des Gelben Flusses, und zwar von Gan-zhou aus ostwärts, ein regelrechtes Chaos, weil man nun nicht nur den Angriff der Turfan, sondern auch den der Song-Armee als unmittelbar bevorstehend erwarte; allein hier in Gua-zhou, wo man nichts davon wisse, lebe man noch sorgenfrei. Tatsächlich gerieten östlich von Gan-zhou Xi-xia- und Turfan-Truppen fast täglich miteinander ins Handgemenge, bald in der Wüste, bald auf den Hochebenen oder im Grasland, und streiften, wie es ihnen beliebte, kreuz und quer durch die Gegend, so daß selbst der sonst so verwegene Wei-chi Guang es nicht gewagt hatte, über Gan-zhou hinaus zu reisen.

Nachdem er mit seinem Bericht zu Ende war, warf Wei-chi Guang Xing-de dieselbe Frage an den Kopf, die er ihn schon einige Dutzend Male gefragt hatte.

»Ich weiß es nicht«, erwiderte Xing-de wie ebenso viele Dutzend Male zuvor.

Wei-chi Guang drohte, schrie, schmeichelte ihm, und als dennoch all seine Anstrengungen nichts fruchteten, wurde er wie stets zuletzt ganz friedlich, bat Xing-de, es sich noch einmal zu überlegen, und ging. Diesmal, so sagte er, werde er eine Karawane nach Qoco zusammenstellen.

Im Ersten Monat des folgenden zweiten Jahres Jing-you (nach westlichem Kalender 1035) erhielt Zhu Wang-lis Einheit den Befehl zum Ausrücken. Es ging darum, daß die Xi-xia-Armee Qing-tang angriff, den Hauptstützpunkt des Turfan-Anführers Jue-si-luo, und Zhu Wang-li mit seinen Leuten sollte dabei die Voraustruppe bilden. Offenbar lautete die Strategie: Bevor es zur Entscheidungsschlacht mit den Song komme, müsse ein umfassender Schlag gegen die Turfan geführt und deren Kampfkraft mit einem einzigen Streich ausgelöscht werden.

Als Xing-de, auf dessen Aufforderung hin, bei Zhu Wang-li erschien, fragte dieser ihn plötzlich: »Kommst du mit?«

»Selbstverständlich komme ich mit«, erwiderte Xing-de.

»Möglich, daß wir es nicht überleben.«

»Das kümmert mich nicht.«

Vor dem Tod hatte Xing-de keine Furcht. Allenfalls bedauerte er es, daß er mit der Übersetzung des Prajnaparamita-Sutra in die Xi-xia-Sprache noch nicht fertig war; doch das würde sich eben nicht ändern lassen, und sollte er lebend zurückkehren, könnte er, wie er meinte, diese Arbeit dann ja immer noch fortsetzen. Die Vorstellung, nach langer Zeit sich wieder einmal ins Schlachtgetümmel zu werfen, löste in Xing-de eine gespannte Erregung aus.

Zwei, drei Tage später jedoch, die Truppe war mitten in den emsigsten Vorbereitungen, wurde Xing-de abermals zu Zhu Wang-li gerufen.

»Du wirst deine Arbeit hier weiterführen können. Du erhältst fünfhundert Mann und bewachst mit ihnen in meiner Abwesenheit die Stadt«, erklärte ihm Zhu Wang-li; und als Xing-de etwas entgegnen wollte, fügte er in strengem Tonfall hinzu: »Das ist ein Befehl. Also keine Widerrede!« Woraufhin er ihm im einzelnen darlegte, wie er die Schutztruppe einzusetzen habe.

An dem Tag, an dem Zhu Wang-li an der Spitze seiner viereinhalbtausend Soldaten die Stadt Gua-zhou verließ, trieb ein wilder, mit Schnee vermischter Sturm schräg gegen die alten Mauern. Der lange Zug von Kamelen und Pferden passierte das Residenztor und bewegte sich in Richtung Osten. Bald nachdem er das Torgebäude hinter sich gelassen hatte, war er im dichten Schneetreiben verschwunden. Auch dann noch, als sich die Umrisse der Ausrückenden längst völlig ins Grau hinein aufgelöst hatten, ließ Xing-de die bei ihm verbliebene Truppe eine Weile neben dem Tor stehen, wie sie, die anderen zu verabschieden, angetreten war.

Von diesem Tag an wirkte Gua-zhou plötzlich wie ausgestorben, es war geradezu unheimlich still in der Stadt. Der Schneesturm, der Zhu Wang-lis Einheit verschluckt hatte, tobte danach noch drei Tage und Nächte, bevor er aufhörte. Xing-de hatte auf einmal eine Menge zu tun. Er konnte nicht wie bisher jeden Tag die Sutrenübersetzungshalle in Yan-huis Residenz aufsuchen. Er versicherte sich lediglich, daß die Übersetzungsarbeit zwar in einem außerordentlich langsamen Tempo, aber stetig voranging; hierauf kehrte er sofort in die Soldatenunterkünfte zurück, wo er dafür zu sorgen hatte, daß der Kampfgeist der Schutztruppe nicht erlahmte. Da er zudem als Hauptmann ohne jede Erfahrung auf dem Schlachtfeld war, mußte er zunächst und vor allem sich selber in die neue Aufgabe einüben.

Solange Zhu Wang-li dagewesen war, hatten sich immer wieder kleinere Gruppen von Turfan-Soldaten gezeigt, hatte es ein über das andere Mal Gefechte mit ihnen gegeben; jetzt indessen, da Zhu Wang-li abgezogen war, hatte dieses Herumstreunen der Turfan so völlig aufgehört, als wäre es auf Verabredung geschehen. Wahrscheinlich hatte man auch die Turfan-Truppen, bis hinab zu solchen kleinen Verbänden in der Nähe, allesamt in die weiter östlich stattfindenden Entscheidungskämpfe geworfen.

Die ersten Nachrichten über die Lage im Osten erreichten Gua-zhou Ende des Sechsten Monats, ungefähr ein halbes Jahr nachdem Zhu Wang-li aufgebrochen war. Drei chinesische Soldaten, robuste Kerle, die ersten, die Zhu Wang-li als Verbindungsleute losgeschickt hatte, überbrachten einen Brief. Es schien, jemand habe ihn nach Zhu Wang-lis Diktat niedergeschrieben, ein kurzer, gedrängter Text, abgefaßt in der Schrift der Xi-xia.

»Griffen einen Monat lang unter Yuan-haos persönlicher Führung Mao-niu an. Da sich der Feind nicht ergab, machten wir zum Schein ein Friedensangebot. Er öffnete die Tore, und wir erschlugen ihrer, soviel wir wollten. Wir hatten fünfhundert Mann Verluste. Morgen früh rücken wir auf Qing-tang vor, Jue-si-luos Hauptstützpunkt.«

»Wir hatten fünfhundert Mann Verluste« bezog sich, war anzunehmen, auf die unter Zhu Wang-lis Kommando stehende Einheit.

Nach dieser ersten Botschaft traf Mitte August, eineinhalb Monate später, eine zweite von Zhu Wang-li ein. Auch sie war, wie die vorige, ein Bericht von der Kriegslage, doch diesmal in Chinesisch geschrieben.

»Die Hauptarmee griff Qing-tang an, die chinesischen Einheiten kämpften vor An-er, Zong-he und anderswo. Jue-si-luos General An-zi-luo verlegte uns den Rückweg. Wir berennen den Dai-xing-Berg; Tag und Nacht schwere Gefechte, bereits über einen Monat. Unsere Verluste dreitausend Mann.«

Wenn der erste Brief in Xi-xia-, dieser zweite aber in chinesischen Schriftzeichen abgefaßt war, befand sich der Xi-xia-Schreiber vermutlich unter den dreitausend Mann, die die Einheit eingebüßt hatte. Nun, wie auch immer, ein wirkliches Bild von der Kriegslage, ob sie sich für die Xi-xia-Armee günstig entwickelte oder zu ihrem Nachteil, war aus diesem Brief nicht zu gewinnen. Die zuletzt genannten Verluste von dreitausend Mann jedenfalls waren riesig. Rechnete man sie zu den im vorigen Bericht erwähnten fünfhundert Mann hinzu, hatte Zhu Wang-li bereits vier Fünftel seiner Leute verloren. Der Soldat, der die zweite Botschaft brachte, war einer aus der Schutztruppe von Ganzhou, war also nicht unmittelbar vom Kriegsschauplatz aus losgeschickt worden, weshalb von ihm über den Briefinhalt hinaus nichts sonst zu erfahren war.

Nach weiteren drei Monaten, nämlich zu Anfang des Elften Monats, kam eine dritte Nachricht von Zhu Wang-li. Sie war noch lakonischer und abermals in Chinesisch abgefaßt.

»Nach über zweihundert Tagen mit Gefechten hier und da in der Wildnis flieht Jue-si-luo nach Süden. Wir sind unterwegs zurück. Uns folgend, zieht auch die Hauptarmee unter Yuan-hao Richtung Gua-zhou.«

Xing-de begriff aus diesen wenigen Zeilen, daß Yuan-hao nun, nachdem er in den heftigen, langanhaltenden Kämpfen gegen die Turfan Jue-si-luo aus seinen Stützpunkten vertrieben hatte, die restlichen Xi-xia-Truppen nach Guazhou und zum Angriff auf Sha-zhou in Marsch gesetzt hatte.

In der Stadt, in der es bis dahin so ruhig gewesen war,

griff eine plötzliche Betriebsamkeit um sich. Vorbereitungen mußten getroffen werden zur Begrüßung des siegreich zurückkehrenden Zhu Wang-li, Vorkehrungen auch, um die ihm auf dem Fuße folgende Haupttruppe der Xi-xia unterzubringen. Zhao Xing-de begab sich zu Yan-hui und sprach mit ihm über die von Zhu Wang-li eingetroffene Botschaft. Träge bewegte der Gouverneur die schlaffen Gesichtsmuskeln und meinte: »Welche Nachricht! Irgendwann, habe ich gedacht, wird er kommen, und nun endlich ist er da, dieser Tag.«

Aus Yan-huis Miene allein war nicht auszumachen, ob es ihn freute oder schmerzte, daß dieser Tag, wie er sagte, endlich gekommen war. Gleich darauf aber bemerkte Xing-de, wie Yan-hui vor Furcht und Gram am ganzen Leib erzitterte. In offensichtlicher Erregung bewegte er, als spräche er mit sich selber, unablässig die Lippen. Leise kamen die Worte aus seinem Mund. »Ich habe es ja immer gesagt. Viele glauben zwar, mein in Sha-zhou residierender älterer Bruder Xian-shun sei ein außerordentlich umsichtig handelnder Mann, aber ich bin vom Gegenteil überzeugt. Und die neue Lage gibt mir recht. Xian-shun hätte sich, als damals die Xi-xia Su-zhou besetzten, ihnen gegenüber genauso verhalten sollen, wie ich es getan habe.«

Yan-hui verstummte, und für eine Weile starrte er mit unverändertem Ausdruck ins Leere, um schließlich fortzufahren: »Es wird, stelle ich mir vor, nicht leicht sein. Die Xi-xia werden mit ihrer großen Armee über Gua-zhou hinaus in Sha-zhou einfallen. Sie werden die Pagoden anzünden und die Tempel zerstören. Werden die Männer zu Soldaten und die Frauen zu Sklavinnen machen. Und gewiß rauben sie dann auch sämtliche buddhistischen Schriften. Eben davor habe ich ihn gewarnt. Aber damals war Xian-shun gegen mich. Ach, besser hätte er es mir gleichgetan. Hätte einen Botschafter zu den Xi-xia geschickt. Jetzt wird er wohl begreifen, daß ich recht hatte mit meiner Warnung.«

Yan-hui redete noch immer wie im Selbstgespräch und so, als ob Xing-de nicht vor ihm stünde, als ob er ihn überhaupt nicht bemerkte.

Xing-de hatte den Eindruck, Yan-hui wäre nur einfach unzufrieden mit seinem Bruder Xian-shun, dem Militärbefehlshaber, und redete sich seinen eigenen Kummer von der Seele. Wirklich klang es auch so. Indessen erkannte er im nächsten Augenblick, daß er sich getäuscht hatte.

Yan-hui erhob sich, kam auf Xing-de zu und sagte: »Sie werden meinen älteren Bruder ermorden. Sie werden Shazhou in Grund und Boden treten. Sie werden die Buddha-Höhlen in den Ming-sha-Bergen zerstören. Sie werden die siebzehn großen Tempel niederbrennen und die Sutren mit sich nehmen. Das chinesische Volk wird an den Xi-xia verderben.«

Xing-de gewahrte mit einer seltsamen Empfindung, wie sich Yan-huis Augen mit Tränen füllten und einige davon in Tropfen über seine Wangen rannen.

7.

Kaum zehn Tage später, als hätte er versucht, seine dritte Botschaft einzuholen, kehrte Zhu Wang-li nach zehnmonatiger Abwesenheit mit seinen Männern zurück. Es war ein Tag Mitte des Elften Monats, und zum erstenmal in diesem Winter hagelte es. Die Hagelkörner waren fingerkuppengroß; sie machten, wo sie auf den Boden schlugen, ein entsetzliches Geräusch. Niemand mochte vor die Tür gehen, solange dieser Hagel fiel.

Am selben Morgen war in der Frühe von Zhu Wang-li die Meldung eingetroffen, die Einheit werde gegen Abend die Stadt erreichen, weshalb Zhao Xing-de alle Hände voll zu tun hatte, ihren Empfang vorzubereiten. Gleichzeitig mußten ähnliche Anstalten auch für die Xi-xia-Hauptarmee getroffen werden, die unter der Führung von Li Yuan-hao unmittelbar nach Zhu Wang-lis Einheit in die Stadt einrükken würde. Wie zahlreich die Truppen waren, ließ sich nicht abschätzen; für alle Fälle setzte Xing-de sämtliche in der Stadt verbliebenen Soldaten ein und ließ sie aus den umliegenden Dörfern Lebensmittel heranschaffen. Doch wegen des heftigen Hagelsturms hatte diese Arbeit zeitweilig unterbrochen werden müssen.

Wie bei ihrem Ausrücken zog Zhu Wang-lis Einheit durch das Residenztor in die Stadt ein. Die viereinhalbtausend Mann waren auf knapp tausend zusammengeschrumpft. Hinter etwa zehn mit den Wirbelwindschleudern beladenen Kamelen erreichte, auch er auf einem Kamel reitend und rechts und links die Kommandeursstandarten aufgesteckt, Zhu Wang-li das Tor. Ihm folgten ungefähr dreißig Berittene, der gesamte Rest war Fußvolk.

Zhao Xing-de war zusammen mit Yan-hui zum Empfang

der Einheit vor die Mauern getreten; dort begrüßten sie den altgedienten Kommandeur. In Xing-des Augen erschien Zhu Wang-li von geradezu jugendlicher Frische. Vielleicht weil er abgemagert und gebräunt war von Wind und Wetter, wirkten sein Gesicht und seine ganze Gestalt sehr viel gestraffter. Zhu Wang-li stieg vom Kamel und näherte sich den beiden; er sagte irgend etwas, aber weder Xing-de noch Yan-hui vermochten den Sinn seiner Worte richtig zu begreifen. Xing-de hielt sein Gesicht dicht vor Zhu Wang-lis Mund; er hoffte, ihn so besser verstehen zu können, und doch erfaßte er noch immer nicht, was dieser sagen wollte. Beim dritten Mal endlich vernahm er eine leise, brüchige Stimme, wie tief aus der Kehle hervorgepreßt.

»Da bin ich wieder – und lebe.«

Zumindest klang es in Xing-des Ohren so. Zhu Wang-lis Stimme war bis zur Unverständlichkeit abgenutzt.

Xing-de ließ an Zhu Wang-lis Stelle die siegreiche Truppe auf einem Platz in der Stadt antreten, dankte ihr für ihre Ausdauer in den langen Kämpfen und verteilte an alle zu trinken und zu essen. Nach dem Ende des Begrüßungsmahles sollten die Soldaten in ihre Unterkünfte geleitet werden.

Zhu Wang-li saß an der Festtafel auf einem Stuhl, von dem aus er den ganzen Platz überschauen konnte; schweigend sah er seinen Männern zu. Nach einer Weile winkte er Xing-de zu sich heran und sagte etwas zu ihm mit derselben abgenutzten Stimme. Wieder mußte Xing-de mehrmals zurückfragen, zuletzt brachte er sein Ohr so nahe wie möglich an den Mund des Kommandeurs.

»Der Kampf beginnt morgen mittag. Sorge dafür, daß bis dahin, angefangen mit Yan-hui, dem Gouverneur, alle aus der Stadt verschwunden sind.«

Das war, soviel Xing-de aus Zhu Wang-lis schwerverständlichen Worten begriff, eine verblüffende Neuigkeit. Er schob sein Ohr noch näher heran.

»Morgen rückt Li Yuan-haos Armee in die Stadt ein. Den Kerl bringe ich um. Eine Gelegenheit wie morgen ergibt sich kein zweites Mal.«

Zhao Xing-de erschrak, daß es ihm die Sprache verschlug. Nachdem er sich jedoch wieder einigermaßen gefaßt hatte, sah er darin durchaus nichts Unerwartetes. Zweifellos hatte Zhu Wang-li diesen Plan seit langem in seinem Herzen gehegt, und jetzt war die Zeit dazu gekommen, ihn auszuführen. Ein einziges Mal bisher hatte Zhu Wang-li seine wilde Feindseligkeit gegenüber Li Yuan-hao vor ihm, Xing-de, offenbart. Das war am Tag, nachdem sich die uigurische Prinzessin von der Stadtmauer gestürzt hatte, unterwegs auf dem Ritt von Gan-zhou nach Su-zhou gewesen. Danach war davon nie wieder ein Wort über Zhu Wang-lis Lippen gekommen, doch ließ sich denken, daß sein Haß auf Li Yuan-hao keineswegs erloschen war, vielmehr in seinem Inneren weitergebrannt hatte. Auch hatte, als sie später von Su-zhou aus zur Besetzung Gua-zhous aufgebrochen waren, Zhu Wang-li die rätselhafte Bemerkung gemacht, es gebe etwas, das er unbedingt noch tun müsse; offenbar, so schien es Xing-de jetzt, hatte er ebendies damit gemeint.

»Der Hundesohn hat die Frau damals geraubt und sie umgebracht. Drei Tage und drei Nächte hat er sie foltern lassen, bis sie nachgab und seine Konkubine wurde. Und am Ende mußte sie auf diese Weise sterben. Warte, Li Yuan-hao, dafür wirst du mir büßen!« Hätte Zhu Wang-li Stimme gehabt, wären seine Worte wahrscheinlich als Gebrüll herausgekommen, aber so drang die wilde Ankündigung seiner Rache nur in leisen Wortfetzen an Xing-des Ohr.

In diesem Augenblick wagte es Zhao Xing-de, ihm die Frage zu stellen, die ihm seit langem auf der Seele brannte: »Was für ein Verhältnis war das zwischen dir und dieser Frau?«

»Ich mochte sie sehr«, erwiderte Zhu Wang-li, als müßte er einen Seufzer unterdrücken.

»Nur das? Du mochtest sie – und nicht mehr?«

Auf diese Frage schwieg Zhu Wang-li für eine Weile; dann, indem er geradeaus in die Luft starrte, erwiderte er: »Was sie empfand, weiß ich nicht. Sicher ist, daß ich sie liebte. Daß ich, nachdem ich sie erst genommen hatte, nicht mehr ohne sie sein konnte. Und ich liebe sie noch immer.«

Es brauchte ziemliche Mühe, Zhu Wang-lis Worte zu verstehen; trotzdem entging Xing-de kein einziges. Da hatte sich dieser Zhu Wang-li die uigurische Prinzessin zu Willen gemacht! Also doch! Und obwohl Xing-de, da sich nun der so lange undeutlich in seinem Herzen verborgene Verdacht als richtig erwies, verzweifelt hätte aufschreien mögen, blieb er standhaft und hielt an sich.

»Und wie bist du an die Halskette gekommen?« fragte er weiter, wobei er spürte, wie er am ganzen Leib zitterte.

»Als Li Yuan-hao sie holen ließ, wollte ich irgend etwas haben, das von ihr war.«

»Sie hat sie dir geschenkt?«

»Ich nahm sie ihr weg. Aber als ich die Hand nach der Kette ausstreckte, streifte sie sie wortlos ab und reichte sie mir hin«, erwiderte Zhu Wang-li, und nachdem er bisher geradeaus gesehen hatte, wandte er seinen Blick jetzt plötzlich Xing-de zu. Er schaute ihm eine Zeitlang fest in die Augen, als wollte er ihn auffordern: ›Wenn du etwas zu sagen hast, dann sag es doch!‹ Zhao Xing-de schwieg. Daraufhin meinte Zhu Wang-li: »Jedenfalls werde ich Li Yuan-hao erledigen. Tu du, was du magst. Wenn du nicht mitmachen willst, ist es besser, du verläßt sofort die Stadt.«

»Natürlich mache ich mit. Oder glaubst du, ich liefe aus Angst vor Li Yuan-hao davon?«

Xing-de kochte vor Wut. Seltsamerweise jedoch empfand er gegenüber dem vor ihm sitzenden Zhu Wang-li keinerlei Gefühle des Hasses. Selbst wenn es so gewesen wäre, daß Zhu Wang-li die Uigurin gegen ihren Willen gezwungen haben sollte, woher hätte er, Xing-de, das Recht genommen, ihn dafür zu verdammen? Er hatte sie ihm anvertraut und war bis zum zugesagten Zeitpunkt nicht zurückgekehrt. Also mußte er es hinnehmen, daß Zhu Wang-lis Liebe zu ihr möglicherweise größer gewesen war als die seine.

Li Yuan-hao aber hatte sie sich nur geholt, um seine zahlreichen Konkubinen um eine zu vermehren. Und: er hatte diese schöne Frau in den Tod getrieben. Wollte Zhu Wang-li ihn deshalb töten, würde Xing-de natürlich helfen, diesem Schuft das Lebenslicht auszublasen. Zhu Wang-lis Zorn hatte sich völlig auf ihn übertragen.

Allerdings sah Xing-de die Dinge um einiges kühler als Zhu Wang-li. Daß sich, wie dieser meinte, Li Yuan-hao als der Herrscher des Reiches so leicht werde beseitigen lassen, davon war er nicht recht überzeugt. Vielleicht glückte es, vielleicht auch nicht. Schafften sie es, so war es gut. Sollten sie jedoch mit einem Mißerfolg enden, dann wäre mit den sich daraus ergebenden Folgen zu rechnen. Und die Chinesen nicht nur von Gua-zhou, sondern auch von Sha-zhou würden in den Strudel der Ereignisse hineingezogen werden.

In letzter Zeit hatte Zhao Xing-de den Gouverneur, der seit dem Eintreffen der Nachricht, daß die Xi-xia-Hauptarmee zur Besetzung von Gua-zhou und Sha-zhou heranrücke, halb krank war vor Panik, fast täglich in seinem Palast aufgesucht und sich nach Kräften bemüht, Yan-huis Furcht zu zerstreuen. Bei jedem Male war der Gouverneur zu anderen Entschlüssen gelangt; bald wollte er die Armee in gehorsamer Haltung empfangen, bald gedachte er, die Stadt zu verlassen und nach Sha-zhou zu gehen, um von dort aus dem Ansturm der Xi-xia Einhalt zu gebieten. Und Zhao Xing-de, allein weil er ein Chinese war, war so in eine wunderliche Rolle geraten: Ratgeber des Gouverneurs von Gua-zhou zu sein, während er andererseits der Xi-xia-Armee angehörte.

Bisher hatte Zhao Xing-de gemeint, Sha-zhou und Gua-zhou sollten sich, da das für sie ausgesprochen nachteilig wäre, jedes Widerstands gegen das erstarkte Xi-xia-Reich enthalten. Die Schlagkraft, über die die Familie Cao als Militärbefehlshaber von Sha-zhou gegenwärtig verfügte, war alles andere als bedeutend. Selbst wenn sie ihre sämtlichen Gefolgsleute aufbrächte, hätte das, wie man sich leicht vorstellen konnte, die unerschrockenen und durch die andauernden Feldzüge vorzüglich ausgebildeten Xi-xia-Soldaten nicht im mindesten aufgehalten. Ja, man würde besser daran tun, eine Besetzung durch die Xi-xia-Armee ruhig hinzunehmen und zu versuchen, so wenig wie möglich von den Privilegien zu verlieren, die sich die Familie Cao, aber auch alle anderen Chinesen in langen Jahren erworben hatten. Im Rückblick darauf, wie es in Gan-zhou und Liang-zhou zugegangen war, ließ sich vermuten, daß die Xi-xia-Armee nicht allzu brutal auftreten würde.

Wenn indessen die Voraustruppe der Xi-xia, zu der er, Xing-de, selber gehörte, eine Revolte anzettelte, ergäbe sich daraus eine völlig veränderte Lage. Da sie das gleiche chinesische Blut besaßen, würde das gewiß so aufgefaßt werden, als versuchte die rebellierende Truppe in Verschwörung mit der Familie Cao, die Städte Gua-zhou und Sha-zhou zu verteidigen.

Als nun Zhao Xing-de dergleichen Zhu Wang-li gegenüber äußerte, bellte ihn der mit seiner heiseren, tief aus der Kehle kommenden Stimme an: »Unsinn!« Und abermals: »Was für ein Unsinn! Li Yuan-hao wird die Familie Cao mit Stumpf und Stiel ausrotten, wird sämtliche Männer aus der

Bevölkerung in die Armee stecken und die Frauen bis auf die letzte zu Sklavinnen machen. Und schließlich jagt er die so rekrutierten Soldaten gegen die Song in die Schlacht, zu der es demnächst kommen wird. Die Zeiten sind heute anders als unter De-ming. Ob Sha-zhou und Gua-zhou Widerstand leisten oder nicht, am Ende läuft es auf dasselbe hinaus. Li Yuan-hao ist nun mal ein Mann von dieser Art. Und auch um der Chinesen, unserer Brüder, willen müssen wir ihn erledigen.« Er, Zhu Wang-li, und die Überlebenden aus seiner Einheit hätten während der fast einjährigen Kämpfe gegen die Turfan oft genug mit angesehen, wie die Xi-xia-Armee vorzugehen pflegte. So seien allein in Qing-tang tausende von Frauen und Kindern erschlagen worden. Für die Xi-xia, die jetzt sowohl Song-China als auch die Turfan gegen sich hätten, bestünde in solchen Maßnahmen die einzige Hoffnung auf einen Sieg. Ähnlich werde auch der bevorstehende Kampf verlaufen.

Zhu Wang-lis Rede war mehr nur ein Flüstern gewesen, doch hatte sich Zhao Xing-de dicht zu ihm geneigt und, inzwischen daran gewöhnt, die Worte weit besser verstanden als zuvor.

Die Abenddämmerung begann über die Stadt hereinzufallen; die rauhbeinigen Soldaten, nach zehn Monaten wieder in den Mauern, tobten betrunken umher. Ihr bramarbasierendes Geschrei erfüllte den eng umschlossenen Platz.

»Laß die zurückgekehrten Männer nicht in die Unterkünfte gehen«, befahl Zhu Wang-li, zu Xing-de gewandt, »sie sollen hier schlafen!« Offenbar hielt er das für nötig, um die noch nach dem Blut der Schlacht riechenden Soldaten in dem angespannten Zustand zu halten. »Und sorge dafür, daß die gesamte bisherige Schutztruppe sowie die Einheiten Yan-huis im Morgengrauen voll bewaffnet bereitstehen. Geschossen wird mit Pfeilen, und alle sind sie auf Yuan-hao zu richten.«

Zhu Wang-li erhob sich von seinem Stuhl; er ging zwischen den Gruppen der Soldaten hindurch in Richtung auf sein Haus. Zhao Xing-de folgte ihm, denn sie mußten sich noch über Einzelheiten des Angriffs auf Yuan-hao und über die Aufstellung der Truppen verständigen.

Als Zhu Wang-li vor seinem Haus anlangte, kam ihm von drinnen heraus Jiao-jiao entgegengesprungen. Er sah sie zärtlich an, er sagte etwas zu ihr, doch schien auch sie ihn nicht zu verstehen. Für Xing-de klang es, als habe er »Jiao-jiao!« gerufen; jenen besonderen, weichen Tonfall indessen, in dem früher ihr Name über Zhu Wang-lis Lippen gekommen war, konnte er nicht mehr heraushören.

Nachdem Zhao Xing-de das Haus seines Kommandeurs wieder verlassen hatte, begab er sich in die Residenz zu Gouverneur Yan-hui und überbrachte ihm Zhu Wang-lis Befehl, wonach durch geeignete Maßregeln alle Zivileinwohner dazu bewegt werden sollten, bis zum frühen Morgen aus der Stadt zu verschwinden. Xing-de beließ es dabei, die Möglichkeit anzudeuten, daß die Stadt zum Schlachtfeld werden könnte; weitere Erklärungen gab er nicht. Er hatte erwartet, Yan-hui werde bei Erhalt dieses Befehls vor Schreck in Ohnmacht sinken; doch veränderte sich die Miene des Gouverneurs kaum, und mit einem leisen Kopfnicken sagte er: »Ja, ich dachte auch, daß wir das tun sollten. Auf diese Weise könnte es jedenfalls zu keinen Zwischenfällen zwischen den Xi-xia-Soldaten und der Bevölkerung kommen, und wir würden vermeiden, daß die Stadt selbst, die Tempel in ihr und die Sutren ein Raub der Flammen werden.«

Sogleich rief Yan-hui seine Untergebenen zu sich und wies sie an, allen Bewohnern der Stadt die Evakuierung zu befehlen.

Zhao Xing-de war hiernach noch bis Mitternacht beschäftigt. Allein um die Waffen aus dem Arsenal herbeizuschaffen, mußte er dreißig Soldaten einsetzen und selber hierin und dorthin laufen. Als er das erledigt hatte, war es bereits tiefe Nacht. In der Stadt herrschte Stille. Zhao Xing-de hatte sich vorgestellt, in Gua-zhou würde nach allem ein riesiges Chaos ausbrechen, und als Mitternacht herankam und es so ruhig wie zuvor blieb, erschien ihm das verdächtig.

Er eilte abermals zum Gouverneurspalast. Yan-huis weitläufige Residenz war ebenfalls wieder in absolute Stille zurückgefallen. Yan-hui saß, als Zhao Xing-de eintrat, in der Mitte eines von einigen Leuchtern erhellten Saales wie eingesunken auf einem großen Stuhl und machte einen völlig abwesenden Eindruck. Der ganze Raum war von dem stechenden Geruch verbrannten Hanföls erfüllt. Xing-de fragte, ob denn der Bevölkerung die Einzelheiten des Befehls richtig übermittelt worden seien.

»Ich habe alles Nötige getan«, erwiderte Yan-hui.

»Aber die Stadt ist so ruhig. Niemand scheint sich auf die Flucht vorzubereiten.«

Auf Xing-des Bemerkung hin lauschte Yan-hui einen Augenblick lang angestrengt und ging dann, indem er die rückwärtige Tür aufstieß, hinaus, um den Wachturm zu besteigen. Bald darauf kam er zurück. »Es ist, wie Ihr sagt. Die Stadt ist ruhig. Wie merkwürdig!« Und da Xing-de ihn tadelte, daß er selber ja auch keine Vorbereitungen zur Flucht treffe, meinte Yan-hui: »Ich kann jederzeit davonreiten. Die Schwierigkeit ist, zu entscheiden, welche unter den vielen Dingen in diesem Palast die wertvollsten sind. Die Stunden bis zum Morgengrauen sind dafür zu kurz.« Damit vergrub er sich von neuem in seinen Stuhl.

Zhao Xing-de rief nacheinander die Untergebenen Yan-huis herbei und versuchte von ihnen zu erfahren, wieweit sie den Befehl an die Bevölkerung gegeben hätten. Es schien, daß die Anordnungen tatsächlich auf verschiedenen

Wegen verbreitet worden waren. Lediglich die entlegenen Außengebiete hatten sie noch nicht erreicht. Als Zhao Xing-de den Gouverneurspalast verließ, fand er, er dürfe das nicht allein Yan-hui überlassen, und sofort schickte er einige der ihm unterstellten Soldaten los, die der Bevölkerung den Räumungsbefehl bekanntmachen sollten.

Indessen, selbst damit war es nicht möglich, alle Bewohner zu unterrichten; zudem zweifelten viele an dem Übermittelten, denn schließlich war es kein Befehl des Gouverneurs.

Gegen Morgen endlich, als schon der Himmel hell zu werden begann, geriet die Stadt in Aufruhr. Männer und Frauen stürzten aus den Häusern und setzten sich, als riefen sie den Himmel an, mit hochgereckten Armen auf die Erde oder rannten wild schreiend von einer Gasse in die andere.

Zhao Xing-de befahl seine Schutztruppe zum Einsatzappell auf einen Platz, der im Unterschied zu dem, auf dem die zurückgekehrte Einheit biwakiert hatte, in der Nordwestecke der Stadt lag, und ließ an alle Mann Waffen verteilen. Inzwischen waren sämtliche Straßen von flüchtenden Zivilisten verstopft. In jeder Gasse, an jeder Kreuzung stauten sich die Menschen mit Sack und Pack; es war, als hätte jemand in ein Wespennest gestochen.

Bei Sonnenaufgang hatte der größte Teil der Schutztruppe und der zurückgekehrten Einheit die Kampfstellungen bezogen. Eine kleinere Abteilung war dazu abkommandiert, den Abzug der Flüchtlinge durch das geöffnete Westtor zu regeln. Doch bis Mittag blieb die Zahl derer, die mitsamt ihrem Hausgerät das Tor passierten, verschwindend gering. Die meisten standen noch immer an den Straßenecken, einige mit Pferden und Kamelen, und schrien aufeinander ein, ohne daß abzusehen gewesen wäre, wann der Tumult sich legen würde.

Kurz nach Mittag stieg vom Signalturm über dem Osttor

ein Rauchzeichen auf. Es sollte den inzwischen an einem Punkt zehn Meilen östlich der Stadt angelangten Truppen Li Yuan-haos melden, daß sie jederzeit einziehen könnten. Die in der Stadt liegenden zweitausend Soldaten wußten, was sie zu tun hatten. Li Yuan-haos Truppen würden durch das Residenztor hereinkommen. Unter der Mauer neben diesem Tor waren dreihundert Bogenschützen postiert. Jeder hatte fünfzig Pfeile, weitere zwanzigtausend wurden in Reserve gehalten. Die Pfeile stammten sämtlich aus Yan-huis Arsenal.

Als das Rauchzeichen aufstieg, befand sich Xing-de im Palast bei Yan-hui. Er bemühte sich, die aus Yan-huis Familie und seinen Gefolgsleuten bestehende, etwa dreißig Personen umfassende Gruppe eiligst zur Flucht aus der Stadt anzutreiben; aber Yan-hui, hatte er erst einmal das Gebäude verlassen, verfiel in eine solche Betriebsamkeit, als hätte er sich plötzlich in einen anderen Menschen verwandelt. Nicht daß er sonderlich um das Gepäck besorgt gewesen wäre, nur lief er selber immer wieder in den Palast zurück oder schickte jemanden hinein. Allein schon seine Familie zusammenzubringen war nicht leicht. Eigentlich hatte Xing-de gewollt, daß Jiao-jiao gemeinsam mit Yan-huis Leuten die Flucht anträte; doch da er nicht wußte, wann diese soweit wären, gab er ihr eine Sondereskorte von Soldaten mit, die sie aus der Stadt begleiteten.

Schließlich gab Xing-de es auf, Yan-huis Fluchtvorbereitungen abzuwarten, und verließ den Palast.

Um diese Zeit erhoben sich bereits die Rauchzeichen zur Begrüßung der anrückenden Truppen bis hoch in den ungewöhnlich windstillen Himmel. Als Xing-de nach scharfem Ritt das Residenztor erreichte, gewahrte er die kleine Gestalt Zhu Wang-lis, der gemächlich und durchaus in seiner üblichen Haltung von der Stadtmauer herabgestiegen kam.

Als Xing-de zu ihm trat, sagte Zhu Wang-li mit entschlossener Miene: »Tun wir's!«

»Und die Soldaten sind einverstanden?« fragte Xing-de.

»Sie werden tapferer kämpfen als in den Schlachten bisher.« Mehr erwiderte Zhu Wang-li hierauf nicht, fügte dann aber noch hinzu, daß er nicht zu sterben gedenke, bevor er nicht Yuan-hao den Kopf abgeschlagen habe. Hierauf ritt Zhu Wang-li, gefolgt von hundert Mann zu Pferde, aus der Stadt, um die Xi-xia-Armee willkommen zu heißen.

Zhao Xing-de seinerseits stieg unterdessen mit zwei Offizieren der Bogenschützen auf die Mauer. Der eine war groß und beleibt, der andere von eher kleiner Statur, doch beide hatten sie unter Zhu Wang-li heldenhaft gegen die barbarischen Stämme gekämpft und überlebt.

Die Ebene draußen lag friedlich da. Auf dieser stillen Ebene, noch beträchtlich weit entfernt, machten Xing-des Augen die ebenfalls friedlich heranrückenden Kolonnen der Xi-xia-Armee aus. Zahllose Standarten, dicht beieinander, leuchteten in der Sonne; das war anders als bei den Marschkolonnen, wie sie Xing-de sonst kannte. Sollte das die Leibgarde sein, die sich um Yuan-hao, den Xi-xia-König scharte?

Die Armee trat nicht auf der Stelle, doch schien sie sich mit der Langsamkeit einer Ochsenherde vorwärts zu bewegen, kam jedenfalls kaum näher. Inzwischen ritt, von der Stadt her kommend und wie von den Xi-xia-Kolonnen angezogen, Zhu Wang-lis Abteilung auf diese zu. Auch sie bewegte sich nur langsam.

Zhao Xing-de und die beiden Offiziere verbrachten eine eintönig lange und dennoch angespannte Zeit auf der Mauer. Keiner von ihnen redete ein Wort. Hätten sie den Mund aufgemacht, wäre ihnen in der seltsamen seelischen Verfassung, in der sie sich befanden, gewiß eine Andeutung des Ungeheuerlichen, das sich jetzt ereignen sollte, über die Lippen gekommen. Währenddessen jedoch hatten Zhu Wang-lis Berittene endlich mitten auf der Ebene Berührung mit der Vorhut der Xi-xia-Armee. Es war deutlich zu sehen, wie sich beide Truppen ineinanderschoben, wie die Reiterabteilungen innehielten, um sich gleich darauf wieder in Richtung Stadttor in Bewegung zu setzen, und diesmal in rascherem Tempo als zuvor.

Etwa hundert berittene Xi-xia bildeten die Spitze, mit geringem Abstand folgte ihnen Zhu Wang-lis Abteilung, dahinter ein Schwarm von weiteren dreitausend Reitern. In ihrer Mitte vermutlich befand sich Yuan-hao. Wiederum in jeweils geringen Abständen waren hier und da kleinere Kolonnen von Fußvolk sowie von Reitern auf Kamelen und Pferden um das Ganze gruppiert.

»Fünftausend, schätze ich, oder?« war das erste Wort, das von Xing-de kam.

»Dreitausend«, korrigierte der kleinere der beiden Offiziere, indem auch er zum erstenmal den Mund auftat.

Als die Truppen näher kamen, gab der große Offizier dem kleinen ein Zeichen mit den Augen und stieg von der Mauer hinab, um drunten seinen Posten einzunehmen.

Zhao Xing-de hatte, was die bevorstehende Schlacht betraf, keine eigentliche Aufgabe. Seine und die Truppen Yan-huis standen jetzt ebenfalls unter dem Kommando von Zhu Wang-li. Wenn er wollte, konnte er die kommenden Vorgänge, den Verlauf der Kämpfe und welchen Ausgang sie nahmen, von der Mauer herab beobachten.

Er sah die hundert Reiter der Xi-xia-Vorhut durch das Residenztor kommen. Von oben, von der Mauer aus, wirkten ihre Gesichter entsetzlich mürrisch, ja verdrossen. Fast alle Pferde waren schwarz, und am Gesamtzustand der Einheit ließ sich erkennen, daß die Männer von den andauernden Kämpfen völlig erschöpft waren. Nachdem sie das

Tor passiert hatten, brauchte es einige Zeit, bis Zhu Wang-lis Abteilung folgte. Inzwischen wurde die soeben eingezogene Vorhut von jenem beleibten Offizier der Bogenschützen tiefer in den Kern der Stadt geleitet. Kalt und unheimlich dröhnten die Hufschläge durch die Gassen.

Allmählich näherte sich Zhu Wang-li mit den Seinen dem Tor, und mit angehaltenem Atem beobachtete Xing-de, wie sie ihrerseits einrückten. Sobald der letzte Mann innerhalb der Mauern war, wurden die schweren Torflügel geschlossen.

Im selben Augenblick vernahm Xing-de aus der Kehle des neben ihm stehenden kleineren Offiziers einen solch gellenden Laut, daß er sich fragte, woher dieser die Stimme dazu hatte. Das brüllte, das heulte nur so. Und sogleich begannen die Bogenschützen, die unten bereitgestanden hatten, die Mauer zu erklimmen.

Xing-de richtete seinen Blick auf die Ebene: vor sich gleichzeitig diese schweigende Weite, aus der alle Farbe gewichen war, und dazu die Kolonnen der sich über sie vorwärts bewegenden Xi-xia-Armee. Näher unter sich sah er eine Gardeabteilung, auch sie schweigend, auf das Tor zu reiten. Die Entfernung zwischen ihr und dem Tor mochte noch fünfzig, sechzig Schritte betragen. Die vielen Standarten, die die Anwesenheit Li Yuan-haos anzeigten, deckten den Kommandierenden ab wie ein Schirm. Allerdings hatte Xing-de dieses Bild nur für den Bruchteil eines Augenblicks vor sich. Gleich darauf brach das Chaos aus.

Und Xing-de sah es mit an. Plötzlich bäumten sich sämtliche Pferde der beim Tor angelangten Gardeabteilung auf, eine dichte Wolke von Staub und Sand wirbelte in die Höhe, und von der Mauer herab, wie angezogen von einem Magnet, flogen ungezählte Pfeile ihrem Ziel entgegen.

Ein Pfeilschauer nach dem anderen fiel auf die in Verwirrung geratene Garde. Schreie und Pferdewiehern stiegen aus der Staubwolke auf. Abgesehen von dieser einen chaotischen Stelle war die übrige Ebene weiter so ruhig wie bisher. Der Himmel spannte sich im heitersten Blau, weiße Wolken wie Baumwollflocken zogen über ihn hin, die ganze Weite lag unter einer stillen Wintersonne. Und unablässig flogen die Pfeile. Er wußte nicht, wieviel Zeit vergangen sein mochte, als er auf einmal unten an der Stadtmauer ein Brüllen wie von der Meeresbrandung vernahm. Im Nu sprang er die Treppen hinab. Er konnte später nicht sagen, wie er auf sein Pferd gekommen war. Irgendwann bemerkte er, daß er inmitten einer Masse von Berittenen wütend dahinjagte. Alle hatten sie, zu seiner Rechten, zu seiner Linken, die Schwerter herausgerissen und schwangen sie über ihren Köpfen. Nach einer Weile spürte Xing-de, wie sein Pferd über etwas hinwegsetzte, nach vorn fiel und wieder einen Sprung tat. Unter ihm lagen, dicht an dicht und übereinander gefallen, tote Xi-xia-Soldaten und die Kadaver ihrer Tiere.

Das Leichenfeld erstreckte sich weithin, und als er endlich aus dem Gewirr heraus war, sah Xing-de in der Ferne die flüchtende Xi-xia-Armee völlig aufgelöst über die Ebene davongaloppieren.

»Wo ist Li Yuan-hao? Sucht mir Li Yuan-hao!« drang plötzlich Zhu Wang-lis heisere Stimme an sein Ohr. Xing-de zügelte sein Pferd. Die Reiter gaben die Verfolgung auf und kehrten an jene von Hunderten toter und verwundeter Xi-xia übersäte Stelle zurück.

»Ist Li Yuan-hao darunter? Sucht ihn!« schrie Zhu Wang-li, indem er sein Pferd zwischen die Daliegenden trieb und über sie hin und her ritt. Einige Dutzend Soldaten stiegen ab; sie richteten die Toten und Verwundeten auf und forschten in ihren Gesichtern, ob Li Yuan-hao unter ihnen wäre. Doch obwohl sie lange suchten, konnten sie Li Yuan-hao auf dem Leichenfeld nicht entdecken.

Sobald ihm klar war, daß es einen toten Li Yuan-hao nicht gab, brachte Zhu Wang-li seine Truppen sofort in die Stadt zurück. Gewiß würde der schlachtenerfahrene Yuan-hao keine Zeit verlieren und mit frischen Einheiten zum Gegenangriff übergehen. Allein schon bei den zuvor Geflüchteten mußte es sich um über zweitausend Mann gehandelt haben; und daß sich darüber hinaus hinter den mit Li Yuan-hao erschienenen Armeeteilen in einigem Abstand noch weitere große Verbände im Anmarsch befanden, war offenkundig.

Als Xing-de in die Stadt zurückkehrte, hatte man hier den durch die hundert Berittenen von der Xi-xia-Vorhut verursachten Tumult bereits niedergeschlagen, die Xi-xia-Soldaten entwaffnet und auf einem Platz zusammengetrieben.

Zhu Wang-li hatte inzwischen seinen Männern befohlen, die noch immer in den Straßen lärmenden Flüchtlinge zum Tor hinauszutreiben. Wäre die Bevölkerung erst draußen, sollten sich die Truppen zurückziehen. Doch mußte dieses Unternehmen, noch ehe es recht in Gang gekommen war, wieder abgebrochen werden. Die Wachtposten nämlich meldeten, daß sich von Osten wie vom Süden her zahlreiche kleinere Verbände näherten.

Zhao Xing-de stieg auf die Stadtmauer. Es war, wie die Wachen berichtet hatten: überall auf der Ebene erhoben sich Staubwolken, die anzeigten, daß der Feind heranrückte. Offensichtlich handelte es sich um Gruppen von Berittenen. Zhu Wang-li selber erschien ebenfalls auf der Mauer, machte aber den Eindruck, als wäre er nicht im geringsten beunruhigt.

»Vermutlich rücken die Burschen bis zu einem bestimmten Punkt vor und halten dort inne, ohne sich weiter zu nähern. Dann warten sie die Nacht ab. Und sobald es dunkel ist, greifen sie an. Auch wir werden hier bleiben, bis die Nacht anbricht, und danach die Stadt räumen«, sagte

Zhu Wang-li, und wieder, als könnte er den Kommandeur anders nicht verstehen, hielt Xing-de sein Ohr dicht an Zhu Wang-lis Mund.

»Dieser Hund hat wirklich Glück gehabt. Aber ich werde nicht eher draufgehen, als bis ich ihn erledigt habe. Und du auch nicht, versprich mir das!«

Zhu Wang-lis Augen funkelten wild. Tatsächlich, wie er gesagt hatte, näherten sich die über die Ebene verstreuten, zahllosen kleinen Verbände nur gerade so weit, daß sie als Berittene zu erkennen waren, und dort verhielten sie.

Der kurze Tag ging zu Ende, rasch begann es zu dämmern. Mit Einbruch der Nacht sollte auch die zeitweilig unterbrochene Evakuierung der Zivilbevölkerung fortgesetzt werden. Indessen warteten die Xi-xia die völlige Dunkelheit nicht ab, sondern eröffneten ihren Angriff um einiges früher, als Zhu Wang-li vermutet hatte.

Pfeile flogen von weit her in die Stadt. Zwar besaßen sie keine große Kraft mehr, doch fielen sie unaufhörlich und überall. Die meisten von ihnen landeten, wie vom Wind herangetragen, flach auf dem Erdboden oder auf den Häusern. Unter den Zivilisten entstand eine entsetzliche Verwirrung. Die Frauen und die Kinder heulten und schrien; sie verließen die Sammelplätze und liefen verstört umher.

Sobald es dunkel genug war, wurde das Westtor geöffnet, und ein Strom von Zivilisten begann hinauszudrängen. Fast zum selben Zeitpunkt setzte von draußen her die Beschießung mit Brandpfeilen ein. Die eine Seite mochte den Abzug, die andere den eigentlichen Angriff nicht länger hinausschieben.

Und der Angriff nahm, nachdem die ersten Brandpfeile flogen, von Minute zu Minute an Heftigkeit zu. Es war allen klar, daß die Xi-xia-Truppen ihren Abstand von der Stadt allmählich verkürzten. In der Gegend um das Westtor schrien die hinausdrängenden Zivilisten aufeinander ein.

Lediglich von Westen her näherte sich kein Feind, so daß ihnen zur Flucht nur dieses Tor geblieben war.

Die knapp zweitausend Soldaten in der Stadt sicherten die drei Tore; sie sandten ihre Pfeile in die Richtung, aus der die Brandpfeile kamen. Doch ihr einziger Erfolg bestand darin, daß sie den Gegner am sofortigen Sturm auf die Mauern hinderten.

Zhu Wang-li inspizierte reihum die drei Tore und leitete die Abwehrschlacht; Zhao Xing-de hatte sich ausschließlich um die Flüchtenden am Westtor zu kümmern. Dabei sah er, wie die Dunkelheit über der Stadt plötzlich ihre Schwärze verlor. Die Umrisse der Häuser hoben sich ab, die Straße lag sichtbar da in ihrer ganzen Länge, auf die sich drängenden Zivilisten fiel ein heller Schein. So wie am Tage ein Pfeilschauer nach dem anderen auf die Xi-xia-Garde niedergegangen war, hagelten jetzt von allen Ecken und Enden Brandpfeile in die Stadt herein und ließen die Flammen aufschießen.

»Ah, Gua-zhou wird niederbrennen, die Häuser lodern von den Bränden, es lodert die ganze Stadt!«

Unwillkürlich drehte sich Xing-de nach dieser Stimme um. Vor sich sah er Gouverneur Yan-hui, die schlaffe Haut seines zum Himmel gewandten Gesichts so vom Abglanz der Feuer gerötet, als wäre sie mit Brandwunden bedeckt.

»Seid Ihr noch immer hier?« schrie Xing-de ihn an, ohne sich dessen selber bewußt zu sein. Er hatte fest geglaubt, Yan-hui wäre längst aus der Stadt verschwunden, und nun stand der Gouverneur ohne ein einziges Stück Gepäck eingepreßt inmitten der Menge da. Was zum Teufel hatte er die ganze Zeit getrieben?

»Ah, die Tempel brennen, es brennen die Sutren-Rollen!«

Bei diesen Worten mußte Xing-de plötzlich an die Sutrenübersetzungshalle in Yan-huis Residenz denken. »Und wo sind die Übersetzer?« fragte er.

Aber Yan-hui antwortete nicht. Er wiederholte nur: »Ah, die Häuser lodern von den Flammen, es lodert die ganze Stadt!«

Da verließ Xing-de das Westtor und rannte in Richtung auf den Gouverneurspalast davon. Er war in Sorge um die sechs Chinesen, die mit der Übersetzung der Sutren befaßt waren, in Sorge auch um die bereits übersetzten Rollen. Die Gassen waren hell erleuchtet. An mehreren Stellen in der Stadt stiegen Feuersäulen auf. Ob von den Flammen oder von den Brandpfeilen, war nicht auszumachen, aber im Sand blitzte es so, daß Xing-de jedes einzelne Körnchen erkennen konnte. Als er zwei, drei Gassen hinter sich hatte, war bereits kein Mensch mehr zu sehen.

Ein Stück weiter fegte ein Trupp Berittener an ihm vorbei. Wahrscheinlich hatten sie schon den Befehl zum Räumen und zogen sich, auch sie, auf das Westtor zurück. Trupps von zwanzig, von dreißig Reitern folgten ihnen. Die Gesichter der Männer wirkten alle seltsam gerötet.

Zhao Xing-de durchquerte den Garten in der jetzt verlassenen Residenz Yan-huis und eilte in die Übersetzungshalle. Von außen war sie hell, innen aber dunkel. Natürlich war niemand mehr da. Xing-de stürmte zu dem Schrank, in dem die Übersetzer die erhaltenen Originale sowie die fertiggestellten Übertragungen zu verwahren pflegten. Doch als er die Türen öffnete, waren die über zwanzig Rollen, die sich darin hätten befinden müssen, verschwunden. Man hatte sie weggebracht. Jetzt nach alledem haftete dieser Arbeit freilich etwas Sonderbares an: die chinesischen Sutren-Fassungen in die Sprache der Xi-xia zu übertragen, die jetzt die Gegner waren. Und auch Xing-des beharrliche Sorge darum hatte etwas Merkwürdiges an sich. Er selber indessen empfand darin keinen Widerspruch. Schließlich hatte er das Ganze von Anfang an nicht zum Nutzen der Xi-xia unternommen. Yan-hui wollte damit, nach seinen Worten, Buddha ein Opfer darbringen, und Zhao Xing-de dachte jetzt erst recht, daß es ihm dabei um jene junge Frau von Gan-zhou zu tun sei.

Xing-de machte sich rasch wieder davon. Die Brände würden bald auch auf Yan-huis Palast übergreifen, ringsum stiebten die Funken. Diesmal mußte Xing-de einige Umwege machen. Überall in der Stadt züngelten die Flammen zum Himmel auf.

Als Xing-de endlich zum Westtor zurückkehrte, war eine Einheit von etwa hundert Berittenen soeben dabei, als letzte die Stadt zu verlassen. Er erhielt von einem der Soldaten ein Pferd, sprang in den Sattel und ritt mit aus dem Tor. Sobald sie draußen waren, sprengten die Nachzügler in kleinen Trupps von vier, fünf Mann auseinander. In der ersten halben Stunde ihres Rittes war die Ebene wie von der Glut der Abendröte übergossen.

Am nächsten Morgen stieß Zhao Xing-de auf Zhu Wang-li, der seine Männer an einem ausgetrockneten Flußbett sammelte. Von den geflüchteten Zivilisten war keiner zu sehen. Es hieß, sie alle hätten in den verstreut um Gua-zhou liegenden Siedlungen Unterschlupf gefunden.

Zhu Wang-li hatte beim Rückzug alle außerhalb von Gua-zhou gelagerten Lebensmittelvorräte, die aus der jüngsten Ernte stammten, verbrennen lassen und war daher der Meinung, die Hauptarmee der Xi-xia werde unter diesen Umständen keinesfalls zu einem sofortigen weiteren Vormarsch in der Lage sein.

Während ein Trupp nach dem anderen am Flußbett erschien, sah Xing-de auch Gouverneur Yan-hui mit ungefähr zehn Gefolgsleuten herangeritten kommen. Er hatte seine Angehörigen in einem Dorf nördlich von Gua-zhou untergebracht und war entschlossen, Zhu Wang-li Beistand zu leisten. Dies war ein Charakterzug Yan-huis, den Xing-de mochte. Doch ungeachtet seiner gleichgültigen Miene war der Gouverneur aufs höchste erregt. »Rettet Sha-zhou, schützt die Tempel!« murmelte er wie im Selbstgespräch unablässig vor sich hin.

Erst als Zhu Wang-li alle seine Truppen zusammen hatte, ließ er sie in feldmarschmäßiger Ordnung in Richtung Sha-zhou abmarschieren.

8.

Die Einheit marschierte nahezu ohne Pause. Von Gua-zhou bis Sha-zhou (oder Dun-huang) war es eine Strecke von dreihundert chinesischen Meilen, und sie führte fast ausnahmslos durch Wüstenstriche. Normalerweise brauchte man dafür sieben Marschtage, doch versuchte Zhu Wang-li, sie um einen halben oder einen ganzen Tag zu verkürzen. Er mußte Sha-zhou so schnell wie möglich erreichen, um in Verhandlungen mit dem Militärbefehlshaber Cao einen Gegenschlag gegen die Hauptarmee der Xi-xia vorzubereiten. Denn natürlich mochte es längst beschlossene Sache sein, Sha-zhou ebenso niederzubrennen wie zuvor Gua-zhou.

Den zweiten und dritten Tag zogen die Truppen durch Wüstengelände. Hier und da gab es Brunnen und Lehmhütten für die Reisenden. Lediglich an solchen Stellen legten die Männer eine kurze Rast ein; dann ging es in forciertem Marsch weiter bis zur nächsten Quelle. Das Wasser hatte überall einen leicht bitteren Geschmack. Trotz des ständigen Unterwegsseins wollte den Soldaten nicht warm werden. Ein scharfer Eiswind wehte von West und heulte, wo er durch ihre Reihen strich. Und dieses unheimliche Geräusch begleitete sie Stunde um Stunde. Rostrote Berge tauchten auf, geformt wie Sägeblätter und halb im Sand begraben; gewellte Sandhügel, verfallene Befestigungen.

Am Morgen des vierten Tages erblickten sie in Marschrichtung einen großen Salzsee. Aus der Ferne erschien er wie mit Schnee bedeckt. Die Truppen zogen auf dieses Schneefeld zu. Als sie näher kamen, stellte sich heraus, daß der See völlig zugefroren war. Es war zwar einigermaßen gefährlich, da sie aber so ihren Weg um gut zehn Meilen abkürzen konnten, überquerten sie in der folgenden Nacht, die Kamele voraus, das Eis.

Am Morgen des fünften Tages erreichte die Einheit die Spitze eines kleinen Hügels. Von da aus breitete sich unter ihren Blicken die große Wüste westwärts aus wie ein Meer; nur ganz in der Ferne im Nordwesten schien an einer Stelle eine kümmerliche Ansammlung von Bäumen zu stehen. Dort lag, wie Zhao Xing-de von Yan-hui erfuhr, die Stadt Sha-zhou. Die Entfernung betrug noch knapp vierzig Meilen; es würde also keinen ganzen Tag mehr brauchen.

Zum erstenmal, seit sie Gua-zhou verlassen hatte, machte die Einheit jetzt eine Rast, die den Namen verdiente. Die Soldaten lagen dicht neben ihren Kamelen und Pferden, um sich an ihnen zu wärmen, und schliefen. Und nicht nur sie, auch Zhu Wang-li, Yan-hui und Xing-de gönnten sich auf dieselbe Weise ein Stück Schlaf.

Irgendwann erwachte Xing-de plötzlich. Er sah sich um; die Soldaten lagen wie zuvor gegen ihre Tiere geschmiegt und schliefen fest. Die ganze Szene mit Soldaten, Pferden und Kamelen wirkte auf Xing-de wie Gruppen von Steinplastiken, so aufgestellt in dieser Ecke der Wüste vor Hunderten oder Tausenden von Jahren. Sie hatten, da sie sich nicht bewegten, keinerlei Ähnlichkeit mehr mit Lebewesen. Erschöpft und übermüdet, wie er war, rührte sich auch Xing-de nicht; er hatte den Kopf an den Hals seines Pferdes gelehnt, und nur seine Augen liefen umher. Nach einer Weile jedoch erhob er sein Gesicht ein wenig. Tatsächlich hatte er draußen mitten in der Wüste eine Karawane entdeckt, die, es mochten an die hundert Kamele sein, in langer Kette heranzog. Reglos starrte er auf die kleine, noch ferne Erscheinung. Es mußte sich, das war bereits jetzt auszumachen, um eine Karawane von Kaufleuten handeln.

Da kommt von irgendwoher eine Karawane, dachte Xing-de nur, während er die Kamelkette benommen im

Auge behielt. Allmählich kam sie zwar näher, aber so leicht verringerte sich der Abstand nicht. Wieviel Zeit war wohl inzwischen vergangen? Einmal verschwand der lange Zug hinter einem Hügel; dann jedoch, als er mit buchstäblicher Plötzlichkeit wieder sichtbar wurde, war seine Spitze überraschend nahe.

Noch immer mit benommenem Kopf richtete Xing-de seine Blicke auf die ersten Kamele, die vor ihm auftauchten. Gleich darauf bemerkte er die auf dem Rücken eines der Kamele aufgesteckte Fahne, und er fuhr in die Höhe. Das in die Fahne eingefärbte Symbol kam ihm allerdings bekannt vor: ein großes »Vai« für Vaisravana.

Also war es Wei-chi Guangs Karawane. Xing-de verließ sein Pferd und lief dem Zug entgegen. Im selben Augenblick hielt die Karawane an, und Xing-de sah, wie sich drei Männer aus der Reihe lösten und auf ihn zukamen.

»Wei-chi!« schrie er aus Leibeskräften.

Woraufhin einer der drei Männer seine Schritte beschleunigte und auf ihn zustürzte. Es war wahrhaftig Wei-chi Guang. Aufgereckt zu voller Größe stand er vor Xing-de und begrüßte ihn mit einem lauten »Nanu?!« Um dann zu fragen: »Werdet ihr etwa nach Sha-zhou verlegt?«

Ohne darauf zu antworten, fragte Xing-de seinerseits, wohin denn in aller Welt die Reise gehen solle.

»Wir sind nach Gua-zhou unterwegs«, erwiderte Wei-chi Guang in seiner gewohnten übermütigen Art.

»Gua-zhou ist völlig zu Asche verbrannt«, sagte Xing-de und berichtete ihm in kurzen Worten, was seit Beginn der Rebellion bis zu diesem Tage alles geschehen war.

Wei-chi Guang hörte sich Xing-des Geschichte reglos an; dann aber, und es klang wie ein Stöhnen, meinte er: »Ah, demnach müssen wir also umkehren, wie?« Und indem er Xing-de plötzlich einen finsteren Blick zuwarf: »Da habt ihr einen schönen Unsinn angerichtet! Du wirst bald begreifen, daß euch, wie die Dinge liegen, nichts Idiotischeres einfallen konnte. Ich will dir sagen, warum. Es haben nämlich in Innerasien die Mohammedaner einen Aufstand angezettelt. In meinem Land, in Khotan, ist bereits die Li-Dynastie, die sich an die Stelle des Hauses Wei-chi gesetzt hatte, daran zugrunde gegangen. Und nicht lange mehr, so werden die Mohammedaner auch Sha-zhou angreifen. Noch einen Monat, und ihre Elefanten werden die Stadt zertrampeln. Die Narren in Sha-zhou glauben mir nicht, aber sie werden es mit eigenen Augen erleben. Deshalb haben wir all unseren Besitz aufgepackt und uns aus Sha-zhou davongemacht.«

Hier unterbrach sich Wei-chi Guang für einen Augenblick und schluckte seinen Speichel hinunter.

»Und da stellt ihr solche Narrenpossen an… Wo sollen wir denn hin? Vom Westen greifen die Mohammedaner an. Und nun auch noch von Osten her die Xi-xia! Oder weißt du vielleicht einen Ausweg für uns, du Dummkopf?«

Als wäre Xing-de der eigentlich Verantwortliche für die Situation, hielt Wei-chi Guang weiter seinen drohenden Blick auf ihn gerichtet.

Es war das erste Mal, daß Xing-de von den Unternehmungen der innerasiatischen Mohammedaner hörte. Da jedoch die Nachricht von Wei-chi Guang stammte, der in jenen Gegenden viel reiste und sich dort gut auskannte, war sie gewiß nicht völlig aus der Luft gegriffen.

Als Wei-chi Guang, wie um keine Zeit zu verlieren, auf dem Absatz kehrtmachte und geradeaus zu seiner Kamelkarawane zurückging, begab sich Xing-de seinerseits auf die Suche nach Zhu Wang-li, um ihm davon zu berichten. Einige der Soldaten waren aufgewacht, andere lagen wie zuvor in tiefem Schlaf.

Zhu Wang-li stand etwas abseits der Kolonne und unterhielt sich mit Yan-hui. Zhao Xing-de trat zu ihnen und erzählte, was Wei-chi Guang gesagt hatte. Woraufhin Zhu Wang-li ihm einen kurzen Blick aus den Augenwinkeln zuwarf, der zu bedeuten schien: Was für ein Unsinn! Er nahm es nicht weiter ernst. Yan-hui indessen wechselte sogleich die Farbe und erklärte: »Ja, wenn es den Menschen treffen will, kommt das Böse stets unangemeldet. Und dann meist doppelt. Tritt ein Unglück ein, folgt ihm unweigerlich ein zweites. Vermutlich ist es wahr, was Wei-chi berichtet. Aus dem Osten bedrängen uns die dunklen Pferde der Xi-xia, aus dem Westen die Elefanten der Mohammedaner. Jedenfalls ist das nicht auszuschließen.« Bis hierher war seine Stimme noch einigermaßen ruhig geblieben, aber nun schrie er: »Eine ganze Armee von Elefanten! Als ich ein Kind war, habe ich einmal einen Elefanten gesehen. Man brachte ihn aus den Westländern ins Song-Reich, und ich sah, wie er durch Sha-zhou stampfte. Was für ein riesiger Fleischberg, so ein Elefant! Und davon werden Dutzende, werden Hunderte mit ihren teufelsfratzigen Reitern herangestürmt kommen, daß die Erde erzittert!«

Unvermittelt setzte sich Yan-hui auf den Boden, stützte den Kopf in die Hände und reckte sein verwirrtes Gesicht empor. »Wohin sollen wir uns wenden?« rief er wie von Sinnen, den Blick zum Himmel gerichtet, als wollte er sagen: Wir werden nirgends Zuflucht finden als da oben.

Jetzt brüllte, indem er seine heisere Stimme anstrengte, daß er davon puterrot wurde, auch Zhu Wang-li los: »Was sind schon die Mohammedaner, die Elefanten! Ob sie kommen oder nicht, ist unwichtig. Unsere Gegner sind die Xi-xia. Der Feind heißt Li Yuan-hao. Er und seine Leute werden sämtliche Chinesen umbringen und die Stadt Sha-zhou so zerstören, daß kein Stein auf dem anderen bleibt.«

Sofort gab Zhu Wang-li den Befehl zum Weitermarsch.

Zhao Xing-de ritt neben Zhu Wang-li an der Spitze der

Kolonne. Die Truppen zogen den Hügel hinab, wo sie sich inmitten der tiefsten Wüste wiederfanden, um dann auf eine ferne, scheinbar am Horizont gelegene Oase zuzumarschieren. Zweihundert Meter voraus sah Xing-de die Kamele der früher aufgebrochenen Karawane Wei-chi Guangs. Zhu Wang-li, dem die Karawane offenbar ein Dorn im Auge war, beschleunigte das Marschtempo in der Absicht, sie zu überholen. Trotzdem verringerte sich seltsamerweise der Abstand nicht. Immer wehte Wei-chi Guangs Fahne, von ihnen aus gesehen ein einziger gelber Fleck, in derselben Entfernung vor Zhu Wang-lis Truppen her, die Sanddünen hinauf und hinunter.

Die Kälte hatte im Vergleich zum vorigen Tag etwas nachgelassen. Kurz vor Mittag gelangte die Einheit aus der Wüste heraus in eine Gegend, in der auf dem öden Boden hier und da kleine Weidengruppen standen. Nun marschierte es sich endlich leichter, und die Kolonne kam schneller voran. Bald hatte sie das ausgedehnte Ackerland erreicht, das Sha-zhou umgab.

Wei-chi Guang blieb weiter voraus. Aus der Ferne sah das zweifellos so aus, als rückte Wei-chi Guang unter der Fahne seiner fürstlichen Familie mit von ihm befehligten zweitausend Mann heran.

Das Ackerland war in regelmäßigen Abständen von unzähligen Bewässerungsgräben durchzogen, zudem quer zur Marschrichtung, so daß die Soldaten, sobald sie ein Stück vorangekommen waren, wie auf dem Go-Brett wieder und wieder um die Ecke biegen mußten.

Schließlich stießen sie auf den Dang-Fluß. An seinem Ufer wuchsen Weidenbäume, das Wasser war zugefroren. Als sie den Fluß überquert hatten, erblickte Xing-de vor sich in Marschrichtung zum erstenmal die Mauern von Shazhou. Sie waren stattlicher als alles, was er bisher in dieser Art gesehen hatte, und ähnlich verziert wie die der Provinzstadt in Song-China, in der er geboren und aufgewachsen war.

Nicht lange, und die Einheit ritt in das Marktviertel vorm Südtor ein. Läden reihten sich aneinander, in denen die unterschiedlichsten Waren feilgeboten wurden; in den grobgepflasterten Gassen drängten sich Jung und Alt, Männer und Frauen, alles Chinesen. So sicher es war, daß diese Stadt binnen kurzem im Chaos versinken würde, dachte doch niemand im Traum an dergleichen, und in dem Viertel herrschte der schönste Frieden. Die Leute traten vor den Truppen zur Seite und verfolgten mit neugierigen Blicken die in die Stadt einrückenden, völlig erschöpften Soldaten, die, so unbekannt sie ihnen waren, doch die gleichen Gesichtszüge besaßen wie sie selber. Xing-de hatte das Gefühl, er wäre nach China zurückgekehrt. Was immer ihm vor die Augen kam, erinnerte ihn an die Heimat.

Nachdem sie das Tor passiert hatte, beendete die Einheit auf einem unmittelbar dahinter liegenden Platz ihren langen und anstrengenden Marsch. Von Yan-hui geführt, begab sich Xing-de zusammen mit Zhu Wang-li in die Stadtmitte zur Residenz des Militärbefehlshabers Cao Xian-shun, einem Palast von verschwenderischer Pracht.

Cao Xian-shun war ein Mann in den Fünfzigern, klein von Gestalt, aber mit seinen blitzenden Augen ein Krieger, der gewohnt war, seinen Willen durchzusetzen. Ein wenig zurückgelehnt, saß er auf seinem Sessel, hörte sich, wortlos und ohne die Miene zu verziehen, den Bericht seines jüngeren Bruders Yan-hui an und meinte dann: »Ich wußte, daß wir irgendwann mit der Invasion der Xi-xia zu rechnen hätten. Nur kommt sie früher, als erwartet. Nun ja, seit den Tagen Zhang Yi-zhaos haben wir, das fordert unsere Ehre, als Militärbefehlshaber von Sha-zhou unentwegt Kämpfe zu bestehen. Das einzig Bedauerliche ist, daß wir gegenwärtig in Sha-zhou einfach nicht über die Schlagkraft verfügen, um uns der Xi-xia-Armee zu erwehren. Auch wird es sich kaum vermeiden lassen, daß das Haus Cao mit meiner Generation zugrunde geht. Wie überliefert ist, war dieses Land einst von den Turfan erobert worden, und lange Zeit hindurch mußten die Chinesen Turfan-Gewänder tragen, durften allein an Festtagen nur in chinesischen Kleidern ihre Wehklage zum Himmel hinaufschreien; vermutlich wird der Bevölkerung nun ähnliches widerfahren. Aber kein Stamm kann dieses Land für immer in der Unterwerfung halten. Wie die Turfan verschwanden, werden einmal auch die Xi-xia verschwinden. Übrigbleiben werden danach wie die Wurzeln des Grases unsere Enkel. Dies zumindest steht fest. Denn es ruhen hier mehr chinesische als Seelen von all den anderen Völkern. Das ist chinesische Erde.«

Cao Xian-shun hatte ruhig und ohne das Anzeichen irgendwelcher Erregung gesprochen, ganz mit der Würde dessen, der seit nunmehr zwanzig Jahren über Sha-zhou herrschte, nachdem er im Neunten Jahr Da-zhong-xiang-fu (nach westlichem Kalender 1016) in Nachfolge seines Vaters Zhong-shou vom Song-Hof mit der Militärbefehlshaberschaft belehnt worden war.

Hierauf erklärte Xian-shun lachend, er werde jetzt zu einem letzten friedlichen Gastmahl bitten; sobald dies beendet sei, könne der Kampf beginnen. Und er befahl seinem Gefolge, zu trinken und zu essen aufzutragen.

Inzwischen hatte Xing-de einen Boten zu Wei-chi Guang geschickt, der diesen in den Palast rufen sollte. Wei-chi Guang erschien auch umgehend und nahm am Gastmahl teil. Dabei veranlaßte ihn Xing-de, über die Zustände in den Westländern zu berichten; doch zeigte sich Xian-shun keineswegs betroffen. Er wartete, bis Wei-chi Guang geendet hatte, und sagte dann: »Vielleicht werden die Mohammedaner tatsächlich bei uns einfallen, aber das wird uns nichts mehr angehen. Bis dahin haben die Xi-xia das Gebiet von Sha-zhou längst zerstört. Also brauchst du dir, junger Sproß des Hauses Wei-chi, darum keine Sorgen zu machen.«

Wei-chi Guang starrte den Herrscher von Sha-zhou unverwandt an. »Wollt Ihr damit sagen, die Mohammedaner werden die Xi-xia bekriegen?«

»Durchaus möglich, daß es dazu kommt«, erwiderte Xian-shun.

»Und wer, glaubt Ihr, wird dabei siegen?«

»Das weiß ich nicht. Aber im Gegensatz zu Sha-zhou verfügen sowohl die Mohammedaner als auch die Xi-xia über gewaltige militärische Kräfte; sie werden sich, wie die Song und die Khitan, gegenseitig schwere Verluste zufügen, und bald werden die einen, bald die anderen siegen.«

Der zielstrebige junge Mann schien für einen Augenblick darüber nachzudenken, dann meinte er: »Solange jedenfalls werde ich leben. Ja, ich muß die aufregende Zeit, die da kommt, miterleben. Die Fahne der Wei-chi-Dynastie wird aus den Kriegswirren unbeschadet hervorgehen.«

Xing-de dachte: Was für Zeiten auch immer kommen, dieser tollkühne junge Mann wird sie vermutlich in der Tat überleben. Wahrscheinlich nimmt er dann statt der Kamele Elefanten für seine Karawane und zieht mit ihnen wie eh und je unter der Vaisravana-Fahne zwischen Ost und West durch die Wüste.

Als das Mahl beendet war, sagte Xian-shun zu Zhu Wang-li, bis zum Angriff der Xi-xia würden wohl noch drei, vier Tage vergehen; er möge daher dafür sorgen, daß sich seine Soldaten ordentlich ausruhten. Inzwischen sollten die Truppen Sha-zhous ihre Kampfvorbereitungen treffen und vor den Mauern der Stadt unzählige Pferdefallen graben.

Zu dritt verließen Zhu Wang-li, Xing-de und Wei-chi Guang den Palast Xian-shuns. Sobald sie draußen waren, trennten sich Zhu Wang-li und Xing-de von Wei-chi Guang.

Zur Einheit zurückgekehrt, erklärte Zhu Wang-li, er habe zwar keine Ahnung, ob Xian-shun ein so erfahrener Stratege sei oder nicht, werde aber jedenfalls, seinem Vorschlag entsprechend, sich einmal richtig ausruhen. Sie selber und die Soldaten sollten die nächsten drei Tage und drei Nächte schlafen. Es genüge ja, daß sie aufwachten, wenn die Kriegstrommeln der Xi-xia zu dröhnen begännen. Xing-de glaubte zunächst, Zhu Wang-li mache einen Scherz, doch dessen Gesicht war todernst.

Die Einheit hatte fünf der siebzehn Tempel innerhalb der Stadt als Quartiere zugewiesen bekommen. Zhao Xing-de bezog den ihm als Unterkunft zugeteilten Raum in einem der Tempel, und gegen Abend dieses Tages schlief er ein.

Um Mitternacht erwachte Xing-de. Da er Trommeln hörte, glaubte er, die Xi-xia griffen an, und lief hinaus. Doch nichts dergleichen. Im kalten Licht des winterlichen Mondes zogen in Abständen kleine Gruppen voll ausgerüsteter Soldaten durch die Gasse vor dem Tempel. Sie schienen zu Xian-shuns Truppen zu gehören, die sich auf den Kampf vorbereiteten.

Im Morgengrauen wurde Zhao Xing-de ein zweites Mal wach, jetzt wegen des aus nah und fern vernehmlichen Lärms einer offensichtlich riesigen Menschenmenge. Er hörte Stimmen, er hörte auch das Wiehern von Pferden. Wieder lief Xing-de hinaus. Ringsum begann es bereits hell zu werden. Und er sah einen ununterbrochenen Strom von Flüchtlingen, die aus der Stadt hinausdrängten. Es waren ausschließlich Frauen und Kinder und Alte. Offenbar wurde hier alles mit Umsicht ausgeführt. Hiernach erhob sich Zhao Xing-de nur noch zu den Mahlzeiten, um dann sofort wieder weiterzuschlafen. Zwar hatte sich, sooft er aufstand, der Tumult in der Stadt noch vergrößert; doch hinderte ihn das nun nicht mehr am Schlafen.

Völlig ausgeruht und so, daß von der Müdigkeit nicht das

geringste zurückgeblieben war, erwachte Zhao Xing-de am Abend des folgenden Tages. Auch die Soldaten waren wie auf Verabredung aufgestanden, und ohne daß es ihnen jemand befohlen hätte, kamen sie aus ihren Quartieren und versammelten sich auf dem Platz. Zhu Wang-li tauchte ebenfalls auf. Schließlich war ungefähr die Hälfte der zweitausend auf dem Platz erschienen; sie saßen um die Lagerfeuer, die hier und da brannten.

»Schon wach?« fragte Zhu Wang-li und sah Xing-de an.

»Ich kann nicht mehr schlafen, und wenn ich mir noch so große Mühe gebe.«

»Aber die Soldaten lassen wir noch eine Nacht schlafen. Morgen in aller Frühe sollen sie sich dann hier einfinden. Ich schätze, morgen gegen Abend oder übermorgen bei Tagesanbruch wird die Schlacht mit den Xi-xia beginnen.«

Damit ging Zhu Wang-li in sein Quartier zurück.

Xing-de trat zu einem der Lagerfeuer in der Nähe. Er hatte geglaubt, es wären Soldaten, aber es waren Leute von Wei-chi Guang, und dieser selbst saß auch dabei. Als er Xing-de sah, erhob sich Wei-chi Guang, gab ihm ein Zeichen mit dem Kinn, um ihn zum Mitkommen aufzufordern, und entfernte sich ein Stück vom Feuer. Xing-de folgte ihm.

»Ich habe dich seit gestern gesucht«, sagte Wei-chi Guang. »Was glaubst du, wirst du die bevorstehende Schlacht überleben oder wirst du sterben?«

»Darüber mache ich mir keine besonderen Gedanken. Das habe ich bisher immer so gehalten. Ich weiß nicht, was das Schicksal mit mir vorhat. Ich werde den Tod nicht vorsätzlich suchen; andererseits muß ich nicht unbedingt überleben«, antwortete Xing-de.

Tatsächlich entsprach dies genau seiner Auffassung. Er war sich darüber im klaren, daß diese Stadt dem Ansturm der Xi-xia unmöglich standhalten konnte. Es wäre schon viel, wenn sie ihm einen, bestenfalls zwei Tage zu trotzen vermöchte. Wahrscheinlich würde Sha-zhou wie Gua-zhou in Asche versinken und eine Menge von Soldaten und Zivilisten dabei ihr Leben verlieren. Und wer nicht stürbe, hätte mit Sicherheit die übelsten Grausamkeiten zu erwarten.

Nein, Xing-de fühlte sich von Wei-chi Guangs Frage nicht im geringsten betroffen. Aber da tauchte plötzlich wieder jene nackte Frau vor ihm auf, die er Jahre zuvor auf dem Markt von Kai-feng gesehen hatte, wie sie, auf einem Brett liegend, verkauft werden sollte. Er erinnerte sich an ihre Haltung, an ihre dreiste Todesverachtung, und er spürte so etwas wie Mut in sich aufsteigen.

»Natürlich wird das Schicksal darüber entscheiden, ob du stirbst oder überlebst«, meinte Wei-chi Guang. »Auf alle Fälle jedoch solltest du mir wenigstens die Halskette, die du besitzt, zur Aufbewahrung geben. Überlebst du, brauchst du dir um sie keine Sorgen zu machen. Und sie aufs Schlachtfeld mitzunehmen ist gefährlich. Die Idioten hier in der Stadt rennen wie wild durcheinander, weil sie nicht wissen, wo sie, die Reichen wie die Armen, ihre Habe am besten verstecken. Denn daß die Stadt niedergebrannt wird, steht fest. Und vor den Mauern liegt die Wüste. Von Osten kommen die Xi-xia, vom Westen die Mohammedaner.«

Wei-chi Guang sprach mit ausdruckslosem Gesicht, als wäre es an ihm, das letzte Urteil zu verkünden. Diese Ausdruckslosigkeit wirkte jetzt im Abendlicht auf Xing-de wie von einer unbeschreiblichen Grausamkeit.

Und da er schwieg, fuhr Wei-chi Guang fort: »Hast du dich in der Stadt umgesehen? Ein belustigender Anblick. Keiner weiß, was er tun soll, sie sind einfach verwirrt. Die Entschlosseneren unter ihnen packen ihre sämtlichen Reichtümer auf Kamele und Pferde und verlassen die Stadt;

aber am Ende werden sie dastehen und alles verloren haben. Draußen in der Wüste, noch bevor die Mohammedaner angreifen, lauern ihnen die Asha und die Long auf und rauben sie aus. Eine solche Gelegenheit kommt so schnell nicht wieder. Sie nehmen ihnen die Pferde und das Gepäck weg und lassen sie selber splitternackt zurück.« Hierauf senkte Wei-chi Guang unvermittelt seine Stimme und erklärte: »Aber mir kann nichts geschehen, wie auch immer die Dinge laufen. Ich kenne ein Versteck, in dem Schätze aller Art gut aufgehoben sind. Ob die Xi-xia kommen oder die Mohammedaner, der Platz ist sicher.«

Wei-chi Guang verstummte. Er sah Xing-de an und schien eine Antwort zu erwarten. Doch da dieser weiter schwieg, begann Wei-chi Guang von neuem: »Also wie? Willst du, daß ich sie an dem sichersten Platz verwahre? Ich denke nicht daran, dir die Halskette abzuhandeln. Wenn du überlebst, gebe ich sie dir auf jeden Fall wieder. Na, nun rück sie schon heraus!«

Indessen hatte Xing-de nicht den leisesten Wunsch, ihm die Kette zu überlassen. Und Wei-chi Guang, der wohl sah, daß Xing-de so nicht zu bewegen war, wechselte abermals den Tonfall: »Ich könnte dir das Versteck ja zeigen. Meinetwegen komm' mit und steh' dabei, wenn ich sie vergrabe. Wärst du dann einverstanden?«

»Vergraben willst du sie?« fragte Xing-de zurück.

»Genau das. Sämtliche Dinge von Wert werde ich an einem bestimmten Ort vergraben – bis die Unruhen vorbei sind, verstehst du? Und aus reiner Freundschaft biete ich dir an, deinen Schatz dazu zu tun.«

»Wo denn aber vergraben?«

»Das kann ich dir so ohne weiteres nicht sagen. Laß mich deine Halskette mit vergraben, und ich verrate es dir. Wie käme ich sonst dazu, das auszuplaudern? Niemand außer mir kennt die Stelle. Wenn wir sie dort vergraben, ist sie absolut sicher. Mag das ganze Gebiet von Sha-zhou zum Schlachtfeld werden, mein Versteck findet keiner. Mag der Krieg Jahre oder Jahrzehnte dauern, was da vergraben ist, bleibt unangetastet. So gut ist das Versteck.«

Wei-chi Guang tat, als könne er ihm, nachdem er sich einmal soweit offenbart hatte, nun auch den Rest erzählen, und fuhr fort: »Seit vergangener Nacht lasse ich meine Männer ein großes Loch ausheben. Ich habe auch der Familie Cao erklärt, daß ich, wenn es ihr recht sei, ihre Schätze dort verwahren würde. Aber die Caos trauen mir nicht, sie sind auf mein großzügiges Anerbieten nicht eingegangen. Nun ja, zu guter Letzt kommen sie bestimmt noch mit Tränen in den Augen zu mir gelaufen. Morgen in aller Frühe brechen wir auf, bis dahin werden sie es sich überlegt haben. Denk auch du darüber nach. Hast du dich bis dahin nicht zum Mitmachen entschlossen, wirst du es bitter bereuen, und dann ist es zu spät.«

Sowie er ausgeredet hatte, ging Wei-chi Guang zu seinen Leuten zurück.

Die eine Bemerkung Wei-chi Guangs, daß die Schätze, was für Zeiten auch kämen, unangetastet blieben, hatte Xing-de aufhorchen lassen. Sollte es ein solches Versteck tatsächlich geben? Plötzlich verlangte es ihn, diesen Platz kennenzulernen. Er spürte, da war etwas, das er dort unterbringen müßte. Aber was? Zwar konnte er sich im Augenblick darüber nicht recht klarwerden; doch hatte er das deutliche Gefühl, daß es dieses Etwas, das er so erhalten wissen wollte, wahrhaftig gab.

Andererseits schien es, wie Xing-de, rasch ernüchtert, überlegte, allzu offenkundig, daß Wei-chi Guang nach seiner hinterlistigen Art wieder beim Pläneschmieden war. Vielleicht traf es ja zu, und er kannte einen solchen Platz; aber er würde die vielen Schätze nur ansammeln, um sie sich später anzueignen.

Wei-chi Guang mochte sich einbilden, er werde dem Schicksal, wie es den meisten Chinesen bevorstand, entgehen. Mochte glauben, er allein werde, wenn alle die anderen stürben, am Leben bleiben. Wenn man es freilich recht bedachte, sprach nichts dafür, daß es für Wei-chi Guang eine Ausnahme geben würde. Irgendwann konnte auch er von einem verirrten Pfeil getroffen, gefangengenommen oder getötet werden. Er hatte demnach einfach von sich aus entschieden, nicht zu sterben. Bei dieser Vorstellung bemächtigte sich Xing-des plötzlich ein Gefühl der Vertrautheit mit dem Schurken Wei-chi Guang, wie er es noch nie empfunden hatte.

Wieder ging Xing-de auf das Lagerfeuer zu, um das die Männer saßen, und diesmal gab er Wei-chi Guang das gleiche Zeichen mit dem Kinn, mit dem dieser ihn zuvor zum Mitkommen aufgefordert hatte. Wei-chi Guang trat sofort auf ihn zu und fragte: »Na, wie? Hast du es dir überlegt? Am sichersten ist es eben doch, wenn du sie mir anvertraust, nicht wahr?«

»Ja, du bekommst die Kette zur Verwahrung. Dafür zeig du mir das Versteck!«

»Reite morgen mit mir, und du erfährst es! Sei bei Tagesanbruch hier!«

»So früh kann ich nicht. Ich werde nachkommen. Wo ist es?«

Wei-chi Guang dachte eine Weile nach. Dann meinte er: »Nun, ich sage es dir, weil ich dir vertraue. Aber rede mit niemandem darüber! Ein Sterbenswörtchen, und dir soll die Zunge verdorren! Es sind die Tausend-Buddha-Höhlen nahe von hier in den Ming-sha-Bergen. Ganz zuhinterst in diesen Höhlen habe ich zwei, drei Löcher ausgemacht, die sich als Versteck vorzüglich eignen.« Wei-chi Guang sah Xing-de fest ins Gesicht, wie um auszuforschen, was er davon halte. »Dort werden die Xi-xia nichts anrühren.

Schließlich ist Li Yuan-hao ein gläubiger Buddhist. Sie werden auch weder Feuer legen noch die Höhlen verwüsten. Insgesamt hat man bis heute über dreihundert solcher Felshöhlen herausgeschlagen; einige von ihnen haben im Inneren weitere kleine Kavernen, die zum Teil aufgemauert sind. Wenn wir diese als Versteck benutzen und hinterher mit Lehm verschließen und Verputz darüberstreichen, werden selbst die Mohammedaner, falls sie kommen und die Höhlen zerstören sollten, nicht das geringste davon bemerken. Zudem haben die Mohammedaner eine Scheu vor buddhistischen Dingen. Es wird ihnen nicht einfallen, die Höhlen als Unterkünfte oder als Pferdeställe zu benutzen, und angenommen, sie wagten es doch, die Kavernen wären sicher.«

Die Tausend-Buddha-Höhlen in den Ming-sha-Bergen, von denen Wei-chi Guang sprach, waren Xing-de dem Namen nach durchaus bekannt. Wenigstens hatte er schon in China von ihnen gehört. Danach lagen die Ming-sha-Berge nahe bei Sha-zhou (oder Dun-huang), und an ihrem Fuß hatte man Hunderte von Höhlen gegraben, deren jede mit Wandbildern in den prächtigsten Farben und mit großen und kleinen Buddha-Figuren ausgeschmückt war. Wer mit der Anlage dieser Höhlen begonnen hatte, war nicht bekannt; man vermutete, daß sie seit ältester Zeit nach und nach und über die Jahrhunderte hin von der Hand Buddha-Gläubiger in immer größerer Zahl aus dem Fels geschlagen worden waren.

Xing-de, der diese Tausend-Buddha-Höhlen natürlich noch nie gesehen hatte, hatte sich sein Wissen darüber und seine Vorstellung von ihren Ausmaßen zwar nur aufgrund von schriftlichen Berichten bilden können, doch stand fest, daß es sich hierbei um die in ihrer Art einzige und größte religiöse Anlage in solch abgelegener Gegend handelte.

Auch fiel ihm jetzt ein, daß ihm in der ersten Nacht, in

der er damals in Gua-zhou mit Wei-chi Guang zusammengewesen war, dieser erklärt hatte, die Familie seiner Mutter habe bei den Tausend-Buddha-Höhlen einige Grotten graben lassen. Deswegen wahrscheinlich war er auf diese Höhlen als geeignetes Versteck verfallen.

»Wie weit ist es bis zu den Tausend-Buddha-Höhlen?« fragte Xing-de.

»Vierzig chinesische Meilen. Wenn du scharf reitest, brauchst du etwa zwei Stunden.«

»Gut. Dann bin ich morgen bei Sonnenuntergang dort.«

»Vergiß die Halskette nicht!« erinnerte ihn Wei-chi Guang noch einmal.

Nachdem sich Zhao Xing-de von Wei-chi Guang getrennt hatte, lief er, da er noch keine Lust verspürte, in seine Unterkunft zurückzukehren, durch die Straßen des nächtlichen Sha-zhou, das so bald zu Asche zerfallen würde. Überall drängten sich die ihre Flucht vorbereitenden Bewohner durcheinander. Kamele und Pferde zogen vorüber.

Sha-zhou unterschied sich von all den anderen Städten, die Xing-de bisher in der Region westlich des Gelben Flusses gesehen hatte. Die Straßen waren breit und von dichten Baumzeilen gesäumt, zu beiden Seiten reihten sich altehrwürdige, stattliche Läden, und es herrschte, besonders in dieser Nacht, ein wildes Hin und Her, oder die Leute standen aufgeregt schreiend beieinander.

Als er das Geschäftsviertel verließ und in die Wohnbezirke kam, lag hier ein großes Privathaus neben dem anderen, alle von Lehmmauern umfriedet. Hier ging es ebenso geräuschvoll zu wie bei den Kaufleuten. Die Straßen waren erfüllt von einem unbeschreiblichen Getriebe, nur hatte dieser Tumult zugleich etwas Beklemmendes an sich. Dann und wann schwand er unvermittelt in die Ferne, und einen Augenblick lang hing eine der Verzweiflung ähnliche

Schwermut über der Gegend. Ein roter Mond war aufgegangen. Ein Mond, als dampfte er von Blut.

Xing-de betrat ein Tempelviertel. Hier standen ausschließlich und weit größere Tempel als im Ostteil der Stadt, wo Zhu Wang-lis Truppen Unterkunft gefunden hatten. Sie alle verfügten über ein weites Areal und besaßen mächtige Hallen. Wie zu erwarten, lagen sie in völliger Stille da. In den Hallen zwar mochte man sich emsig auf die Flucht vorbereiten, doch davon drang kein Laut bis auf die Straße heraus.

An einigen der Tempel war Xing-de vorbeigegangen. Er wußte nicht, wie sie hießen, aber schließlich lenkte er seine Schritte auf das Gelände desjenigen, der die größten Hallen hatte. Als er ein Stück hinter dem Tor war, erhob sich dort eine hohe Pagode. Auf ihren Schultern hing der rote Mond. Außer von der Pagode lagen von mehreren Hallen die Schatten schwer auf dem Sand. Xing-de durchquerte einige der schwarzen Schatten und gelangte in die hinteren Teile des Tempelbezirks. Endlich traf er auf ein Gebäude, aus dem Licht drang. Schon hatte er, weil es so überaus still war ringsum, glauben wollen, die Tempelbewohner hätten bereits die Stadt verlassen, so daß er nun von dem Licht um so überraschter war.

Xing-de ging auf das Licht zu. Er stieg eine kurze Treppe hinauf und fand, daß es sich hier um eine Art Sutren-Bibliothek handeln mußte. Die Vordertür war nur angelehnt. Im Innern schienen eine Menge Lampen zu brennen; es war heller, als er vermutet hatte.

Beim ersten Blick hinein gewahrte er, daß alles bedeckt war mit Sutren-Rollen und altem Papier. Außerdem befanden sich da drei junge Mönche; sie mochten, hatte er den Eindruck, um die Zwanzig sein. Zwei von ihnen standen, der dritte hatte sich hingekauert. In ihre Arbeit vertieft, bemerkten sie nicht, daß Xing-de ihnen zusah.

Zunächst begriff er nicht, was sie taten; doch allmählich wurde ihm klar, daß sie dabei waren, die Schriftrollen auszusortieren. Manchmal nahmen sie eine Rolle in die Hand und betrachteten sie lange, dann wieder legten sie eine andere Rolle sogleich beiseite und griffen zur nächsten. Irgendwie davon fasziniert, verfolgte Xing-de die Arbeit der drei; nach einer Weile jedoch sprach er sie an und fragte: »Sagt, was habt ihr eigentlich vor?«

Gleichzeitig und offenbar erschrocken blickten die drei jungen Mönche zu Xing-de herüber, und einer schrie: »Wer seid Ihr?«

»Jedenfalls niemand, vor dem ihr euch zu fürchten braucht. Aber was in aller Welt soll das?« fragte Xing-de weiter, während er einen Schritt weg von der Tür ins Innere trat.

»Wir suchen die wichtigsten Sutren heraus«, erwiderte derselbe Mönch.

»Wozu sucht ihr sie heraus?«

»Damit wir im Notfall vorbereitet sind. Angenommen, der Tempel gerät in Brand, so fliehen wir mit denen, die wir ausgewählt haben.«

»Demnach wollt ihr also hierbleiben, bis der Tempel in Flammen steht?«

»Natürlich.«

»Warum zieht ihr nicht vorher ab? Ihr wißt, es ist der Befehl gegeben worden, die Stadt zu räumen.«

»Meint Ihr, wir würden davonlaufen, ohne wenigstens einen Teil der Sutren mitzunehmen? Nein, da mögen noch so viele Räumungsbefehle gegeben werden, wir jedenfalls bleiben hier, bis die Kämpfe beginnen, und was andere tun, interessiert uns nicht.«

»Was ist denn mit den übrigen Mönchen?«

»Sie sind schon geflohen. Aber sollen sie nur. Wir haben unsere eigene Entscheidung getroffen.«

»Und euer Abt?«

»Er ist seit gestern abend im Palast, um zu besprechen, was mit dem Tempel zu geschehen hat.«

»Warum könnt ihr nicht auch fliehen und laßt die Schriftrollen liegen?« fragte Xing-de.

Auf den Gesichtern der jungen Mönche – offenbar hatten sie dergleichen erwartet – zeigte sich ein Zug von Verachtung, und der jüngste, der bisher geschwiegen hatte, meinte: »Wir haben erst sehr wenige Sutren gelesen, und es sind so viele! Eine große Anzahl von ihnen haben wir noch nicht einmal aufgerollt und angesehen. Wir möchten sie auf jeden Fall lesen.«

Von diesen Worten stieg in Xing-de plötzlich eine Glutwelle auf. Für einen Augenblick hatte er ein Gefühl, als wäre er unfähig, sich zu rühren. Wie oft hatte er, Jahre zurück, die gleichen Worte ausgesprochen!

Gleich darauf verließ Xing-de diese Sutren-Halle. Er wollte so rasch wie möglich mit Yan-hui reden, der sich im Palast bei seinem Bruder Xian-shun aufhalten mußte. Es war ein recht langer Weg bis dahin. Die Straßen waren noch immer vom wildesten Lärm erfüllt. Dutzende von Malen stieß Xing-de auf Trupps von Flüchtenden, und wieder und wieder hatte er zur Seite zu treten, um ihnen Platz zu machen.

Als er am Palast ankam, ließ er durch den Wachhabenden um eine Audienz bei Yan-hui nachsuchen. Nach einigem Warten wurde er durch das weitläufige Gebäude, in dem er bereits einmal gewesen war, über vielfältig verwinkelte Gänge bis in die inneren Gemächer geführt.

In der Mitte eines großen Saales saß Yan-hui, tief in einen Sessel vergraben, wie damals in seiner Residenz in Guazhou. Nur war dieser Raum jetzt ungleich prunkvoller als jener andere in seinem eigenen Palast, der jetzt gewiß in Schutt und Asche lag. Die ringsum aufgestellten Möbel wie die vor dem Bett ausgelegten Teppiche waren von feinster Qualität und prächtig die Leuchter, deren Licht den Saal erhellte.

»Was ist?« Ohne das wirklich zu fragen, aber so, als ob er diese Worte an ihn richtete, hob Yan-hui das Gesicht und sah Xing-de mit kraftlosen Blicken an.

Xing-de erkundigte sich, womit sich Xian-shun, der Herrscher der Stadt, zur Zeit beschäftige.

»Mit ihm ist nicht zu reden. Er denkt an nichts als an die Vorbereitungen für die Schlacht. Mit anderen Dingen kann man ihm nicht kommen. Ich weiß nicht ein noch aus«, entgegnete Yan-hui im Tonfall der Resignation.

»Was wird aus den Tempeln?« fragte Xing-de weiter.

»Sie werden eben niederbrennen.«

»Und aus den Priestern und Mönchen?«

»Wie ich höre, haben die meisten schon die Stadt verlassen.«

»Und was aus den Sutren-Rollen?«

»Sie werden zu Asche zerfallen.«

»Das laßt Ihr geschehen?«

»Ich kann es nicht ändern, verstehst du? Und Xian-shun hat für solche Probleme absolut kein Gehör.«

»Warum gebt Ihr nicht in eigener Person entsprechende Befehle?«

»Selbst wenn ich sie gäbe, es wäre doch sinnlos. Seit gestern abend sind die Hauptpriester der siebzehn Tempel hier im Palast versammelt, um darüber zu beraten; aber sie streiten sich nur und kommen zu keiner Entscheidung.«

Jetzt zum erstenmal erhob sich Yan-hui aus seinem Sessel und begann langsam durch den Saal zu wandern. Nach einer Weile und mit einer so leisen Stimme, als redete er mit sich selber, sagte er: »Und die Wahrheit ist, daß sie allerdings zu keiner Entscheidung finden können, soviel sie auch diskutieren. Die Zahl der Sutren, die in den Bibliotheken der siebzehn Tempel lagern, ist unermeßlich. Allein schon um sie herauszuholen, brauchte man mehrere Tage, und noch einmal mehrere Tage, um sie zu bündeln und auf die Kamele zu verladen. Ganz abgesehen davon, daß man nicht wüßte, wohin mit den so bepackten Hunderten oder Tausenden von Kamelen: nach Osten, nach Westen, nach Süden oder Norden? Wo denn wären sie sicher?«

Als Yan-hui mit diesem Gemurmel zu Ende war, kehrte er zu seinem Sessel zurück. »Gua-zhou wurde niedergebrannt. Dasselbe wird nun auch Sha-zhou widerfahren. Die Stadt wird brennen. Die Tempel werden brennen. Und über den Sutren werden die Flammen zusammenschlagen.«

Xing-de hatte reglos in einem Winkel des Saales gestanden. Gewiß, es war, wie Yan-hui sagte: die Menge der Sutren-Rollen in den siebzehn Tempeln von Sha-zhou mußte ernorm sein. Sie in diesem kritischen Augenblick zu retten schien, und wenn man sich noch so sehr darum bemühte, unmöglich.

Jetzt ging, an Stelle von Yan-hui, Xing-de im Saal hin und her. Vor sich sah er die Gestalten jener drei jungen Mönche, die vermutlich noch immer dabei waren, die vielen Schriftrollen zu sortieren, und er empfand dabei einen tiefen Schmerz.

9.

Auch nachdem sich Zhao Xing-de von Yan-hui verabschiedet hatte und vom Palast in sein Quartier zurückgekehrt war, wurde er das Bild der die Sutren-Rollen sortierenden drei jungen Mönche nicht los. Bald würde, wie Yan-hui geklagt hatte, Sha-zhou brennen. Alle die Tempel, die Kostbarkeiten, die Sutren würden in den Flammen untergehen und die Stadt dasselbe Schicksal erleiden, das Guazhou widerfahren war. Aber wie es nun einmal stand, ließ sich das nicht mehr aufhalten.

Xing-de empfand zwar nichts von irgendwelcher Müdigkeit, hatte sich jedoch rücklings auf sein Lager geworfen und die Augen geschlossen. Auf diese Weise, so nahm er sich vor, wollte er die Stunden bis zum Abmarsch der Einheit bei Tagesanbruch verbringen. Vielleicht, dachte er halb unbewußt, ist es das letzte Mal in meinem Leben, daß ich mir eine solche Pause gönnen kann, ohne irgend etwas zu tun. Die Nacht war still. Sie war stiller als all die Nächte, die er je durchwacht hatte; war von einer so bedrückenden Stille, daß er davon bis tief innen durchdrungen wurde.

Unvermittelt tauchte das Bild der belebten Außenbezirke der Song-Hauptstadt Kaifeng aus seiner Erinnerung herauf. Vornehm gekleidete Männer und Frauen wandelten die breiten Straßen entlang, prächtige Wagen rollten vorbei, und ein von keinem Staub getrübter Wind wehte durch die Zeilen der Ulmen zu beiden Seiten. Läden, die alle möglichen Dinge feilboten, und für Begegnungen jeder Art geeignete Restaurants reihten sich aneinander. Da waren die Marktgassen nahe dem Östlichen Eckturm, in denen man zu hohen Preisen Gewänder, Schrift- und Bilderrollen und Juwelen, aber auch den billigsten Plunder erstehen konnte.

Da war das Theaterviertel mit über fünfzig in kleinen Buden untergebrachten Bühnen, war die Fahrstraße, die Straße am Reiswasserturm, das Kreuzdorntor.

Unwillkürlich gab Xing-de einen leisen Seufzer von sich. Nicht weil er sich zurückgesehnt oder gewünscht hätte, den Boden Kaifengs noch einmal zu betreten. Nur ergriff ihn, wenn er sich vorstellte, wie viele tausend Meilen er davon entfernt war, ein plötzliches Schwindelgefühl. Warum hatte es dazu kommen müssen!

Er versuchte, die langen Jahre noch einmal abzugehen, die ihn schließlich hierher geführt hatten, wo er nun lag. Aber ihm schien, nie hätte er anders als nach seinem freien Willen gehandelt und nie hätte irgend etwas sonst gewaltsam auf ihn eingewirkt. Ich bin, dachte er, so völlig natürlich bis zu diesem Heute gelangt, wie das Wasser von oben nach unten fließt.

Er war von Kaifeng aus aufgebrochen und durch entlegene Provinzen gereist; er hatte als Soldat der Xi-xia an allen Fronten in der westlichen Grenzregion gekämpft, sich schließlich mit seiner Einheit am Aufstand beteiligt und stand jetzt gemeinsam mit den Chinesen von Sha-zhou vor der letzten Schlacht auf Tod und Leben gegen die Armee der Xi-xia. Könnte er sein Leben noch einmal von vorn beginnen, er würde, bei gleichen Umständen, gewiß abermals denselben Weg einschlagen. Insofern verspürte er nicht das geringste Bedauern darüber, daß sein Leben zusammen mit dieser Stadt Sha-zhou ausgelöscht werden sollte. Er hatte nichts zu bereuen. Er hatte die Jahre damit zugebracht, den unmerklich abwärts führenden, viele tausend Meilen langen Weg von Kaifeng bis Sha-zhou zurückzulegen, und nun lag er hier. Es hatte ihn nie danach verlangt, nach Kaifeng umzukehren. Hätte er es gehofft und nicht erreicht, wäre das freilich ein Grund zur Klage gewesen; aber er war hierher gekommen, weil er es wollte, und da es sich aufs natürlichste so ergeben hatte, war er geblieben.

In solcherlei Gedanken versunken, hörte Xing-de plötzlich, wie an seine Tür geklopft wurde. Er wischte alle Überlegungen beiseite und erhob sich von seinem Lager. Ein Soldat trat ins Zimmer und teilte mit, daß Zhu Wang-li nach Xing-de gerufen habe, und ging wieder.

Als Xing-de vor der etwa dreihundert Schritte entfernten Unterkunft des alten Kommandeurs anlangte, kam ihm Zhu Wang-li in voller Kriegsrüstung aus dem ebenerdigen Eingang heraus bis in den Hof, in dem Xing-de stehengeblieben war, entgegen. Er sah Xing-de an und sagte: »Xian-shun, der bereits an der Front ist, meldet soeben, daß sich die Vorhut der Xi-xia nähert. Ich werde mich sofort an die Spitze der Truppen aus der Stadt setzen und losreiten. Zahlenmäßig gesehen, sind zwar Xian-shuns und meine Streitkräfte zusammen für das riesige Heer der Xi-xia kein Gegner; trotzdem ist damit über Sieg oder Niederlage noch nicht entschieden. Denn diesmal werde ich mich unter Einsatz meines Lebens auf den Haupttrupp um Li Yuan-hao stürzen. Was mir auch immer geschieht, ich muß seinen Kopf haben. Und haben wir Li Yuan-hao erledigt, wird die Xi-xia-Armee mit Sicherheit auseinanderfallen.«

Zhu Wang-li unterbrach sich, und indem er Xing-de mit einem beschwörenden Blick in die Augen sah, setzte er hinzu: »Du hast die Pflicht, mir einen Gedenkstein zu errichten. Nimm einen so großen Stein, daß man zu ihm hinaufschauen muß. Ich habe, verstehst du, das mit dir vor Jahren geschlossene Abkommen nicht vergessen. Die Ehre, mir ein Mahnmal zu bauen, gebührt nach wie vor allein dir. Und um es bauen zu können, hast du am Leben zu bleiben.«

»Dann darf ich also nicht mit in die Schlacht ziehen?« fragte Zhao Xing-de.

»Wenn du daran teilnähmst, würdest du uns doch nichts nützen. Ich gebe dir dreihundert Mann. Mit ihnen bleibst du in der Stadt und wartest die Siegesnachricht ab.«

»Lieber ginge ich in die Schlacht, als in der Stadt zu bleiben. Ich möchte sehen, wie du kämpfst, wenn du dein Leben aufs Spiel setzt«, erwiderte Xing-de. Wirklich hätte er gern mit eigenen Augen zugeschaut, wenn sein furchtloser Kommandeur mit voller Kampfeswut um sich hieb. »Ich habe in so vielen Schlachten gefochten und mich nie feige verhalten.«

»Dummkopf!« brüllte ihn Zhu Wang-li mit seiner allerdings noch immer brüchigen Stimme an. »Das ist eine andere Schlacht als die Schlachten bisher. Ich weiß sehr gut, daß du den Tod nicht fürchtest. Du bist ein Mensch, der mehr als ich das Sterben für nichts erachtet, du hast selbst mich oft genug in Erstaunen versetzt. Und dennoch, diesmal kannst du auf keinen Fall mitkommen. Du bleibst in der Stadt. Das ist mein Befehl.«

Zhu Wang-li begann loszugehen. Zhao Xing-de hielt sich neben ihm, berührte jedoch die Frage, ob er in der Stadt bleiben solle oder mit in die Schlacht ziehen dürfe, nicht mehr. Denn hatte Zhu Wang-li einmal etwas befohlen, nahm er es um keinen Preis wieder zurück. Und Xing-de wußte: mochte er wollen oder nicht, er mußte in der Stadt bleiben.

Offenbar war bereits Alarm gegeben worden. Auf den Straßen, durch die die beiden gingen, eilten vor und hinter ihnen die Soldaten zum Sammelplatz, und ihre Zahl wuchs allmählich, je mehr sie selber sich dem Platz näherten.

Vom Sammeln bis zum Abmarsch blieb nur wenig Zeit. Gefolgt von einer über tausend Mann starken Einheit zog Zhu Wang-li aus dem Osttor der Stadt. Xing-de mit den dreihundert ihm unterstellten Soldaten gab der aufbrechenden Truppe bis zum Stadttor das Geleit. Auf ihn wirkten die Ausmarschierenden – aber vielleicht war das eine Täuschung – recht teilnahmslos. Kein Vergleich jedenfalls mit der so begeisterten Truppe, die Zhu Wang-li einst als Vorhut der Xi-xia-Armee ins Feld geführt hatte. Mehr als die Hälfte von ihnen waren Soldaten Yan-huis; sie besaßen keine Ausbildung, waren nie an Kämpfen beteiligt gewesen, und ihre einzige Kriegserfahrung bestand darin, daß sie in Guazhou von den Brandpfeilen der Xi-xia ihre Feuertaufe erhalten und anschließend den Rückzug von dort mitgemacht hatten. Sie bildeten Zhu Wang-lis Fußvolk, während er diejenigen, die mit ihm die Mühsal langer Jahre geteilt hatten, zu einer berittenen Abteilung zusammengefaßt hatte. Es war so kalt, daß Pferde und Soldaten einen weißen Atem ausstießen. Unmittelbar nachdem die Einheit durch das Tor gezogen war, hatte sie die morgendliche Düsternis draußen vor den Mauern verschluckt.

Nach der Verabschiedung von Zhu Wang-lis Truppe versammelte Zhao Xing-de die ihm unterstellten dreihundert Mann am Osttor, richtete dort das Hauptquartier ein und verteilte jeweils eine Anzahl von Soldaten auf die sechs Stadttore.

Dann begab er sich zum Palast, um Yan-hui unverzüglich über die kritische Lage zu berichten. Die Häuser, an denen er vorbeikam, waren bereits geräumt. Alle standen sie leer, und es war auch sonst in ihrer Nähe kein Mensch zu sehen. Als er das Palasttor passierte, wurde es im Osten allmählich hell, und das weiße Frühlicht begann sich über den weiten Garten auszubreiten, der auf einmal einen recht verlassenen Eindruck machte.

Yan-hui hatte sich wie in der Nacht zuvor in seinen großen Sessel vergraben. Aus seiner Haltung war nicht klar zu erkennen, ob er schlief oder nicht. Jedenfalls aber hätte man glauben können, er habe sich seit gestern nicht aus dem Sessel erhoben.

Xing-de teilte ihm mit, daß die Xi-xia-Armee im Anrükken sei und Zhu Wang-li sich bereits mit seiner Truppe in Marsch gesetzt habe, um ihr zu begegnen; auch sei nun der Zeitpunkt gekommen, an dem die gesamte Familie Cao die Stadt verlassen müsse. Wie immer, wenn es gefährlich wurde, schnellte Yan-hui auch diesmal aus seinem Sessel auf und murmelte mehr zu sich selber und mit einem feierlichen Ernst: »Das wird nicht so einfach sein.« Hierauf fragte er ein über das andere Mal, so daß man hätte meinen können, er habe den Verstand verloren, wo denn seine Soldaten aus Gua-zhou steckten und was denn aus den Bewohnern der Stadt geworden sei.

»Die Soldaten, oder was immer sich so nennt, sind in die Schlacht gezogen und sämtliche Zivilisten geflüchtet; es ist kaum noch jemand in der Stadt, das heißt außer mir und meinen dreihundert Mann, dazu hier im Palast Ihr und Eure Familie.«

Wie viele Personen sich denn gegenwärtig im Palast befänden, wollte Xing-de wissen. Es dürften, erwiderte Yanhui, so viele nicht mehr sein. Er habe erst vor kurzem einen Rundgang gemacht; da sei die Zahl der Bediensteten doch sehr zusammengeschmolzen gewesen. Freilich, die Hauptpriester der siebzehn Tempel säßen nach wie vor in der Beratung, ohne Ergebnis natürlich, und praktisch seien diese, abgesehen von seiner eigenen Familie, die einzigen, die sich sonst noch im Palast aufhielten.

»Was also gedenkt Ihr zu tun?« fragte Xing-de.

»Gar nichts, wie die Dinge liegen. Oder was, glaubst du, könnte ich tun?« Es klang wie ein Vorwurf. »Damals in Gua-zhou hatten wir noch die Möglichkeit, hierher nach Sha-zhou zu fliehen. Jetzt hingegen gibt es für uns nirgends mehr einen Zufluchtsort. Vom Osten kommen die Xi-xia, vom Westen die Mohammedaner. Was kann ich anderes tun, als hier in diesem Sessel sitzen zu bleiben?«

Und er hatte recht. Der unnötig große Sessel, in dem er seit zwei, drei Tagen wie eingesunken gesessen hatte und noch immer saß, war ohne Zweifel der einzige und letzte Platz, den ihm der Himmel vorläufig zugestand.

Xing-de ließ Yan-hui allein und ging weiter in die hinteren Teile des Palastes. In allen Gemächern war man, anders als bei Yan-hui, inmitten des größten Wirrwarrs dabei, Möbel und Wertsachen zu verpacken. Und überall stand jemand von der Familie Cao und beaufsichtigte mit verzweifelten Blicken die emsig Arbeitenden.

Von einem der Packer erfuhr Xing-de, daß man am Abend westwärts in Richtung Qoco aufbrechen wolle.

Xing-de kehrte zu Yan-hui zurück. »Nun«, fragte dieser, »hast du sie gesehen, meine Verwandten, wie wild sie sich gebärden, damit sie nur ja nicht ihr Leben und ihre Schätze verlieren? Dabei ist doch all diese Anstrengung umsonst. Wohin denken sie eigentlich zu fliehen? Und angenommen, sie entkämen, was haben sie von ihrem Leben und ihren Schätzen? Die Familie Cao geht zugrunde, die Sutren verbrennen, die Stadt fällt in Asche. Bald werden dieselben Flammen, die Gua-zhou verzehrten, auch diese Stadt umzingeln. Erinnerst du dich an die Röte jener Flammen? An die Farbe der Brände, die zum Himmel aufloderten?«

Yan-hui hatte mit bebender Stimme wie ein Prophet gesprochen. Plötzlich sah Xing-de die Flammen wieder deutlich vor sich, die er beim Abzug aus Gua-zhou gesehen hatte. Die gleiche Feuersbrunst würde mit Sicherheit noch heute nacht auch Sha-zhou erfassen, die Familie Cao vernichten, die Sutren zerstören, die Stadt in eine Aschenwüste verwandeln. Darauf, daß Zhu Wang-li wirklich Li Yuan-hao erledigen würde, konnte man nicht bauen. Die Stadt jedenfalls würde brennen, die Schätze würden zunichte und die Familie Cao gestürzt werden. Das war durch nichts mehr aufzuhalten. Aber, so überlegte Xing-de, vielleicht wäre es möglich, wenigstens die Sutren-Rollen vor diesem bedrohlichen Schicksal zu bewahren. Vielleicht könnte er, wenn schon nichts anderes, so doch die Sutren retten.

Reichtümer, Leben und politische Macht gehörten dem, der sie besaß; für die Sutren traf das nicht zu. Sie waren niemandes Eigentum. Es genügte, daß sie nicht verbrannten. Daß sie existierten. Niemand konnte sie rauben, niemand sie an sich reißen. Und nur indem sie nicht verbrannten, indem sie existierten, hatten sie ihren Wert.

Auf einmal hatte sich die Vorstellung von einer ewigen Dauer seiner bemächtigt. Eine Weile bebte ihm das Herz von der Erschütterung, die ihn durchdrang. Wenn er es vermöchte, wollte er die Sutren vor den Flammen schützen. Und wären es auch nur wenige, diejenigen, die zu retten waren, würde er vor den bleckenden Feuerzungen in Sicherheit bringen. Ja, er müßte es tun, nicht zuletzt um der drei jungen Mönche willen.

Xing-de stand da mit einem grimmig entschlossenen Ausdruck im Gesicht. Das Versteck in den Tausend-Buddha-Höhlen fiel ihm ein, von dem Wei-chi Guang gesprochen hatte; plötzlich hatte es eine neue Bedeutung gewonnen. Unvermittelt wandte sich Xing-de um, lief aus dem Saal, dann durch den Palast ins Freie und eilte zu dem Platz, auf dem sich zuvor Zhu Wang-lis Truppe gesammelt hatte. Als er den Platz erreichte, überquerte er ihn diagonal, und schließlich entdeckte er Wei-chi Guang und dessen Leute, die an derselben Stelle lagerten wie am vergangenen Abend. Er trat zu dem am Lagerfeuer sitzenden Wei-chi Guang.

Dieser war in der übelsten Laune. »So ein Gelärme, und vom frühen Morgen an! Da bin ich natürlich vor der Zeit aufgewacht. Aber mit solchen Soldaten ist nichts zu gewinnen, und wenn man sich noch so sehr schindet. Allmählich schlägt dieser Stadt die Todesstunde«, lästerte Wei-chi

Guang. Dann meinte er: »Was machen eigentlich die Idioten im Palast?« Es ärgerte ihn, daß von dort noch immer niemand gekommen war, um ihn mit der Verwahrung der Wertsachen zu beauftragen.

»Sie sind wie wild beim Packen«, erwiderte Xing-de.

»Beim Packen?« Wei-chi Guangs Augen funkelten.

»Allerdings, und keiner denkt daran, dir etwas zu überlassen. Heute abend, so heißt es, wird die Familie Cao nach Qoco aufbrechen.«

»Was?!« Wei-chi Guang sprang auf, drohend schüttelte er seine Fäuste. »Sie können einem Wei-chi Guang nicht trauen, wie? Diese Hunde! Na gut, wenn sie so sind, werde ich verfahren, wie ich denke. Ein Schritt vor den Mauern liegt die Wüste.« Aus seiner Haltung war unschwer zu schließen, daß sie auf einen Überfall der Asha oder der Long nicht zu warten brauchten, sondern daß er selber den Wegelagerer spielen würde.

»Schrei nicht so herum! Hör mich zu Ende an! Angenommen, du raubst die Caos in der Wüste aus, werden die Xixia als nächstes dich und deine Leute attackieren. Ihre Armee hat die Stadt bereits in weitem Bogen umzingelt. Sie steht im Osten, aber auch im Norden, Westen und Süden. Weißt du, ich werde es so einrichten, daß du dennoch die Hauptteile des Cao-Schatzes zur Aufbewahrung erhältst. Wäre es nicht besser so?«

Augenblicklich machte Wei-chi Guang eine feierlich ernste Miene. »Glaubst du, du brächtest das wirklich fertig?«

»Ich sage es dir, weil ich davon überzeugt bin. Heute abend bekommst du das Gepäck hierher geliefert«, sagte Xing-de.

»Am Abend erst? Geht es nicht früher?«

»Unmöglich. Bis zum Abend ist das gerade noch zu schaffen«, erklärte Xing-de mit Nachdruck. Er dachte an die Bibliothek des Da-yun-Tempels, in die er in der vorigen

Nacht geraten war, und an die Menge der dort verwahrten Sutren-Rollen. Auch die Sutren aus den anderen Tempeln müßte er, soweit das möglich war, abtransportieren.

»Je mehr Kamele du hast, desto besser. Hundert werden wir brauchen.«

»Ich habe jetzt achtzig. Bis dahin werde ich mich um weitere zwanzig kümmern; das Hundert kriege ich schon voll«, sagte Wei-chi Guang und setzte hinzu, er werde sofort jemanden losschicken, um in den Tausend-Buddha-Höhlen einige zusätzliche Kavernen aufzuspüren.

Nachdem er sich von Wei-chi Guang getrennt hatte, kehrte Xing-de zunächst einmal ins Hauptquartier zurück, wo er sich einige Soldaten aussuchte, und mit ihnen ging er zum Da-yun-Tempel. Die drei Mönche waren wie in der Nacht zuvor noch immer dabei, über die Sutren in der Bibliothek zu entscheiden.

Als Xing-de mit seinem militärischen Gefolge eintrat, nahmen die drei unwillkürlich eine Haltung ein, als wollten sie sich wehren. Vermutlich glaubten sie, der Feind sei eingedrungen. In der einen Nacht waren ihre Augen eingesunken, und dennoch strahlten sie mit einem seltsam kalten Glanz. Xing-de erklärte den drei Mönchen, daß er vorhabe, ihre Sutren-Rollen in einem Versteck in den Tausend-Buddha-Höhlen unterzubringen und sie auf diese Weise vor Raub und Brand zu bewahren.

Die drei starrten ihn durchdringend an; offenbar aber fanden sie an ihm keine Falschheit, und sie sahen einander an und setzten sich nieder, wo sie waren. Xing-des Vorschlag ging sichtlich über das hinaus, was sie sich gewünscht hatten.

Xing-de wies sie an, sämtliche vorhandenen Sutren-Rollen zum leichteren Bepacken der Kamele in Kisten zu verstauen und diese zum Stapelplatz zu bringen, aber gegenüber den Kameltreibern ja kein Wort über den Inhalt der Kisten verlauten zu lassen. Unterstützt durch ihre neuen Helfer, machten sich die drei Mönche sogleich an die Arbeit und trugen die Sutren-Rollen nach und nach aus der alten Halle hinaus und auf den freien Platz davor, auf den die weiße Wintersonne schien.

Eine Weile sah Xing-de ihnen zu, dann verließ er den Tempel und begab sich unverzüglich noch einmal zum Palast. Er suchte den noch immer unentschlossen in seinen Sessel vergrabenen Yan-hui auf und ließ sich auf dessen Befürwortung zu jenem Konferenzraum führen, in dem sich nun schon seit mehreren Tagen die Priester berieten. Vor der Tür entließ er seinen Begleiter, um hierauf allein einzutreten. Er traf auf eine gespenstische Szene. Wie sterbend umgesunken, lagen mehrere Priester, der eine hier, der andere da, hingestreckt auf dem Boden. Dabei waren sie nicht tot, sondern nur in tiefen Schlaf gefallen.

Xing-de weckte einen der Priester, der nahe bei der Tür lag, trug ihm sein Vorhaben bezüglich der Sutren vor und fragte ihn, was er davon halte. Der Priester, ein Mann von ungefähr siebzig Jahren, erwiderte ihm, wie er sehe, schliefen sie im Augenblick alle, würden aber vom Abend an ihre Beratungen fortsetzen. Er wolle dann diesen Vorschlag sogleich zur Diskussion stellen und die Anwesenden um ihre Meinung befragen; allerdings seien derzeit nur noch die Äbte von fünf der siebzehn Tempel hier, er könne also lediglich die Ansicht dieser fünf einholen. Xing-de müsse sich von vornherein darüber im klaren sein, daß es sich mithin keineswegs um die Ansicht sämtlicher Tempel von Sha-zhou handeln werde, sondern lediglich um die jener fünf Tempel, nämlich des Gai-yuan-, des Jian-yuan-, des Long-xing-, des Jin-tu- und des Bao-en-Tempels. Übrigens hätten, abgesehen von den Äbten, die mehr als fünfhundert Mönche, Nonnen und Novizen dieser fünf Tempel die Stadt bereits verlassen.

Xing-de bat den alten Mann, er möge ihm verzeihen, daß er ihn geweckt habe, und verabschiedete sich von ihm. Er wußte jetzt, es würde einige Tage brauchen, bis, außer im Da-yun-Tempel, die anderen Sutren-Hallen zugänglich wären.

Bis zum Abend blieb Zhao Xing-de im Hauptquartier am Osttor. In einem inzwischen leerstehenden Haus in der Nachbarschaft suchte er sich ein Zimmer, um dort das Hauptstück des Prajna-paramita-Sutra abzuschreiben. Er weihte diesen Text der Seele der uigurischen Prinzessin und wollte ihn, zusammen mit den Sutren aus dem Da-yun-Tempel, in das Versteck in den Tausend-Buddha-Höhlen legen. Ausgewählt hatte er ihn, weil er daran dachte, wie wenig Zeit ihm noch blieb. Außerdem war damit manche Erinnerung an seine eigene Jugend verknüpft, und er schrieb zugleich auch die Übersetzung in die Sprache der Xi-xia dazu.

Ein einziges Mal legte er zwischendurch den Pinsel aus der Hand und stand auf. Das war kurz vor Sonnenuntergang, als von dem am Morgen ausmarschierten Zhu Wang-li die erste Nachricht eintraf. Es hieß darin, Freund und Feind stünden einander auf fünfzig Meilen Entfernung gegenüber, und keine Seite nehme irgendwelche Bewegungen vor. Bei diesem Stand der Dinge werde es vermutlich nicht vor Morgengrauen des nächsten Tages zur Eröffnung der Feindseligkeiten kommen. Bis dahin, so lautete der Auftrag an Xing-de, möge er die restlichen Zivilbewohner zum Abzug aus den Mauern veranlassen und sich im übrigen bereithalten, die Stadt jederzeit anzuzünden. Damit sollte offenbar, falls sich die Schlacht zuungunsten der eigenen Seite entwickelte, dem Gegner jede Unterkunftsmöglichkeit genommen werden, so daß er der eiskalten Ebene ausgesetzt wäre.

Sobald er den Boten Zhu Wang-lis entlassen hatte, vertiefte sich Zhao Xing-de wieder in die Abschrift. Die Stadt war um diese Zeit bereits so gut wie menschenleer, und jeder fragte sich voller Unruhe, wann die Flammen des Krieges auf sie übergreifen würden; für Xing-de jedoch waren das Stunden des Friedens. Durch das Fenster sah er fern am Himmel einen großen Schwarm von Vögeln, der sich wie eine Staubwolke von Norden nach Süden bewegte.

Als Xing-de die Abschrift beendet hatte, schrieb er die folgenden Sätze darunter: »Am dreizehnten Tag des Zwölften Monats im zweiten Jahr Jing-you hat Zhao Xing-de, Kandidat des Zweiten Grades aus der Präfektur Dan-zhou im Reiche Groß-Song, in die Territorien westlich des Gelben Flusses verschlagen und zeitweilig in Sha-zhou lebend, als beim Angriff der Barbaren und dem allgemeinen Chaos im Land die Bettelmönche des Da-yun-Tempels die Heiligen Sutren in diese großen Buddha-Höhlen verbrachten und einmauerten, auch diese von ihm mit Ehrfurcht gefertigte Kopie des Hauptstücks aus dem Prajna-paramita-Sutra mit in das sichere Versteck gelegt. Er bittet den Achtgestaltigen Drachenkönig um immerwährenden Schutz und Beistand, auf daß die Stadt ihren Frieden habe und ihre Bewohner Gesundheit und Wohlergehen genießen. Er bittet ferner, daß die junge Frau von Gan-zhou durch diese seine Guttat bewahrt bleiben möge vor der Hölle, daß ihr im irdischen Leben erworbenes Karma getilgt und sie der ganzen Fülle des Glücks für ewig teilhaftig werde.«

Nur als er die Worte »die junge Frau von Gan-zhou« hingeschrieben hatte, hielt Zhao Xing-de für einen kurzen Augenblick inne. Deutlich sah er noch einmal die Gestalt der uigurischen Prinzessin vor sich, die sich, klein wie ein Punkt, in Gan-zhou von der hohen Stadtmauer gestürzt hatte. Ihr Gesicht war weißer, als es wirklich gewesen war, solange sie lebte; ihr Haar hatte einen bräunlichen Schimmer, und ihr Körper war ein wenig schlanker. So hatten die Jahre das Bild der uigurischen Prinzessin in Xing-des Herzen verwandelt.

10.

Die Sonne war jetzt endgültig hinter dem Horizont der Wüste untergetaucht. Eine Wolke, geformt wie ein Yak-Kopf, war für eine Weile noch vom roten Nachglanz beschienen; doch indem sie allmählich zerfiel, begann auch die Wolke ihre Farbe zu verändern. Aus dem mit Goldstaub vermischten, blendenden Rot wurde ein Orange, ein Zinnober, zuletzt ein zunehmend verblassendes Purpurrot. Und als die Abenddämmerung heraufzog, um dieses Purpurrot in sich hinein aufzulösen, trat Xing-de aus dem Hauptquartier und bestieg ein Kamel. Er ritt mitten über den Platz. Im fahlen Licht sah er drüben ein Gewimmel von Menschen und Tieren. Offenbar war man bereits beim Verladen. Im Näherkommen konnte er eine Menge Männer ausmachen, die emsig um die Kamele hin und her sprangen; dann und wann hallte Wei-chi Guangs heftiges Geschrei von den Häusern ringsum wider.

Xing-de begab sich geradewegs zu Wei-chi Guang. Dieser bemerkte eben, wie einer seiner Männer unter der schweren Last ein wenig ins Taumeln geriet, und überschüttete ihn unbarmherzig mit einer Flut höhnischer Flüche; schließlich wandte er sich Xing-de zu und sagte aufgeräumt: »Heute nacht haben wir Mondschein.«

Xing-de begriff nicht, was das für eine Bedeutung haben sollte, und schwieg.

»Jedenfalls«, setzte Wei-chi Guang hinzu, »ist es unmöglich, dieses Gepäck mit einem einzigen Transport wegzubringen. Ich müßte es aufgeben, wenn wir keinen Mond hätten; zum Glück haben wir ihn.«

Und wirklich, zwar hatte er noch keinen Glanz, aber als blasse runde Scheibe schwebte der Mond hoch oben am

Himmel. Wei-chi Guangs gute Laune, die so sehr im Gegensatz stand zu dem Hohn, mit dem er seine Leute bedachte, war aus seinem Xing-de zugewandten Gesicht deutlich abzulesen.

»Ist das alles an Gepäck?« fragte Xing-de, als er bemerkte, daß der Berg von Ballen unterschiedlichster Art unter den Händen der Kameltreiber kleiner wurde.

»Das frage ich dich«, erwiderte Wei-chi Guang. »Ist sonst kein Gepäck mehr da? Wenn ja, dann bring nur her, soviel du kannst. Was ich übernehme, dafür garantiere ich, ob es hundert oder tausend Stück sind. Notfalls benutzen wir weitere Kavernen. Alles andere ist Transportarbeit.«

»Natürlich ist noch mehr da; aber mit dem Rest braucht es einige Zeit.«

»Dann nehmen wir es später mit. Für diesmal ist es genug«, erklärte Wei-chi Guang, und als wäre ihm das eben erst eingefallen, fragte er: »Übrigens, was ist eigentlich drin, in dem Gepäck?«

»Das weiß ich selber nicht. Ich habe schließlich beim Verpacken nicht dabeigestanden. Zweifellos handelt es sich um rechte Kostbarkeiten.«

»Sind auch Juwelen darunter?«

»Selbstverständlich. Ich habe sie zwar nicht gesehen, aber daß welche dabei sind, ist sicher. Die schönsten der Welt. Diamanten, Amber, Smaragde, Jade. Ich mußte versprechen, nichts zu öffnen. Nun laß auch du die Finger davon!«

»Ja, ja!« meinte Wei-chi Guang, und es klang wie ein Stöhnen.

In diesem Augenblick trafen auf zwei Pferden neue Gepäckstücke ein, danach die drei jungen Mönche aus dem Da-yun-Tempel. Xing-de ließ Wei-chi Guang stehen und ging ihnen entgegen.

»Ist das der Rest?« fragte er sie.

»Ja, wir sind so gut wie fertig«, antwortete der älteste unter ihnen. Anfangs, sagte er, hätten sie nur die ausgewählten Sutren verpackt, schließlich aber, weil die Zeit drängte, alles, was ihnen in die Hände gefallen sei.

Xing-de schärfte den drei Mönchen noch einmal ein, unter gar keinen Umständen irgendein Wort über den Inhalt der Gepäckstücke zu verlieren; auch sollten sie als Zeugen mitkommen und dabeibleiben, bis alles eingelagert wäre. Die drei Mönche selbst hatten das von Anfang an so vorgehabt. Einstimmig erklärten sie, sie würden den Sutren überallhin folgen.

Hierauf ging Xing-de zu Wei-chi Guang zurück und sagte ihm, daß die Mönche den Transport begleiten würden.

»Ausgeschlossen! Du kannst meinetwegen mitkommen, aber die Burschen stören nur«, weigerte sich Wei-chi Guang, um es sich jedoch gleich darauf anders zu überlegen: »Na gut, nehmen wir sie mit. Sobald wir angekommen sind, müssen wir sofort umkehren und die nächste Ladung holen. Da sollen sie solange das Gepäck bewachen.«

Wei-chi Guang wollte zwar niemanden sonst bei dieser Arbeit mittun lassen; tatsächlich war ihm aber aus praktischen Gründen jede Hilfe willkommen. Wenn er auch nicht davon sprach, Xing-de sah sehr wohl, daß sich die Zahl seiner Leute seit dem Tag vorher erheblich verringert hatte; statt der hundert Kamele, deren Wei-chi Guang sich gerühmt hatte, waren es gerade noch etwa sechzig und von den fünfzig Kameltreibern ebenfalls nur mehr die Hälfte. Die übrigen schienen geflohen zu sein.

Als die Verladearbeiten fast beendet waren und sich der Zeitpunkt des Aufbruchs näherte, begab sich Xing-de noch einmal in das Hauptquartier, wo er dem hasenschartigen Hauptmann, der ihm von Zhu Wang-li eigens zugeteilt worden war, das Kommando übergab. Sollte während seiner Abwesenheit irgend etwas vorfallen, würde dieser, ein

Mann in mittleren Jahren und erprobter Kämpfer, in der Führung der Truppe ohnehin weit besser sein als Xing-de selbst.

Kaum war Xing-de wieder auf dem Platz, da begann die schwerbepackte Kamelkarawane durch dasselbe Osttor abzuziehen, durch das am Morgen Zhu Wang-li an der Spitze seiner Einheit ausgeritten war. Sie transportierte den Hauptteil des Gepäcks; nur wenige Stücke waren zurückgeblieben.

Wei-chi Guang saß auf dem fünften oder sechsten Kamel im Zuge, Xing-de auf dem Kamel unmittelbar dahinter. Die drei jungen Mönche waren weiter an das Ende verbannt. In Xing-des Augen wirkte Wei-chi Guang als Karawanenführer würdiger denn je: er strahlte das Gefühl aus, daß seine sechzig Kamele die von der Familie Cao während ihrer langen Regentschaft als Militärbefehlshaber in den Territorien westlich des Gelben Flusses angesammelten Reichtümer trügen. Zumindest er schien davon überzeugt. Sein Gesichtsausdruck war von einem geradezu Mitleid erregenden Hochmut gezeichnet. Niemals zuvor hatte sich Wei-chi Guang so sehr als Nachkomme der Wei-chi-Dynastie aufgeführt wie jetzt.

Als sie das Stadttor hinter sich hatten, leuchtete der Mond auf einmal noch viel heller, und die Nachtluft schnitt ihnen in die Glieder. In dem fahlen Licht zog die Karawane ostwärts.

Nach einem Marsch von etwa zehn Meilen durch bebautes Land erreichten sie das Ufer des Dang-Flusses. Der Fluß war zugefroren; überall ragte das dürre Schilf heraus, als hätte es sich durch das Eis gebohrt. Sie überquerten den Fluß, zogen noch eine Weile weiter in Richtung Osten an einem Kanal entlang, aber dann bog die Straße nach Süden um. Von dieser Stelle an endete das Ackerland, und sie kamen in die Wüste. Hier auf dem Sand wirkten die

Schatten der Karawane plötzlich dunkler als zuvor. Weder Wei-chi Guang noch Xing-de sprachen ein Wort. Einmal wandte sich Xing-de um und blickte zurück. Die Karawane, jedes Kamel mit großen und kleinen Gepäckstücken schwerbeladen, bewegte sich im schimmernden Mondschein in langer Reihe schweigend voran. Und wenn er sich vorstellte, daß es heilige Sutren waren, die diese Kisten und Ballen enthielten, bekam der Zug der Kamele hinter ihm etwas Seltsames. Irgendwie, er wußte nicht recht warum, erregte es ihn, wie diese sechzig mächtigen und bis zum Hals mit Sutren bepackten Tiere die vom Mondlicht überflutete Wüste durchquerten.

Vielleicht, dachte er, habe ich selbst all die Jahre nur deshalb in den öden Grenzregionen zugebracht, um diese eine Nacht zu erleben.

Schließlich traf die Karawane auf einen Nebenarm des Dang-Flusses. Auch dieser war völlig zugefroren; doch ohne ihn zu überschreiten, marschierte die Karawane an seinem Ufer entlang. Es war das der Weg, an dessen Ende sie auf die Tausend-Buddha-Höhlen stoßen würde.

Sie folgte dem Fluß zwanzig Meilen weit. Der eisige Wind nahm an Heftigkeit zu; dann und wann stiebten von den Hufen der Kamele Sandwolken auf. Die Männer sahen sie der Dunkelheit wegen zwar nicht, spürten aber die Sandkörner, die ihnen dann ins Gesicht flogen. Da sich die Kamele, wann immer sie ein Windstoß traf, zur Seite wandten, kam die Karawane nur langsam voran.

Als sie endlich am Fuß der Ming-sha-Berge bei den Tausend-Buddha-Höhlen anlangte, war Xing-de völlig durchfroren und taub in allen Gliedern.

»Da wären wir!«

Im selben Augenblick, in dem er sein Kamel zum Stehen brachte, war Wei-chi Guang auch schon abgesprungen. In seinen dicken Fellkleidern tat er einige Schritte zur Seite, hob die Finger zum Mund und pfiff, worauf alle seine Männer von ihren Kamelen stiegen.

Sobald Xing-de mit seinen Füßen auf der Erde stand, erkannte er vor sich einen hohen, steil ansteigenden Berg mit breit hingelagerten Flanken nach Süden und Norden. Und er sah, daß über diesen ganzen Hang und bis oben hinauf unzählige kleine und große viereckige Höhlen gegraben waren. Manche bildeten mehrere Stockwerke übereinander, andere hatten die Höhe von zwei der kleineren Höhlen. Vom Mondlicht angeschienen, glänzte die Fläche des Steilhangs in einem dunklen Blau; nur die Höhlen darin waren schwarz wie leere Augenlöcher.

Ohne sich eine Pause zu gönnen, machten sich die Kameltreiber sogleich daran, das Gepäck abzuladen, und Wei-chi Guang sagte zu Xing-de: »Komm mit!« Woraufhin er die Karawane verließ und vorausging. Die Tausend-Buddha-Höhlen befanden sich unmittelbar vor ihnen, so daß sie im Grunde nicht weit zu laufen hatten. Sie brauchten nur einen etwa doppelt mannshohen Sandhügel zu erklettern, doch das war nicht so einfach, denn immer wieder gab der Sand unter ihren Füßen nach. Als sie endlich oben waren, standen sie vor einer der Höhlen.

»Hier drin ist die größte Kaverne. Gleich rechter Hand hinter dem Eingang; also leicht zu finden. Für den Fall, daß sie nicht ausreichen sollte, habe ich daneben noch drei, vier weitere Löcher ausgekundschaftet.« Wei-chi Guang machte bereits wieder kehrt, blieb aber gleich darauf noch einmal stehen und erklärte: »Die übrigen Kavernen wirst du vorerst nicht brauchen. Ich werde dir, weißt du, zehn meiner Männer dalassen; mit ihnen bringst du das Gepäck hier unter. Die drei Mönche können dir ja helfen. Ich muß zurück.«

Mit diesen Worten begann Wei-chi Guang den Sandhügel hinabzusteigen, und Xing-de, der die Besichtigung des Verstecks auf später verschob, folgte ihm zu der Stelle, an der sich Kamele und Kameltreiber sammeln sollten. Tatsächlich war das Gepäck bereits abgeladen und aufgestapelt.

Wei-chi Guang bestimmte zehn Mann, die dazubleiben und sich strikt nach Xing-des Anordnungen zu richten hätten; dann rief er die anderen zum Aufbruch und bestieg selber als erster sein Kamel. Wei-chi Guang wollte mit sämtlichen Kamelen zurückreiten, aber Xing-de verlangte, vier oder fünf solle er ihm geben, worauf Wei-chi Guang zwar nicht einging, sich nach einigem Hin und Her jedoch bereitfand, ihm wenigstens ein Kamel zuzugestehen. Und indem sie Xing-de, die drei Mönche, die zehn Kameltreiber, ein Kamel und einen Berg Gepäck zurückließ, entfernte sich die von Wei-chi Guang geführte Karawane von den Tausend-Buddha-Höhlen, um eine weitere Ladung zu holen.

Als die Karawane um den Fuß der Bergkette gebogen und dahinter verschwunden war, begab sich Xing-de, während die Kameltreiber ein Feuer anzündeten, mit den drei Mönchen sogleich hinauf zu der Felshöhle mit dem Versteck. Er hatte sie sich gut gemerkt; sie lag innerhalb des gesamten Steilhangs eher nach Norden zu, war die unterste einer dreigeschossigen Buddha-Grotte und eine der größten unter den unzähligen Höhlen.

Zuerst, weil es drinnen so dunkel war, blieben die vier zögernd am Eingang stehen; doch allmählich gewöhnten sich die Augen daran, und undeutlich gewahrten sie das Innere. Der Boden der Höhle, ob absichtlich so angelegt oder späterer Sandanwehungen am Eingang wegen, lag tiefer, und man mußte, um hineinzugelangen, zunächst die Füße hinunterstrecken.

Xing-de versuchte es als erster. Einmal drinnen, bemerkte er links vom Eingang eine mit einer Reihe von Bodhisattvas bemalte Wand, die von außen nicht zu erkennen gewesen war. In dem spärlichen Mondlicht, das seitlich vom Eingang her auf die Wand fiel, wirkten die Gestalten blaß und bleich; vermutlich hätten sie bei Tage, aller Verwitterung zum Trotz, die vielfältigsten Farben gezeigt. Die gegenüberliegende Wand lag völlig im Dunkeln, schien jedoch ähnlich bemalt zu sein. Vorsichtig ging Xing-de weiter in die Höhle hinein, sah aber in der Finsternis die Hand vor den Augen nicht, und so gab er den Versuch auf. Er befand sich noch immer am Eingang, und offensichtlich war die Höhle nach innen zu weit größer und geräumiger.

Da sagte einer der Mönche hinter ihm: »Hier ist ein Loch.«

Die Stelle war an der vom Mond nicht beschienenen Nordwand der Höhle, und als Xing-de hinzukam, hatte die Wand in der Tat ein Loch, zwei Fuß breit und fünf Fuß hoch, so daß ein Mann hindurchkriechen konnte. Auch dort war nicht auszumachen, wie tief sich der Raum dahinter dehnte.

Xing-de hatte gehofft, die auf den Kamelen transportierten Gepäckstücke noch in der Nacht in das Versteck zu bringen; jetzt vor Ort indessen begriff er, daß das so einfach nicht war. Hätte er die Höhle vorher einmal gesehen, wäre das vielleicht nicht ganz ausgeschlossen gewesen. Den jetzt zum erstenmal vor dem Versteck stehenden vier Männern mußte es hingegen sinnlos erscheinen.

»Da ist nichts zu machen«, befand Xing-de.

Aber der jüngste unter den Mönchen meinte: »Nun gut, ich werde hineinkriechen.« Er beugte sich vor, schob zunächst den Oberkörper in die Kaverne, um hineinzuschauen, und dann verschwand er allmählich ganz in der Finsternis. Eine Weile lang war ringsum kein Laut zu hören. Als der Mönch endlich wieder herauskam, sagte er: »Jedenfalls ist es nicht feucht da drinnen. Die Sutren-Rollen wären also sicher. Im übrigen scheint der Raum ziemlich groß zu sein; nur weiß ich nicht, wie er geschnitten ist.«

»Vielleicht kann einer von den Kameltreibern ein Licht bringen. Ich werde sie fragen«, schlug ein anderer Mönch vor und verließ die Höhle, um bald darauf mit zwei Männern zurückzukehren. Der eine trug eine Handlampe, die aus einem mit Schaftalg gefüllten Topf bestand. Von zwei Mönchen gefolgt, kroch er in die Kaverne. Sie hatte einen quadratischen Grundriß von ungefähr zehn Fuß Seitenlänge, und alle vier Wände waren verputzt. Offenbar handelte es sich um eine erst halb fertige Nebenhöhle; denn lediglich die Nordwand war bemalt. Im Schein der Lampe waren unter Bäumen mit reichlich herabhängenden Zweigen Priester und vermutlich weibliche Assistenzfiguren zu erkennen, die sich paarweise einander zuwandten. An den Zweigen waren verschiedene, wohl den jeweiligen Figuren gehörige Gegenstände wie Wasserkrüge und Taschen aufgehängt; die Priester hielten große Blattfächer in den Händen, die Frauen lange Stäbe.

Das ist, dachte Xing-de, allerdings das geeignete Versteck. Irgendwie würden sich die herbeigeschaffenen Rollen hier gewiß unterbringen lassen, und da der Eingang nur klein war, müßte es ein leichtes sein, ihn hinterher zuzumauern.

Xing-de ging hinaus, rief die Kameltreiber zusammen und hieß sie, die Arbeit sofort aufzunehmen. Drei von ihnen sollten die Gepäckstücke aufbrechen und die Rollen herausholen, die die übrigen sieben bis vor die Kaverne zu transportieren hatten. Den drei Mönchen befahl er, die ihnen zugereichten Rollen in der Kaverne einzustapeln. Auspacken ließ er die Rollen deswegen, weil es zum einen schwierig gewesen wäre, die Kisten durch das enge Loch zu bringen, und zum anderen jeweils zwei Mann eine Kiste hätten tragen müssen, was Xing-de für zu umständlich hielt. Letztlich war es das Hauptproblem, die Rollen jetzt so schnell wie möglich unterzubringen.

Eine nach der anderen wurden die Kisten aufgebrochen. Die Kameltreiber gingen dabei recht gewaltsam vor. Zwei von ihnen packten die Kiste vorn und hinten und hoben sie in die Höhe, um sie dann auf den Boden zu schleudern, oder sie schlugen mit Pfählen und Steinen so lange auf die Ränder der Kiste, bis sie zersplitterten. Freilich waren die darin befindlichen Sutren-Rollen, um sie vor Beschädigungen zu schützen, zu jeweils mehreren gebündelt und in Tücher eingewickelt.

Die sieben anderen Kameltreiber liefen, auf dem Hinweg mit solchen Sutren-Bündeln bepackt, ständig zwischen dem Platz dieses wilden Treibens und dem Versteck hin und her. Auch Xing-de beteiligte sich und half dabei.

Manche Bündel waren schwer, manche leicht. Es gab große und kleine. Xing-de und die zum Transport eingeteilten Kameltreiber nahmen die Bündel, wie man sie ihnen hinreichte, umfaßten sie mit beiden Armen und stapften los durch den Sand, den rutschenden Hang hinauf, bis in die Höhle, wo sie die Bündel den Mönchen in der Kaverne hinstreckten. Dann kehrten sie wieder um. Unterwegs gingen sie an denen vorbei, die ihnen entgegenkamen. Doch keiner redete ein Wort. Schweigend, als wäre sie ihnen vom Himmel aufgetragen, vollbrachten sie ihre Arbeit.

Xing-de, ob mit einem Bündel oder mit leeren Händen, starrte im Gehen auf seinen neben ihm herlaufenden schwarzen Schatten auf dem Sand. Sie alle bewegten ihre Füße nur langsam. Unausgesetzt hatten sie mit Schlaf zu kämpfen. Indessen war, ungeachtet der trägen Gangart, etwas durchaus Ernsthaftes in diesem wie mechanischen, pausenlosen Dahinstapfen. Die Zahl der Sutren-Rollen und Dokumente lag, grob geschätzt, bei einigen Zehntausenden.

Wenn irgend möglich, wollte Xing-de mit der Arbeit

fertig sein, bis Wei-chi Guang wiederkäme. Denn träfe dieser sie noch dabei an und erführe, was sie in das Versteck trugen, er würde aufschreien vor Zorn. Andererseits war jetzt gar keine Zeit, sich darüber Gedanken zu machen. Soll er nur kommen, dachte Xing-de, wir werden schon sehen.

Der Berg von Kisten wurde allmählich kleiner; dafür wuchs der Haufen mit den Holztrümmern immer höher an.

Schließlich war die Kaverne bis oben hin mit Sutren-Rollen vollgestopft. Einer der drei Mönche trat heraus, dann der zweite; nur der älteste blieb und vollendete die Arbeit. Als auch er, nachdem er die letzten Rollen untergebracht hatte, aus dem Loch hervorkam, lief ihm der Schweiß aus allen Poren.

»Nun ist«, sagte Xing-de, »lediglich noch der Eingang zuzusetzen.« Woraufhin die drei Mönche erklärten, daß sie das übernähmen.

Xing-de holte aus seinem Hüftsack die Rolle mit dem Stück aus dem Prajna-paramita-Sutra hervor, das er abgeschrieben hatte, und schob sie, im Dunkeln herumtastend, auf die Bündel in der Kaverne. Es war nahe dem Eingang so gut wie kein Raum mehr, rechts und links alles dicht vollgepackt. In dem Augenblick, als er die Rolle aus der Hand gab, erfaßte ihn eine Bangigkeit, als hätte er etwas ins Meer fallen lassen. Gleichzeitig jedoch verspürte er auch eine gewisse Beruhigung darüber, daß er, was er lange mit sich herumgetragen hatte, endlich los war und an einem sicheren Ort wußte.

Einer der Mönche brachte von irgendwoher einige Pfosten herbeigeschleppt und begann damit, sie in den Eingang der Kaverne zu rammen. Xing-de hatte keine Ahnung, wie das Zumauern zu bewerkstelligen wäre; also überließ er diese letzte Arbeit ganz den drei Mönchen und beschloß, selber fürs erste zur Stadt zurückzukehren.

Er trat aus der Höhle und ging zu dem Platz, an dem sie

das Gepäck abgeladen hatten; die Kameltreiber lagen kreuz und quer um ein Feuer, in dem die Reste der Kisten verbrannten, und schliefen. Zunächst konnte sich Xing-de nicht recht entscheiden, ob er allein zur Stadt zurückkehren oder die Kameltreiber mitnehmen sollte. Schließlich war er für das letztere. Es schien ihm zu gefährlich, diese Untergebenen Wei-chi Guangs, von denen man nicht wußte, ob sie nicht plötzlich zu brutalen Mördern würden, zusammen mit den Mönchen allein zu lassen.

Sobald er die Kameltreiber geweckt hatte, gab er den Befehl zum Aufbruch. Da nur ein einziges Kamel da war, würde lediglich Xing-de reiten; die Männer sollten bis zur Stadt zu Fuß laufen. Anfangs murrten sie darüber, doch am Ende gehorchten sie seinem Befehl. Sie hatten wohl begriffen, daß bei dieser Arbeit, die zudem noch nicht abgeschlossen war, ein tüchtiger Anteil für sie herausspringen könnte.

Als Xing-de in der Stadt anlangte, stand die Sonne bereits hoch. Er begab sich zum Hauptquartier am Osttor, wo er, abgesehen von den Wachen, alle Soldaten und auch den hasenschartigen Hauptmann in tiefem Schlaf antraf. Xing-de selbst hatte zwei Nächte hintereinander kein Auge zugetan und mußte gegen eine entsetzliche Müdigkeit ankämpfen; dennoch überwand er sich und ging auf den Platz hinaus, wo er Wei-chi Guang zu finden hoffte. Aber weder er noch irgendeiner seiner Männer waren zu sehen.

Xing-de wies die zehn Kameltreiber, die mit ihm gekommen waren, in ein leerstehendes Haus ein, damit sie sich ausruhten; dann ritt er auf seinem Kamel eiligst zum Palast. Dort stand am Tor bereits kein einziger Posten mehr. Auf dem Platz hinter dem Tor drängten sich eine Menge Kamele, aber auch hier konnte er weder Wei-chi Guang noch jemanden von der Karawane entdecken.

Das Palastinnere war wie leergefegt. Xing-de ging geradewegs zu dem bisher von Yan-hui bewohnten Saal. An der Tür blieb er stehen, drinnen rührte sich nichts. Doch obwohl er es für sinnlos hielt, rief er: »Herr Gouverneur!«

»Wer ist da?« antwortete Yan-huis Stimme sogleich.

»Seid Ihr noch immer hier?«

»Wohin sollte ich auch?«

»Und wo sind die anderen?«

»Sie haben sich am Abend alle nach Qoco aufgemacht.«

»Mit sämtlichem Gepäck?«

Im Saal erklang ein seltsames, wie schluchzendes Lachen. »Diese Dummköpfe! Sie haben gepackt und gepackt, und als es losgehen sollte, hatten sie kein einziges Kamel und keinen einzigen Treiber. Diese Narren!« Abermals lachte Yan-hui auf dieselbe Weise. »Zu guter Letzt haben die Dummköpfe nur das mitgenommen, was sie gerade bei sich hatten.«

»Sagt, Wei-chi Guang ist nicht etwa hier, oder?« fragte Xing-de.

»Wei-chi Guang? Dieser Schurke hält sich in den inneren Gemächern auf.«

»Was tut er dort?«

»Woher soll ich das wissen?«

Xing-de verließ die Tür und ging weiter ins Innere hinein.

»Wei-chi Guang!«

Von Zeit zu Zeit rief Xing-de seinen Namen. Nachdem er einige Gänge entlanggelaufen war, sah er vor sich den von der hellen Sonne beschienenen Innenhof, sah dann einige grellrot blühende Blumenstöcke und endlich eine Gruppe von Männern, die dort an der Arbeit waren.

»Wei-chi Guang!« rief Xing-de.

Auf der Stelle wandte sich einer der Männer um. »Ah, da bist du ja!« Es war Wei-chi Guang. Als er näher kam, erblickte Xing-de rings um Wei-chi Guang und seine Leute ein wüstes Durcheinander von unzähligen Gepäckstücken. Einige Kisten waren aufgebrochen, und der Inhalt quoll hervor; andere lagen halb geöffnet oder noch verschnürt über den Boden verstreut.

»Was tust du da?« fragte Xing-de.

»Schau zu, und du verstehst es. Das ist eine solche Menge, daß ich es wahrscheinlich auch mit hundert oder zweihundert Kamelen nicht schaffe, alles fortzubringen.«

Wei-chi Guang warf einen Blick in das von seinen Untergebenen aufgerissene Gepäck und gab mit schroffen Worten Anweisung, was wegzuwerfen und was mitzunehmen sei. Er war dabei sichtlich in bester Laune. Endlich schien ihm klarzuwerden, daß es, wenn Xing-de jetzt bei ihm auftauchte, irgend etwas zu bedeuten hatte, und indem sich sein Gesicht plötzlich verdüsterte, fragte er: »Was hast du mit dem Zeug angestellt?«

»Wir haben alles in das Versteck gebracht.«

»Gut«, meinte Wei-chi Guang mit einem Kopfnicken, doch schon hatte er das Problem wieder beiseite geschoben und sich erneut in die augenblickliche Arbeit vertieft. Was er und seine Leute trieben, mochte in Wahrheit ein Unternehmen ohne Ende sein. Das Gepäck der Familie Cao, das diese in tagelangen Mühen schließlich zusammengebracht, dann aber doch hatte stehenlassen müssen, füllte nicht nur den Innenhof, sondern auch die Arkaden ringsum, und da das noch immer nicht ausreichte, hatte man selbst die Halle im Nebengebäude damit vollgestellt.

Eine Zeitlang sah Xing-de den Männern bei der Arbeit zu. Was sie für unsinniges Zeug eingepackt hätten, lästerte Wei-chi Guang, während er aus einem Ballen einen großen Teppich herauszuzerren begann. Einer seiner Männer holte ihn hervor. Es war ein prächtiges Stück, das eine erhebliche Fläche des Innenhofs bedeckte.

»Wirf ihn weg!« schrie Wei-chi Guang.

Xing-de verließ den Hof und ging zurück zu Yan-hui, der allein in seinem Gemach im Sessel lehnte. Er kam, hatte er das Gefühl, von einem schrecklich habsüchtigen und dazu energischen Mann zu einem, der im Gegenteil weder Habsucht kannte noch Energie besaß.

»Herr Gouverneur!« rief Xing-de und trat ein. »Die Schlacht kann jeden Augenblick beginnen. Wie lange wollt Ihr noch hierbleiben?«

»Meinetwegen kann sie beginnen, wann auch immer. Ich werde mich nicht von der Stelle rühren.«

»Seid nicht so töricht! Kommt jetzt mit mir!«

»Warum liegt dir soviel daran, daß ich diesen Palast verlasse?«

»Der Mensch soll sein Leben erhalten, solange er kann.«

»Soll sein Leben erhalten?« fragte Yan-hui in einem Tonfall, als wäre das eine höchst ungewöhnliche Feststellung. »Du möchtest wohl am Leben bleiben, wie? Nun ja, wer unbedingt leben will, wird es auch durchsetzen. Da fällt mir ein, da du zu leben vorhast, werde ich dir etwas geben.« Mit diesen Worten öffnete Yan-hui die Tür eines Schränkchens, das hinter ihm stand, und nahm eine Schriftrolle heraus. »Verwahre du sie!«

»Was ist das?« erkundigte sich Xing-de, als er die gewichtige Rolle in Händen hatte.

»Die Familiengeschichte der Militärbefehlshaber Cao.«

»Und was soll ich damit?«

»Es genügt, daß du sie an dich nimmst. Alles übrige überlasse ich dir, der du am Leben bleiben möchtest. Verbrenne sie, oder wirf sie fort, es steht in deinem Belieben.«

»Wenn es so ist, könnte sie ja auch hier liegenbleiben.«

»Nein, das geht nicht. Ich habe sie von meinem älteren Bruder zur Aufbewahrung erhalten und weiß nicht, wohin damit. Ich vertraue sie dir an. Damit bin ich diese Sorge los.«

Yan-hui atmete auf, als wäre er einer Gefahr entronnen, und schon hatte er sich wieder in seinen Sessel vergraben. Auf die Rolle warf er keinen einzigen Blick mehr. Dafür fühlte sich Xing-de in der unangenehmen Lage dessen, dem man eine unwillkommene Last aufgebürdet hat. Hätte er versucht, die Rolle zurückzugeben, er war sicher, Yan-hui würde sie nicht genommen haben. So mußte Xing-de sie wohl oder übel behalten und verließ mit ihr den Palast.

In seine Unterkunft neben dem Hauptquartier zurückgekehrt, warf er sich, ohne an sonst etwas zu denken, sofort auf sein Lager und schlief ein. Einmal, es mochten einige Stunden vergangen sein, wurde er von einem Boten Zhu Wang-lis geweckt. Er trat vor die Tür des Hauses. Die Sonne stand hoch über seinem Kopf. Aber weder ihre Helle noch die Ruhe ringsum machte auf ihn irgendeinen Eindruck. Diesem leeren Zustand entsprechend, war die mündliche Botschaft kurz und bündig: »Cao Xian-shun ist vor dem Feind gefallen.« Das war alles. Außer daß Zhu Wang-lis Einheit bisher noch nicht in die Kämpfe eingegriffen hätte, war aus dem Mund des Boten weiter nichts zu erfahren.

Zhao Xing-de legte sich abermals nieder.

Im leichten Schlaf hatte Xing-de einen Traum. Er befand sich hoch über dem steilen Abhang eines sandigen Hügels, genau der untergehenden Sonne gegenüber. Von hier aus war die sich wie ein Meer ausdehnende Wüste bis weithin zu überschauen: ein Auf und Ab von niedrigen Sandhügeln, dreieckig in ihrer Form wie die Wellen. Derjenige, auf dem Zhao Xing-de stand, war der höchste. Wenn er den Abhang hinabsah, der unmittelbar vor seinen Füßen begann, konnte er drunten, ganz klein, einige Bäume erkennen. Wie viele Fuß es bis hinunter zu diesen Bäumen waren, vermochte er nicht abzuschätzen.

Nun war es nicht so, daß Zhao Xing-de allein da oben

gestanden hätte. Seit einiger Zeit schon starrte er unverwandt auf Zhu Wang-lis Gesicht, der seinerseits ihn mit durchdringenden Blicken ansah. Zhu Wang-lis Gesicht glänzte rot im Schein der Abendsonne. Noch nie hatte Xing-de eine solche Röte auf dem Gesicht des alten Kommandeurs bemerkt. Und in diesem roten Gesicht glühten die großen Augen wie Feuer.

Plötzlich bekamen Zhu Wang-lis Blicke einen sanften Ausdruck. »Da war etwas, das wollte ich dir geben«, sagte er. »Jetzt habe ich es gesucht, kann es aber nirgends finden. Ich meine die Kette, die die uigurische Prinzessin um ihren Hals getragen hat. Es scheint, ich habe sie irgendwo in dem Kampfgetümmel verloren. Und damit, daß ich diese Kette verloren habe, ist, wie ich fühle, mein Leben abgelaufen. Unter solchen Umständen wird auch nichts daraus werden, daß ich Li Yuan-hao den Kopf abschlage. Das ist bedauerlich, doch nicht zu ändern.«

Zhu Wang-lis Körper war, wie Xing-de jetzt bemerkte, von zahlreichen Pfeilen durchbohrt. Als er sie herauszureißen versuchte, sagte Zhu Wang-li in einem etwas heftigen Ton: »Nein, laß sie stecken!« Und er fuhr fort: »Für ein Ende, das sich hinzieht, habe ich meinen Entschluß gefaßt. Paß auf!« Bei diesen Worten holte er sein Schwert aus der Scheide, preßte beide Hände an die Klinge und stieß sich die Spitze in den Mund.

»Was tust du da?!« schrie Xing-de, doch im selben Augenblick wirbelte Zhu Wang-lis Körper in die Höhe, um gleich darauf kopfüber den Abhang hinab in die Tiefe zu fallen.

Xing-de erwachte von seiner eigenen Stimme. Er wußte nicht, was er geschrien hatte; nur daß er geschrien hatte, dessen war er sich sicher. Sein Puls raste, aus den Achselhöhlen rann ihm der Schweiß. Dann hörte er draußen ein aufgeregtes Lärmen.

Hastig lief er vor die Tür. Eine Menge Soldaten, brennende Schilfbündel in der Hand und schreiend, als hätten sie den Verstand verloren, rannten die Straße vor seiner Unterkunft hinunter. Und als der eine Trupp vorbei war, folgte der nächste.

Xing-de eilte zum Hauptquartier. Davor stand, wie er schon von weitem sah, der hasenschartige Hauptmann, und auch er brüllte wie ein Verrückter. Es war nicht klar, woher die Soldaten mit den Fackeln kamen. In Wellen tauchten sie aus der jenseitigen Straße auf, um sich vor dem Hauptquartier in alle beliebigen Richtungen zu verteilen.

»Was geht hier vor?« fragte Xing-de, sowie er heran war, den Hauptmann; woraufhin dieser grinsend die schon normalerweise unheimliche Spaltlippe hob und mit schwerverständlicher Stimme erklärte: »Die Stadt wird angezündet. Die Stadt.«

»Und Zhu Wang-li?« Eine wilde Unruhe hatte Xing-de erfaßt.

»Der Kommandeur ist gefallen. Gerade eben ist die Meldung gekommen... Legt Feuer an die Stadt! Und dann macht euch davon, wohin ihr wollt!« Der hasenschartige Krieger war so erregt, daß er nichts von dem, was Xing-de sagte, zur Kenntnis zu nehmen schien. Unentwegt schwang er seine Arme und rief den Soldaten zu: »Legt Feuer! Brennt sie nieder, die Stadt!«

Xing-de meinte, er müsse die Schlacht irgendwie von der Stadt her sehen, und er stieg auf die Mauer. Doch war von dort aus nichts zu bemerken. Die Ebene, die gerade dabei war, die untergehende Sonne zu verschlingen, lag still und friedlich da. Hörte er indessen genauer hin, so vernahm er, deutlich unterschieden von dem Lärm in der Stadt, aus weiter Ferne herüber so etwas wie ein wildes Kampfgeschrei. Als er seine Blicke zurück zur Stadt wandte, begannen überall die Rauchsäulen aufzusteigen.

Vermutlich liefen bereits auch die Flammen um, ohne

daß sie in der Helle des Tages zu erkennen gewesen wären. Denn von Minute zu Minute bedeckte eine schwarze Rauchwolke den Himmel über Sha-zhou immer dichter.

Während er von der Mauer herunterkletterte, hatte Xing-de das Gefühl, daß ihm in dieser Welt nichts weiter zu tun bliebe. Mit dem Augenblick, da er vom Tod Zhu Wang-lis erfahren hatte, schien der ihn innerlich stützende Pfeiler zusammengebrochen. Hätte der alte Kommandeur überlebt, würde auch er leben wollen. Doch nachdem dieser tot war, kam es ihm vor, als gäbe es nichts mehr, für das sich weiterzuleben lohnte, nichts mehr, auf das er hätte hoffen können. Als er unten den Platz erreichte, hatten sich die Brände mächtig ausgedehnt, und von überall her war zu hören, wie irgend etwas in den Flammen zerbarst.

Xing-de lief zum Nordtor; dort setzte er sich auf einen Stein nieder. Ringsum war kein Mensch zu sehen. Der unausgesetzt brüllende hasenschartige Hauptmann war ebenso verschwunden wie die Soldaten. Und dennoch spiegelte sich die Gestalt eines Kriegers so deutlich in Xing-des Augen, als stünde er vor ihm. Es war das Bild Zhu Wang-lis, wie dieser, die Schwertklinge im Mund, den Abhang hinuntersprang. Vielleicht war er am Ende tatsächlich auf solche Weise gestorben: alle Kräfte aufgebraucht, das Schwert zerbrochen, die Pfeile verschossen, erlahmt an Geist und Seele. Und es war ihm nur der eine Weg geblieben, sein Leben zu beschließen.

Xing-de mochte lange so dagesessen haben. Erst davon, daß ihm plötzlich ein Glutwind ins Gesicht wehte, kam er wieder zu sich. Offenbar hatten die Flammen den Wind verursacht; denn noch kurz vorher hatte er, wie er meinte, keinen verspürt. Zudem begann der Rauch immer näher auf Xing-de zuzukriechen. Und auf einmal sah er aus dem Rauch heraus eine seltsam schwankende Gestalt herankommen.

»Wei-chi Guang!« rief er unwillkürlich und erhob sich von dem Stein, auf dem er gesessen hatte. Gleich darauf, auch sie halb in Rauch eingehüllt, tauchten hinter Wei-chi Guang die Kamele auf.

Als er heran war, sagte Wei-chi Guang: »So ein Unsinn! Nun war die Arbeit eines ganzen Tages umsonst. Wie können sie nur, diese Bestien, die Stadt anzünden, bevor der Feind da ist!« Und dabei warf er Xing-de einen verächtlichen Blick zu, als wäre dieser für die Brandstiftung verantwortlich. Und dann schrie er ihn im Befehlston an: »Mit dir habe ich noch etwas zu erledigen. Komm mit!«

»Wohin denn?«

»Wohin? Willst du etwa hierbleiben? Ist es dir lieber, wenn du in den Flammen verreckst?«

Wei-chi Guang ritt voraus durch das Tor ins Freie. Ihm folgten, wie Xing-de zählte, über zwanzig Kamele. »Steig auf!« sagte Wei-chi Guang zu ihm, indem er mit dem Kinn auf eines der Tiere wies. Xing-de tat, wie ihm geheißen wurde. Tatsächlich wußte er nicht, wohin er hätte gehen sollen. Wäre Zhu Wang-li noch am Leben gewesen, würde er mit Freuden an die vorderste Front gegangen sein; aber sich an einer Schlacht ohne Zhu Wang-li zu beteiligen, zudem mit einer Truppe, die sich offensichtlich bereits geschlagen gab, dazu verspürte er nicht die geringste Lust.

Sowie sie aus dem Tor waren, hörte er das Kampfgeschrei näher als zuvor. Ihm schien, es käme aus dem Westen wie aus dem Osten.

»Wohin also reiten wir?«

»Zu den Tausend-Buddha-Höhlen. Das Gepäck aus der vorigen Nacht hast du doch richtig verstaut, oder? Wehe dir, wenn du mich hereinzulegen versuchst! Da habe ich mir solche Mühe gemacht, und alles war umsonst. Jetzt bleibt mir bloß noch die Hoffnung, daß es mit jenem ersten Teil in Ordnung geht.«

Wei-chi Guang hatte das eher wie zu sich selber gemurmelt. Indessen war auch Xing-de daran gelegen, zu den Tausend-Buddha-Höhlen zu reiten und zu sehen, wie die drei Mönche mit der restlichen Arbeit, die er ihnen überlassen hatte, fertig geworden waren. Da sie sich sogleich an das Zumauern gemacht hatten, müßte der Zugang zu der Kaverne inzwischen irgendwie geschlossen sein. Wenn nicht, sähe es für ihn böse aus.

Bis zum Übergang über den Dang-Fluß redeten die beiden kein Wort mehr. Als sie den zugefrorenen Fluß hinter sich hatten und in die Wüste hineinzogen, sahen sie, jetzt zum erstenmal, weit im Süden eine Gruppe von zwanzig, dreißig Männern, vermutlich flüchtende Soldaten, westwärts jagen. Und dann fielen ihnen noch andere solche Trupps auf; sie wirkten winzig aus der Ferne, und alle befanden sie sich auf der Flucht von Süden nach Westen. Dabei trug der Wind von Zeit zu Zeit noch immer ein wildes Kampfgeschrei herüber.

»Xing-de!« rief Wei-chi Guang plötzlich und näherte sich mit seinem Kamel. Sein Gesichtsausdruck verhieß nichts Gutes, und unwillkürlich beugte sich Xing-de zurück. Doch da drängte Wei-chi Guang sein Tier so dicht neben das Kamel Xing-des, daß dieser unmöglich ausweichen konnte.

»Was ist mit der Halskette? Hast du sie in das Versteck getan?« Und als Xing-de nicht antwortete: »Also hast du sie noch bei dir. Gib sie mir! Sei nicht so verstockt! Du kannst ja doch nichts damit anfangen! Das ist anders als in normalen Zeiten. Sha-zhou brennt, und die Caos sind in der Schlacht untergegangen. Niemand weiß, was morgen kommt. Heute abend schon wird die Hauptarmee der Xixia in diese Gegend einfallen. Wenn wir uns nicht bald davonmachen, werden wir entweder verhungern, oder man wird uns erschlagen.«

Bei dem Wort vom Verhungern verspürte Xing-de plötzlich eine entsetzliche Leere in seinem Magen. Seit er morgens im Hauptquartier irgendwelches fade Zeug in sich hineingeschlungen hatte, war ihm nichts mehr in den Mund gekommen. »Mir knurrt der Bauch. Hast du etwas zu beißen?«

»Rede nicht von solchen banalen Gelüsten!« meinte Wei-chi Guang; dennoch holte er einen Weizenfladen aus der Innentasche seiner Felljacke und reichte ihn Xing-de. »Dafür gib du mir die Kette! Ich werde nichts Unrechtes damit anstellen.«

»Ich denke nicht daran.«

»Aha, lieber willst du sterben, wie? Wenn du mir die Kette überläßt, soll es mir nichts ausmachen, dir das Leben zu retten.«

»Da kannst du viel reden, ich werde es nicht tun.«

»Was?!« Wei-chi Guang starrte ihn an, als wollte er sich auf ihn stürzen. »Meinst du, es würde mir schwerfallen, einen wie dich umzubringen? Aber nein, da versichere ich dir noch, daß ich dich am Leben lassen werde! Oder möchtest du vielleicht, daß es dir wie den Kameltreibern ergeht? Mit denen habe ich aufgeräumt bis auf den letzten.«

Wie den Kameltreibern? dachte Xing-de. Was eigentlich war aus den mehr als zwanzig Männern geworden?

In diesem Augenblick hatte Wei-chi Guang den Arm ausgestreckt und packte Xing-de plötzlich an der Brust. »Keine Widerrede mehr! Gib die Kette heraus!« sagte Wei-chi Guang, während er Xing-de mit aller Gewalt hin und her schüttelte.

Ohne darauf zu reagieren, fragte Xing-de: »Ja, und wo sind die Kameltreiber?«

»Aus dem Wege. Ich habe sie in das Schatzhaus des Palastes gesperrt. Dort werden sie jetzt wohl rösten.«

Xing-de erschrak. »Warum hast du das getan?«

»Natürlich konnte ich sie nicht am Leben lassen. Schließlich kannten sie das Versteck in den Tausend-Buddha-Höhlen. Jedenfalls bin ich mit ihnen auf die beste Weise fertig geworden, und übrig bleiben nur noch die drei Mönche – und du. Aber wie gesagt, wenn du nachgibst, bin ich bereit, zumindest dich zu schonen. Also her mit den Juwelen!«

»Niemals!« beharrte Xing-de. Unter der Androhung, ermordet zu werden, mochte er die Halskette erst recht nicht ausliefern. Wie Zhu Wang-li, solange er lebte, sich von der seinen nicht getrennt hatte, würde auch er bis zum letzten Atemzug nicht von der Kette lassen.

»Du weigerst dich, obwohl ich dich so freundlich darum bitte? Nun, dann bring ich dich um!«

Im selben Augenblick fühlte sich Xing-de vom Kamel gestoßen. Doch fiel er nicht allein; Wei-chi Guang stürzte mit ihm. Als sie den Erdboden erreichten, lag Wei-chi Guang über ihm. Und blindlings schlug er auf ihn, schlug ihm auf den Kopf, schlug ihm ins Gesicht. Noch ehe Xing-de seine Arme hervorholen konnte, hagelten die Hiebe auf ihn nieder. Hierauf wurde er, wie es ihm schon früher widerfahren war, in die Höhe gehoben, wurde herumgewirbelt und schließlich in den Sand geschleudert, wo sich Wei-chi Guang abermals über ihn warf.

Nur halb noch bei Bewußtsein, spürte Xing-de, wie ihm vorn die Jacke geöffnet und die auf seiner Brust hängende Kette abgenommen wurde. Sowie er die Kette in der Hand hatte, erhob sich Wei-chi Guang; doch da richtete sich auch Xing-de mühsam auf und klammerte sich mit aller Verzweiflung an seine Beine. Von dem unerwarteten Angriff fiel Wei-chi Guang der Länge lang hin, und der Kampf begann von neuem. Diesmal war Wei-chi Guang in seinen Bewegungen gehemmt, weil er in der einen Hand die Kette hielt. Zwar schlug er wie zuvor auf Xing-de ein, aber die Zahl der Hiebe war erheblich geringer.

Plötzlich, Wei-chi Guang hatte rittlings auf Xing-de gesessen, ging mit ihm eine Veränderung vor sich. Aus irgendeinem Grunde lockerte er seinen Griff, mit dem er Xing-de gegen den Boden preßte, und er stand auf, während Xing-de weiter seine Beine umklammerte.

»Laß los!« schrie Wei-chi Guang.

Xing-de gab nicht nach.

»Laß los, sag ich! Da kommen Reitertruppen!«

Wirklich jagte aus der Ferne eine Herde von Berittenen auf sie zu, daß von den Hufen ihrer Pferde die Erde erdröhnte.

»Nimm deine Hände weg, du Idiot!« brüllte Wei-chi Guang wie von Sinnen. Xing-de indessen packte nur um so fester zu. Und er wollte ihn nicht loslassen, solange er die Kette nicht wieder hatte.

Wei-chi Guang tobte wie ein Wilder. Er warf die Arme herum, er versuchte, seine Beine freizubekommen. Doch Xing-de ließ sich nicht abschütteln. Und als er sah, daß Wei-chi Guangs Aufmerksamkeit für einen Augenblick durch die Berittenen abgelenkt war, reckte er sich auf und wollte ihm die Halskette entreißen. Tatsächlich bekam er aber nur das eine Ende zu fassen, das andere blieb in Wei-chi Guangs Hand. Im Nu hatte sich der Faden der Kette in der Luft gespannt. Einige grüne Jadesteine leuchteten schwankend auf.

Schon drängte das Wiehern und Stampfen der Pferde näher wie das Rollen der Brandung.

Keine vierzig Schritte vor sich sah Xing-de jetzt einen großen Schwarm von Berittenen wie über einer Hügelkette auftauchen und heranstürmen, eine tiefschwarze Wolke, die alles unter sich begrub. Es war, als gäbe es in der weiten Wüste kein anderes Ziel für diese Reiter als ihn und Wei-chi Guang.

Plötzlich spürte Xing-de an dem Fadenende in seiner

Hand, wie die in der Luft ausgespannte Kette zerriß; er überschlug sich rückwärts und fiel um. Im nächsten Augenblick wurde er von etwas Riesigem, das über ihn hinwegfegte, mit einem gewaltigen Stoß in die Höhe geschleudert, rollte einen sanften Hang hinab und blieb unten in einer Kuhle liegen. Über seinem Kopf zog mit einem Donnergrollen der schwarze Schwarm vorbei. Das alles hatte nicht lange gebraucht, aber Xing-de erschien es wie eine Ewigkeit.

Als er wieder zu sich kam, lag er in der Kuhle, völlig zugedeckt mit Sand. Er versuchte sich aufzurichten, war aber dazu nicht fähig. Hatten ihn die Pferdehufe getroffen, oder waren das Schrammen, die er sich beim Herabrollen über den Hang zugezogen hatte? Er wußte es nicht, doch schmerzte ihn der ganze Körper. Ein Wunder, daß er noch lebte! Im Daliegen sah er zum Himmel auf. Er konnte sich zwar nicht rühren, entdeckte jedoch, daß sich wenigstens der rechte Arm ein wenig bewegen ließ. Langsam wandte er den Arm herum, um sich abzutasten. Dabei bemerkte er etwas Seltsames, und unwillkürlich reckte er die Hand in die Höhe. Der abgerissene Faden der Kette hatte sich um seine Finger gewickelt und baumelte sinnlos hin und her. Auf ihm befand sich kein einziger Edelstein mehr. Vermutlich waren sie, als der Faden zerriß, in alle Richtungen davongeflogen.

Allmählich brach die Nacht herein. Die fahle Scheibe des Mondes gewann nach und nach an Helle, schließlich verbreitete sie ein rötliches Licht. Mit einem Gefühl, als schwänden ihm die Sinne, sah Xing-de zu, wie sich rings um den Mond der ganze Himmel mit Sternen füllte. Er dachte nichts. Empfand noch nicht einmal die Kälte. Nur der leere Magen meldete sich. Hätte er wenigstens einen Tropfen Wasser gehabt, um sich die Kehle zu befeuchten! Er drehte den Kopf und blickte um sich; aber da war nichts, was er hätte zu sich nehmen können. Nichts als die Weite der Wüste.

Unvermittelt erinnerte er sich, daß er irgendwo noch den Weizenfladen haben müßte, den er unmittelbar vor der Prügelei von Wei-chi Guang erhalten hatte. Damit käme er immerhin über den schlimmsten Hunger hinweg. Mit diesem Gedanken unternahm er einen neuen, verzweifelten Versuch sich aufzurichten. Da bemerkte er einen Mann, der, nicht eben weit von ihm entfernt, über den Boden kroch. Xing-de wußte sofort: das war Wei-chi Guang. Er starrte auf den Boden, und dann und wann wühlte er im Sand. Zunächst konnte sich Xing-de dieses Verhalten nicht erklären; doch nach einer Weile wurde ihm klar, daß Wei-chi Guang nach den verstreuten Steinen von der Halskette suchte. Was für ein hoffnungsloser Einfall: zu meinen, in einem Wüstengelände, über das eine Kavalkade von hundert oder mehr Berittenen hinweggezogen war, ließe sich auch nur ein einziger Edelstein wiederfinden!

Xing-de vergaß, daß er sich aufgerichtet hatte, um den Weizenfladen zu suchen, so gespannt beobachtete er das vergebliche Bemühen Wei-chi Guangs. Endlich stand Wei-chi Guang im Mondlicht auf. Stand da und rührte sich nicht. Dann, mit einer entsetzlichen Langsamkeit, setzte er den rechten Fuß vor. Gleichzeitig begann er, auf jene seltsame Art, wie sie Uhrwerkpuppen an sich haben, den Oberkörper und beide Arme zu bewegen. Wei-chi Guang war verletzt.

Xing-de ließ sich zurückfallen. Von irgendwoher hörte er die klagenden Schreie der Kamele. Und während er ihnen lauschte, versank er in eine nebelhafte Bewußtlosigkeit, von der nicht zu sagen war, ob sie den Schlaf oder das Ende brachte.

11.

Die Xi-xia (oder West-Xia) hatten die Wüste unter die Hufe ihrer Pferde genommen, sie hatten die Militärbefehlshaber Cao zu Fall gebracht und damit der langen chinesischen Vorherrschaft über diese Region ein Ende bereitet mit dem Erfolg, daß nun sie allein die gesamten Territorien westlich des Gelben Flusses in Händen hielten. Zu den fünf Städten Xia-zhou, Yin-zhou, Sui-zhou, You-zhou und Jing-zhou, die ihnen seit alters unterstanden, hatten sie Ling-zhou, Gan-zhou, Liang-zhou, Su-zhou, Gua-zhou und Sha-zhou hinzugewonnen; es war dies ein Reich, gleich groß an Ansehen wie an Macht. Zudem, für die Xi-xia eine glückliche Fügung, war das Vordringen der Khotan-Mohammedaner in östlicher Richtung zum Stillstand gekommen; jedenfalls hatten sie Sha-zhou nicht mehr erreicht.

Li Yuan-hao seinerseits gliederte die von ihm geführten Truppen, nachdem Sha-zhou niedergezwungen war, in eine Rechte und eine Linke Armee, richtete zwölf Militärbezirke ein und verstärkte so den Schutz der einzelnen Landesteile. Im ersten Jahr Bao-yuan (nach westlichem Kalender 1038) änderte er den Namen des Reiches in Da-xia (oder Groß-Xia), bestimmte Xing-qing offiziell zur Hauptstadt und nahm selbst den Kaisertitel an. Gleichzeitig schickte er ein Sendschreiben an den Song-Hof, in dem er zu verstehen gab, daß er die Beziehungen für abgebrochen erachtete. In Erwiderung hierauf entzogen ihm die Song im Jahr darauf den vordem verliehenen Rang und Titel, und durch Dekret wurde ein Geldpreis auf seinen Kopf ausgesetzt. Ferner beauftragten die Song die beiden Generäle Xia Song und Fan Yong damit, eine Strategie gegen die Xi-xia zu entwerfen. Yuan-hao jedoch hatte kaum das Kaiserreich ausgerufen, als er auch schon an verschiedenen Stellen mit Überfällen über die Grenze Song-Chinas hinweg, zunächst gegen die Sicherungsposten, begann. Die Stärke dieser Schläge war verheerend, und mehr als einmal kam es deswegen in den chinesischen Außengebieten zu bedrohlichen Erschütterungen.

Indessen herrschte unter denen, die für die Song-Politik gegenüber den Xi-xia die Verantwortung trugen, heftige Uneinigkeit, man zerstritt sich, und wieder und wieder wurden die Generäle ausgewechselt. Nach Xia Song und Fan Yong übernahmen Han Qi und Fan Zhong-yan diese Aufgabe; auf sie folgten Chen Zhi-zhong, Wang Yan und Pang Ji, doch vermochten auch sie die Xi-xia nicht von ihren Überfällen abzuhalten. Im zweiten Jahr Kang-ding (nach westlichem Kalender 1041) stieß Yuan-hao bei einem größeren Angriff bis an den Wei-Fluß vor, wobei seine Reitertruppen die Provinz Shen-xi und das Gebiet nördlich des Wei kreuz und quer durchstreiften. Der Bevölkerung östlich des Jing- und des Fen-Flusses blieb nichts anderes übrig, als die Stadttore zu schließen und sich selbst zu verteidigen.

In den Territorien westlich des Gelben Flusses waren zu dieser Zeit, so in Gan-zhou und in Gua-zhou, starke Xi-xia-Einheiten stationiert und Militärkommandanturen eingesetzt. Hier im äußersten Westen kam es zwar nirgends zu Kampfhandlungen, da es im Augenblick jedoch darum ging, daß das Land alle Kräfte auf den Krieg gegen die Song konzentrierte, verfuhr die Xi-xia-Verwaltung um so härter mit den in dieser Gegend lebenden fremden Völkerschaften. Besonders die Chinesen wurden regelrecht wie Gefangene behandelt. Und wie sie einst, als sie von den Turfan unterworfen worden waren, Turfan-Kleider hatten tragen müssen, trugen die Chinesen von Sha-zhou jetzt die Xi-xia-Gewänder, in denen sie gebückt und mit hängenden Schultern umherschlichen.

Völlig unklar blieb, was aus der Familie Cao, den ehemaligen Militärbefehlshabern, geworden war. Man wußte lediglich, daß Xian-shun in der Schlacht gefallen war; von den anderen, als wären sie plötzlich vom Erdboden verschwunden gewesen, hörte man nie wieder etwas. Es hieß, ein Teil der Familie hätte sich nach Qoco oder nach Khotan geflüchtet; doch dafür gab es keine Bestätigung. Die Kaufleute von dort kamen wie zuvor in die Territorien, nur war auch von ihnen hierüber nichts zu erfahren.

Im vierten Sommer nach dem Fall von Sha-zhou machte in der Stadt das Gerücht die Runde, man habe den älteren Bruder der Witwe Xian-shuns gefaßt und enthauptet; wieweit das zutraf, war nicht klar. Indessen konnte dies immerhin als eine Art Nachricht über die Familie Cao aufgefaßt werden.

Was schließlich die Tausend-Buddha-Höhlen betraf, so lagen sie, ungeachtet der Tatsache, daß das Zeitalter der Xi-xia angebrochen war, zunächst jahrelang völlig unbeachtet da. Gewiß, Yuan-hao war ein glühender Anhänger Buddhas, wie sich die meisten der Xi-xia zum Buddhismus bekannten; aber angesichts des sich hinziehenden Krieges gegen Song-China fand niemand die Muße, sich mit religiösen Dingen zu befassen.

Der vor den Tausend-Buddha-Höhlen gelegene San-jie-Tempel diente zeitweilig einer Einheit der Xi-xia-Armee als Unterkunft. Wüst hausten die Soldaten in ihm, und nachdem sie abgezogen waren, blieb er, nun ein völlig ungenutzter Tempel, ganz dem Verfall preisgegeben.

Eines Tages, es war um dieselbe Zeit, als in der Stadt das Gerücht von der Hinrichtung des Schwagers Xian-shuns umlief, erschien von irgendwoher eine Karawane mit an die hundert Kamelen am Fuße jenes Abhangs, mit dem die Ming-sha-Berge, in denen sich die Tausend-Buddha-Höhlen befanden, allmählich in die Wüste übergingen. Kaum angelangt, schlugen die Männer an dieser Stelle gut ein Dutzend unterschiedlich geformter großer und kleiner Zelte auf. Und auf der Spitze des größten Zeltes hißten sie eine Fahne mit dem Bild des Wächterkönigs Vaisravana. Gegen Abend im kräftigen Wind von der Wüste her knatterte die Fahne laut. Später in der Nacht begann es zu regnen; bald darauf ging der Regen in einen Wolkenbruch über.

Um Mitternacht, während die heftigsten Güsse auf sie niedertrommelten, faltete die Karawane die Zelte wieder zusammen und zog, Männer und Kamele vor Nässe triefend, weiter auf die Ming-sha-Berge, auf den Steilhang zu, in den die zahllosen großen und kleinen Höhlen gegraben waren.

Auf Befehl des Anführers machte sie auf einem Platz neben dem San-jie-Tempel halt; hier blieben die Kamele zurück, und allein die Männer lösten sich aus dem Knäuel der Tiere, um bergauf zu steigen. Da zuckte, zum ersten Mal, seit der Regen eingesetzt hatte, ein Blitz über ihre Köpfe hin. Für einen Augenblick ließ der grelle Schein die vielen Höhlen in der Felswand des Berges bläulich aufleuchten. Über die Wand schoß das Wasser herab wie in breiten Kaskaden, staute sich in den flacheren Höhlen, und die auch von unten sichtbar werdenden Buddha-Figuren wirkten, als wären sie im Begriff, aus ihren Nischen hervorzutanzen. Die Schar der Kameltreiber hatte sich den Höhlen auf der Nordseite zugewandt; im Vergleich zur Höhe des Berges waren die Männer klein wie die Ameisen.

Beim zweiten Blitz hatten diese kleinen Gestalten eine lange Reihe gebildet und waren dabei, den Abhang vor einem dreigeschossigen Höhlensanktuarium zu erklettern. Es mochte eine Gruppe von dreißig, vierzig Mann sein. Bis zum dritten Blitzschlag verging einige Zeit. Und als er dann fiel und die Szene erhellte, war die Gruppe von Männern vor dem untersten Teil der dreigeschossigen Höhle angekommen. Jeder trug eine Hacke oder einen Hammer in der Hand, einige von ihnen hatten Rundhölzer geschultert.

»Also, los!«

Im selben Augenblick, in dem durch das Dunkel dieser Befehl erscholl, zerriß, begleitet von einem Donner, daß davon die Erde erbebte, abermals ein Blitz die Nacht. Einige warfen sich flach auf den Boden, andere liefen davon. Ein Mann reckte die Arme zum Himmel auf, drehte sich um seine eigene Achse und brach vor dem Eingang der Höhle zusammen. Gleich darauf hatte die Finsternis alles verschluckt.

Die ganze Nacht über peitschte der wilde Regen gegen die Ming-sha-Berge; erst im Morgengrauen hörte er auf. Mehrere Kameltreiber lagen, vom Blitz getroffen, tot vor der Höhle, dem Eingang am nächsten einer, der sich in seiner Kleidung deutlich von den anderen unterschied. Es war, schien es, der Karawanenführer gewesen; aber zu identifizieren war der verkohlte Leichnam nicht. Ungefähr einen Monat später erfuhr man von einem Kameltreiber, daß es sich bei diesem Toten um einen Mann gehandelt habe, der sich selbst als Nachkomme der Wei-chi-Dynastie zu bezeichnen pflegte.

Zu Beginn des dritten Jahres Qing-li (nach westlichem Kalender 1043) wurde zwischen den Xi-xia und Song-China ein, wenn auch nur vorübergehender, Waffenstillstand geschlossen. Das war im sechsten Jahr nach der Besetzung Sha-zhous durch die Xi-xia. Beide Seiten hatten in den langanhaltenden Kämpfen hohe Verluste erlitten, ihre Staatskassen waren leer, so daß sie sich gezwungen sahen, Friedensverhandlungen aufzunehmen. Dabei gab es jedoch allerlei Schwierigkeiten. Li Yuan-hao bestand darauf, die Verhandlungen als Kaiser zu führen, was die Song ihrerseits nicht akzeptierten. Sie verlangten, Yuan-hao solle sich zum Vasallen erklären und den Song-Gesandten die gleiche Behandlung zuteil werden lassen wie denen aus dem Reich der Khitan; als Gegenleistung versprachen sie, ihm jährlich hunderttausend Ballen Seide und fünfunddreißigtausend Pfund Tee zu gewähren. Schließlich nach langem Hin und Her nahm Yuan-hao formell die Song-Vasallenschaft an, forderte aber, daß dafür die Jahresgabe an Seide und Tee verdoppelt werde. Das heißt, er verzichtete auf die bloße Reputation zugunsten realer Leistung.

Auf jeden Fall war mit dem erzielten Waffenstillstand der Krieg zwischen den beiden Reichen fürs erste ausgesetzt. Mit Einkehr des Friedens wandte sich Yuan-hao sogleich der Verbreitung des Buddhismus zu. Tempel und Priester wurden daher begünstigt, die Sutren-Texte freilich alle eingesammelt und nach Xing-qing gebracht. Tag für Tag zogen aus der Gegend von Sha-zhou Dutzende von Kamelen, mit Schriftrollen bepackt, in Richtung Osten. Im Sommer des Jahres, in dem man den Waffenstillstand vereinbart hatte, wurde der San-jie-Tempel wiederhergerichtet, und zahlreiche Mönche ließen sich in ihm nieder; auch begann man mit den Restaurationsarbeiten an den Tausend-Buddha-Höhlen.

Die Mönche des San-jie-Tempels waren teils Chinesen, teils Xi-xia. Im Herbst des fünften Jahres danach hatten sie die Restauration der Tausend-Buddha-Höhlen beendet, und in der Halle des Großen Buddha, der größten unter den tausend Höhlen, wurde eine feierliche Messe begangen. Dazu versammelten sich Hunderte von Mönchen und Nonnen aus den siebzehn Tempeln von Sha-zhou, und Zuschauer aus den gesamten Territorien westlich des Gelben Flusses eilten herbei, um die Zeremonie mit ihren Augen zu verfolgen.

An diesem Tag entdeckte ein aus Qing-tang entsandter Beamter namens Fan an der Nordseite einige noch nicht restaurierte Höhlen und befahl den Verantwortlichen, die Ausbesserungsarbeiten noch einmal aufzunehmen.

Man machte sich sogleich ans Werk. Und kaum hatte man begonnen, kam von einem Mönch aus Sha-zhou ein Brief, in dem dieser darum bat, ihm eine der Höhlen zum Restaurieren zu überlassen. Er versprach, die benötigte Summe durch Opferspenden zusammenzubringen und auch bei der Arbeit selbst Hand anzulegen. Der Bitte des Mönches wurde stattgegeben, er erhielt den Auftrag für eine Höhle. Seinem Wunsch entsprechend war es die unterste einer dreigeschossigen Anlage an der Nordseite.

In den Dokumenten des San-jie-Tempels, in denen von der Restauration der Tausend-Buddha-Höhlen berichtet wurde, waren der Name dieses Mönches und der von ihm restaurierten Höhle sowie der Grund für sein Anerbieten genannt. Hiernach hatte der Mönch, zusammen mit zwei anderen Mönchen aus seinem Tempel, während der Invasion der Xi-xia in jener Höhle Zuflucht gesucht; die beiden anderen jedoch waren unglücklicherweise vor der Höhle von verirrten Pfeilen getroffen worden und so zu Tode gekommen. Er als der einzige Überlebende habe daher, wie es hieß, die Gelegenheit benutzen wollen, etwas zum Gedächtnis an seine toten Freunde zu tun.

Im achten Jahr Qing-li (nach westlichem Kalender 1048) starb Li Yuan-hao im Alter von fünfundvierzig Jahren. Das war im zwölften Jahr nachdem er die Territorien westlich des Gelben Flusses endgültig unterworfen hatte, und im sechsten seit dem Waffenstillstand mit Song-China. Bis zu seinem Hinscheiden war Li Yuan-hao in seinem Land als Kaiser bezeichnet worden.

Zum erneuten Abbruch der Beziehungen zwischen China und den Xi-xia kam es mehr als zwanzig Jahre nach Yuan-haos Tod, unter dem Song-Kaiser Shen-zong. Der nach Ren-zong und Ying-zong in der Blüte seiner Jugend auf den Thron gelangte, tatkräftige Shen-zong war von dem Ehrgeiz besessen, die Nordgebiete zurückzuerobern, und sogleich nahm er den Xi-xia gegenüber eine herausfordernde Haltung ein.

Aus einem nahezu dreißig Jahre währenden Traum vom Frieden aufgeschreckt, machte man sich in den Territorien westlich des Gelben Flusses auf eine abermalige Periode kriegerischer Wirren gefaßt. Um diese Zeit erschien ein Kaufmann, der mit einer Karawane aus Khotan nach Sha-zhou gekommen war, im San-jie-Tempel und überbrachte, im Auftrag eines Mitglieds der ehemaligen Khotan-Dynastie, wie er sagte, eine Schenkung. Es handelte sich um Juwelen, um Stoffe und andere wertvolle Dinge aus Khotan; dafür wünsche man, so erklärte er, daß die einst vom Khotan-König Li Sheng-tian gestiftete Grotte in den Tausend-Buddha-Höhlen, falls sie sich in einem schlechten Zustand befinde, restauriert werde.

Dieser Bote war darüber hinaus noch mit einer anderen Schenkung betraut. Er öffnete ein kleines Paket, und es zeigte sich, daß es einen Brief und eine Schriftrolle enthielt.

Durch Zufall sei er, berichtete der Schreiber des Briefes, in den Besitz der Familiengeschichte der einst als Militärbefehlshaber in Sha-zhou residierenden Cao gelangt. Da sich nun die Gelegenheit ergebe, möchte er diese Chronik dem Tempel stiften. Zugleich bitte er um eine Totenmesse für die Familie Cao. Sollte das öffentlich nicht möglich sein, weil es dabei um die ehemals Mächtigen dieser Gegend gehe, wünsche er sich eine Gedächtniszeremonie in der Höhle des Li Sheng-tian. Immerhin bestehe da ja eine gewisse Beziehung; denn schließlich habe eine Tochter Li Sheng-tians in die Familie Cao geheiratet.

Der Text des Briefes war auch in Xi-xia-Zeichen sowie in der in senkrechten Zeilen von links her beginnenden uigurischen Schrift gegeben. Und das alles in würdevollen, schönen Pinselstrichen. Angesichts der ungewissen Verhältnisse in Sha-zhou nach der Besetzung durch die Xi-xia mochte der Schreiber den Brief aus Vorsicht deshalb in drei Sprachen abgefaßt haben, damit ihn jeder, der ihn in die Hand bekäme, auch lesen könnte. Die knappe Unterschrift lautete: »Zhao Xing-de, Kandidat des Zweiten Grades aus der Präfektur Dan-zhou im Reiche Groß-Song.« Mehr war nicht zu erfahren.

Im San-jie-Tempel ging man, entsprechend dem Wunsch des einen Bittstellers aus der ehemaligen Khotan-Dynastie, unverzüglich an die Restaurierung der Buddha-Höhle des Li Sheng-tian. Dann wurde die von dem anderen Bittsteller gestiftete Schriftrolle mit der Familiengeschichte der Cao dort in einer Zeremonie dargebracht. Wie Zhao Xing-de vorausgesehen hatte, vermied man es auf diese Weise, daß von einer Totenmesse für die Familie Cao gesprochen werden konnte. Daher wußte außer dem Abt des San-jie-Tempels niemand, worum es sich bei dieser Schriftrolle handelte und was sie enthielt.

In besagter Familiengeschichte waren, beginnend mit Cao Yi-jin, durch acht Generationen die jeweiligen Familienoberhäupter aufgeführt: über Yuan-de, Yuan-shen, Yuan-zhong, Yan-jing, Yan-lu und Zong-shou bis herab zu Xian-shun, alle mit ihren Geburtsdaten und einer recht ausführlichen Darstellung ihres Lebens und ihrer Leistungen. Bei Xian-shun als dem letzten hieß es, er sei, besiegt, in der Schlacht gegen die Xi-xia gefallen, und zwar am dreizehnten Tag des Zwölften Monats im zweiten Jahr Jing-you. Außerdem wurde, anders als bei den vorangegangenen Oberhäuptern, am Schluß der Rolle auch von Xian-shuns jüngerem Bruder Yan-hui berichtet. Voll tiefen Glaubens an Buddha habe er, als die Xi-xia eindrangen, sein Heil nicht in der Flucht gesucht, sondern sei allein in Sha-zhou zurückgeblieben, um sich in die Flammen zu stürzen.

»In meiner Klause enden die Zehn Himmelsrichtungen,
wie eine Höhle die Drei Welten enthält.
Als an der Traufe die Fünf Farben wehen,
öffne ich die Tür und grüße den Wind.«

Diese Zeilen waren dem Bericht über Yan-hui beigegeben. Ferner wurde sein Todestag genannt; es war derselbe dreizehnte des Zwölften Monats im zweiten Jahr Jing-you wie bei seinem älteren Bruder.

Die Familiengeschichte der Cao blieb nur einen Tag auf dem Altar in der Höhle liegen; danach wurde die Schriftrolle in das Sutren-Schatzhaus verbracht und sollte für lange Zeit nicht mehr ans Licht kommen.

Das Gebiet von Sha-zhou wechselte in den folgenden Jahrhunderten zu verschiedenen Malen Besitzer und Namen. In der Song-Zeit, als Teil des Xi-xia-Reiches, hatte es seine Eigenständigkeit als Provinz verloren; in der nächsten Ära unter der Yuan-Dynastie bildete es wieder das Land Sha-zhou, in der Ming-Zeit hieß es Garnison Sha-zhou, und in den Jahren Qian-long (1736-96), während der Herrschaft der Qing, wurde es zum Distrikt Dun-huang. Die Schriftzeichen »Dun-huang« bedeuten soviel wie »die Wachsende und herrlich Blühende«; es war der Name, mit dem man im Altertum zu Zeiten der Han- und der Sui-Dynastie das damals als Durchgangstor für den kulturellen Strom von West nach Ost geistig und materiell aufblühende Gebiet bezeichnet hatte, und nun zweitausend Jahre später wurde dieser Name wiederbelebt.

Mit der Wiederaufnahme des Namens Dun-huang dehnte sich diese Bezeichnung auch auf die Tausend-Buddha-Höhlen in den Ming-sha-Bergen aus, und seit den Jahren Qian-long sprach man nur mehr von den Höhlen von Dun-huang. Dabei standen die Höhlen, anders als es der Name wollte, jetzt keineswegs »in wachsender Blüte«. In der unmittelbaren Nähe von Dun-huang zwar wußte man von ihrer Existenz; doch für lange Zeit noch waren die Höhlen schon in der weiteren Umgebung niemandem bekannt.

Zu Anfang des zwanzigsten Jahrhunderts kam ein Wandermönch namens Wang Yuan-lu in diese Gegend; er entdeckte die vom Sand verschütteten Höhlen, ließ sich in einer von ihnen nieder und begann, sie alle zu reinigen. Seit dem Einfall der Xi-xia waren achteinhalb Jahrhunderte vergangen. Wang, der Wandermönch, war ein kleiner, in keiner Weise beeindruckender Mann und anscheinend völlig ungebildet. Als er eines Tages aus einer der Höhlen den Sand und Staub herauskratzte, bemerkte er zufällig, daß sich an der nördlichen Höhlenwand an einer Stelle eine Ausbuchtung befand, die nahe daran war aufzubrechen. Um wenigstens die hervorstehenden Teile zu beseitigen, schabte er mit dem Stock über die Wand; dabei fiel ihm auf, daß diese eine Stelle einen ganz anderen Ton von sich gab als die übrige Wand. Da mußte doch irgend etwas sein. Wang holte einen Pfosten und stieß ihn mit aller Kraft gegen die Wand. Von den ersten zwei, drei Stößen rührte sich nichts; nach einigen weiteren Versuchen jedoch brach die Wand plötzlich auseinander, und zu seiner Überraschung tat sich ein Loch auf. Er versuchte hineinzuschauen, aber drinnen war es stockfinster, und er konnte nichts erkennen. So viel immerhin begriff er: es war eine Nebenhöhle; denn die Mauerteile waren nach innen gefallen.

Wang nahm sodann eine Hacke, und in langer, mühsamer Arbeit vergrößerte er das Loch. Indessen ließ sich noch immer nicht ausmachen, wie es drinnen aussah. Schließlich holte er eine Kerze und leuchtete damit hinein. Da entdeckte Wang, der Wandermönch, etwas höchst Seltsames.

Das Innere war bis an die Decke vollgestopft mit einer Unzahl von Schriftrollen.

Unverzüglich meldete Wang seine Entdeckung dem Distriktsamt von Dun-huang. Doch wartete er vergebens darauf, daß die Behörde sich dazu äußerte. In seiner Aufregung lief er ein zweites Mal zum Amt. Man antwortete ihm lediglich, er möge den Fund auf angemessene Weise schützen.

Hinfort pflegte Wang den Besuchern, die zu den Tausend-Buddha-Höhlen kamen, das von ihm entdeckte Versteck und die darin aufgestapelten Berge von Schriftrollen zu zeigen; dazu erzählte er, mit Wahrem und Erfundenem gehörig ausgeschmückt, die Geschichte der Herkunft dieser Dokumente. Und dank der Almosen, die ihm die Besucher gaben, lebte er fortan ohne Mangel an Nahrung und Kleidung.

Im März 1907 betrat der englische Forscher Mark Aurel Stein den Distrikt von Dun-huang. Auch er besuchte die Tausend-Buddha-Höhlen und die von Wang, dem Wandermönch, gefundene Kaverne. Stein holte eine Schriftrolle nach der anderen heraus. Zur Verblüffung Wangs, der das selber nie gewagt hatte, kroch dieser Engländer unbekümmert in das Innere des unheimlichen Verstecks.

Stein behandelte die Schriftrollen mit größter Vorsicht, eine jede rollte er auf und betrachtete sie; auf diese Weise brauchte er mehrere Tage, bis er ungefähr ein Drittel des Vorrats zutage gefördert hatte. Nun begann Wang mit dem Engländer zu handeln, und allein für die bisher hervorgeholten Schriftrollen erhielt er eine Summe, wie er sie nie zuvor in Händen gehabt hatte. Tatsächlich wunderte er sich, daß sich das alte Papierzeug, das er da entdeckt hatte, so in Geld verwandelte.

Der englische Gelehrte hätte gern sämtliche Schriftrollen aufgekauft; doch Wang befürchtete, daß das Distriktsamt eines Tages eine Untersuchung anstellen könnte, und hartnäckig weigerte er sich, mehr herauszugeben. Die von Stein erworbenen sechstausend Schriftrollen wurden in Kisten verpackt und auf vierzig Kamelen von den Tausend-Buddha-Höhlen abtransportiert.

Ein Jahr später, im März 1908, besuchte der Franzose Paul Pelliot die Höhlen. Auch er verlangte, Wang solle ihm die im Versteck verbliebenen restlichen Schriftrollen verkaufen. Im Grunde, und wenn er daran dachte, daß das von ihm benachrichtigte Distriktsamt sich noch immer nicht gerührt hatte, wäre Wang jede Regelung recht gewesen; indessen empfand er wohl den Behörden seines Landes gegenüber so etwas wie eine Verpflichtung, weshalb er in eine Auslieferung des gesamten Restes nicht einwilligte.

Pelliot handelte ihm schließlich fünftausend Rollen ab, die Hälfte des noch Vorhandenen, und verlud sie im Mai auf zehn Wagen.

Nachdem Pelliot abgereist war, mied Wang für eine Weile die Nähe des Höhlenverstecks. Besuchern den kleinen Rest von Schriftrollen zu zeigen, lohnte sich nicht, und irgendwie quälte ihn zudem das Gewissen.

In den folgenden Jahren erschienen Forscher auch aus Japan und aus Rußland. Jedesmal gab er halb widerwillig etwas von seinem zusammengeschmolzenen Schatz heraus und erhielt dafür einiges Geld. Er begriff nicht so recht, warum sie alle so wild darauf waren, dergleichen zu kaufen.

Ungefähr ein Jahr nach dem Abzug der russischen Forscher kam aus Peking ein Trupp Soldaten. Sie packten sämtliche noch vorhandenen Schriftrollen auf ihre Pferde und nahmen sie mit. Beim Herannahen dieses Trupps hatte sich Wang versteckt, damit man ihn nicht fände, und erst als er wußte, daß die Soldaten bestimmt wieder davongeritten waren, wagte er, in der Höhle nachzuschauen; es war kein Schnitzel Papier mehr da. Wang nahm eine Lampe und trat in die Kaverne. Die Wände, von denen nur die nördliche bemalt war, erhoben sich, durch nichts verstellt, vor seinen Augen; eine Weile starrte er auf das Fresko, auf die roten Gewänder der Priester und auf die grünblau gekleideten Frauengestalten, die ihnen gegenüberstanden.

Als er schließlich wieder draußen war, setzte sich Wang vor dem Eingang der Höhle auf einen Stein. Die Bäume, die vor der Felswand mit den Tausend-Buddha-Höhlen wuchsen, schwankten hin und her, und er begriff: das war vom Wind. Dabei lag über allem ein so stilles Sonnenlicht. Und während er seine Blicke ziellos umherschweifen ließ, begann Wang allmählich zu ahnen, daß diese alten Papiere in der Höhle tatsächlich sehr wertvoll gewesen waren. Nein, anders konnte er es sich nicht erklären, das ständige Kommen und Gehen all jener seltsamen Fremden, die so begierig darauf waren, dergleichen an sich zu bringen. ›Nur ich habe es nicht gewußt und die Kerle im Distriktsamt, denen ich es doch gemeldet hatte, offensichtlich auch nicht. Gewiß, zu guter Letzt und nachdem das meiste schon nicht mehr da war, sind nun schnell noch die Soldaten aus Peking gekommen. Auf jeden Fall aber habe ich einen schweren Fehler gemacht und das Zeug weit unter seinem Preis verkauft‹, sinnierte Wang, der Wandermönch, in dem Gefühl, daß er sich wahrscheinlich die Chance seines Lebens hatte entgehen lassen, und niedergeschlagen saß er da.

In Wahrheit besaß der Schatz aus dem Versteck einen noch weit größeren Wert, als Wang sich vorstellen konnte. Selbst Stein und Pelliot, die Teile davon mitnahmen und sie der wissenschaftlichen Welt bekanntmachten, waren sich darüber zunächst nicht recht im klaren.

Es handelte sich um Schriftrollen unterschiedlichster Art. Insgesamt waren es über vierzigtausend: buddhistische Texte des dritten, vierten Jahrhunderts in Sanskrit, andere in Köktürkisch, Tibetanisch, Türkisch oder der Sprache der Xi-xia; die ältesten Sutren-Kopien überhaupt, Schriften auch, die nie in das Tripitaka Eingang gefunden hatten; Grundlegendes zur Auffassung der Erleuchtung im Zen, dann wieder Aufzeichnungen von großem topographischem Interesse; Zeugnisse über den Glauben der Manichäer und Nestorianer so gut wie Sanskrit- und tibetanische Literatur, woraus sich für das Studium der alten Sprachen völlig neue Erkenntnisse ergaben. Zudem kam eine Fülle historischen Materials zutage, das zu beträchtlichen Veränderungen in den Ostasienwissenschaften, besonders in der Sinologie, führte.

Freilich brauchte es hiernach noch eine ganze Reihe von Jahren, bis man begriff, daß man es mit einem Schatz zu tun hatte, der nicht allein auf die Ostasienwissenschaften, sondern auf alle Forschungsbereiche einwirken mußte, die sich mit der Kulturgeschichte der Welt befassen.

Nachwort

Vom vorliegenden Roman sagte ein japanischer Kritiker einmal, er habe das »leicht Hingewischte eines Tuschbildes«, zugleich jedoch etwas »seltsam Würdevolles«, das aus der sehr eigenen Haltung des Autors seinem Werk gegenüber hervorgehe und dem Ganzen eine unnachahmliche Originalität verleihe.

So ungenau diese Bemerkung zunächst erscheinen mag, sie trifft – läßt sich nachweisen – aufs genaueste zu. Die oft riesigen räumlichen, auch die zeitlichen Distanzen in der Handlung werden mit der Technik des bildmäßig sparsam gesetzten, dafür um so eindringlicheren Details, des in und mit einem Augenblick Erfaßten bewältigt. Ähnliches gilt für die Massenszenen, etwa für eine Schlacht, wenn deren komplexes Geschehen mit nicht mehr als den sich wiederholenden, bogenförmigen Angriffs- und Durchdringungslinien gezeichnet ist.

Solch erzählerisch ästhetisches Raffinement allein hätte freilich die Wirkung noch nicht. Es tritt in der Tat ein »Würdevolles« hinzu. Hier schreibt einer, der vor Stoff und Thema – sagen wir: Respekt hat. Der selbst seinen eigenen Inventionen ein Höchstmaß an natürlicher Weiterentwicklung zugesteht und schließlich als nur mehr beobachtender »Augenzeuge« von ihnen berichtet.

Und das Wunder: dieser historische Roman kommt so ohne den strahlenden Helden, ohne den abscheulichen Finsterling aus; in einer weder altertümelnden noch modernistisch psychologisierenden Form wird, in geschichtlich exakt definiertem Rahmen, von Figuren knapp unter dem geschichtlich Belegbaren erzählt. Der Schauplatz zwar ist der fremdeste, der sich denken läßt, und das innerasiatische

11. Jahrhundert eine Periode, über die (zumindest bei uns Europäern) keinerlei Vorwissen vorausgesetzt werden kann; dennoch und gerade, weil die Story einen wie immer gearteten, ja auch kriegerischen Alltag schildert, stellt sich sehr rasch ein Gefühl der Nähe ein.

Das alles hat mit der Werkgeschichte zu tun. Sie reicht, jedenfalls in den Ansätzen, weiter zurück als sonst bei Yasushi Inoue. Bereits während seiner Studienzeit zu Anfang der dreißiger Jahre vergrub er sich, außerplanmäßig, in die Lektüre von Reise- und archäologischen Berichten über die »Seidenstraße«, faszinierte ihn diese alte, ostwärts wie westwärts wirkende »Kultur-Route« mit ihrer Bedeutung nicht nur für China, sondern auch für seine eigene Inselheimat. In Japan war, wie sich Inoue erinnert, seit der Erschließung der »Tausend-Buddha-Höhlen« von Dun-huang sowie der »Erbeutung« Tausender dort aufgefundener Schrift- und Bilderrollen durch Sir Aurel Stein, Paul Pelliot und andere eine regelrechte »Dun-huang-Wissenschaft« entstanden. »Was ich aber als merkwürdig empfand: daß mir kein Buch und kein Historiker die Frage zu beantworten vermochte, wer denn wann und warum jene alten Zeugnisse dort eingemauert hatte.«

Zwei Jahrzehnte später, als ihm mit Prosawerken wie »Das Jagdgewehr« und »Der Stierkampf« (deutsch in der Bibliothek Suhrkamp, Band 137 bzw. 273) der Durchbruch als Erzähler gelungen war, kam Inoue auf das Thema Dun-huang und auf seine damalige Frage zurück. Es folgten fünf Jahre intensivster Vorbereitung. Endlich 1958 begann er mit der Niederschrift. Nach dem Vorabdruck von Januar bis Mai 1959 in der literarischen Zeitschrift »Gunzō« erschien im November darauf die Buchausgabe, und 1960, nun ausgezeichnet mit dem Großen Mainichi-Kunstpreis, wurde der Roman zum Bestseller des Jahres.

Es war ein Erfolg der Imagination.

Erst 1978 sollte Inoue eine Reise nach Dun-huang unternehmen; noch immer, auch in unserem Jahrhundert, beschwerlich genug: von Peking aus mit dem Flugzeug nach Lan-zhou, von dort in achtzehnstündiger Bahnfahrt nach Jiu-quan, weiter im Jeep nach An-xi und am fünften Tag mit demselben Geländewagen bis ans Ziel, in dessen Nähe sich die »Seidenstraße« einst in zwei Arme teilte, um so das Tarim-Becken mit der gefürchteten Wüste Takla Makan zu umgehen.

»Vielleicht«, so notierte Yasushi Inoue, »konnte mein Roman nur entstehen, weil ich den Boden Dun-huangs zuvor nicht betreten hatte. Hätte ich diesen Ort mit eigenen Augen gesehen, würde ich vermutlich nie angefangen haben, den Roman zu schreiben.«

Will heißen: von der Kenntnis der heutigen Situation her hätte er sich, mit systematischer Umständlichkeit und mühsam Zusammenhänge vor knapp tausend Jahren verifizierend, rückwärts hineingraben müssen wie der Archäologe, und die dabei gemachten »Funde« wären zudem belastet gewesen mit Gewichtungen, vor allem den dokumentaristischen, die weder die imaginative Unmittelbarkeit noch das vergleichsweise Unheroische dieses historischen Romans zugelassen hätten.

Nein, für Yasushi Inoue bestand das Experiment (wenn es denn eines war) in dem Versuch, nichts als eine zeitübliche Chronik, den im alten China traditionellen Lebensbericht, zu schreiben oder auch nur nachzuschaffen, genauer gesagt: den lediglich ein Jahrzehnt umfassenden Ausschnitt daraus, der seine Frage, »wer denn wann und warum jene Zeugnisse dort eingemauert hatte«, hinreichend beantworten würde.

Wie er berichtet, habe er zunächst erheblich kürzer bleiben wollen, während der Arbeit jedoch erkannt, daß er einiges an zusätzlichen Stützen einziehen, Handlungs-

und Hintergrundserweiterungen geben müsse. Was an der Grundabsicht: eine angesichts der ständig von folgenreichen Umbrüchen bestimmten innerasiatischen Gesamthistorie fast unauffällig winzige Informationslücke zu schließen, nichts änderte.

Gerade aber mit solch strikter Bescheidenheit, und indem er kein neuerlicher Creator mundi sein wollte, gelang ihm aus schöner Einfühlung ein um so Lebendigeres und Wahrhaftigeres, das ihn selbst, als er zum ersten Mal in der »Schriftrollenhöhle« von Dun-huang stand, für einen Augenblick benommen machte: »Die Welt des Romans und die Wirklichkeit durchdrangen einander, verwirrten sich, und dies aufzulösen, brauchte es einige Zeit.«

Siegfried Schaarschmidt

JAPAN

Moderne und klassische Literatur

Kultur- und Sozialgeschichte

in den Verlagen Insel und Suhrkamp

Moderne Literatur

Kōbō Abe: Die Frau in den Dünen. Roman. Aus dem Japanischen von Oscar Benl und Mieko Osaki. BS 856

Yasushi Inoue: Die Eiswand. Roman. Aus dem Japanischen von Oskar Benl. st 551

– Eroberungszüge. Gedichte. Mit einem Vorwort von Yasushi Inoue. Ausgewählt, aus dem Japanischen übertragen und mit einem Nachwort versehen von Siegfried Schaarschmidt. Mit Anmerkungen von Siegfried Schaarschmidt. BS 639

– Die Höhlen von Dun-Huang. Roman. Aus dem Japanischen von Siegfried Schaarschmidt. Leinen

– Das Jagdgewehr. Aus dem Japanischen von Oscar Benl. BS 137

– Meine Mutter. Erzählungen. Aus dem Japanischen von Oscar Benl. Leinen

– Der Stierkampf. Aus dem Japanischen von Oscar Benl. BS 273 und st 944

– Das Tempeldach. Ein historischer Roman. Übertragung aus dem Japanischen und Nachwort von Oscar Benl. BS 709

Taeko Kono: Knabenjagd. Erzählungen. Ausgewählt, aus dem Japanischen übersetzt und mit einem Nachwort versehen von Irmela Hijiya-Kirschnereit. Gebunden

Yukio Mishima: Nach dem Bankett. Roman. Deutsch von Sachiko Yatsushiro. BS 488

Ogai Mori: Vita sexualis. Erzählung. Übertragung aus dem Japanischen und Nachwort von Siegfried Schaarschmidt. BS 813

– Die Wildgans. Roman. Aus dem Japanischen übersetzt und mit einem Nachwort versehen von Fritz Vogelgsang. BS 862

Kenzaburo Oe: Eine persönliche Erfahrung. Roman. Aus dem Japanischen von Siegfried Schaarschmidt. Leinen

Sei Shonagon: Das Kopfkissenbuch der Dame. Auswahl und Nachwort von Helmut Brode. Illustrationen von Irmtraud Schaarschmidt-Richter. IB 998

Klassische Literatur

Das Ise-monogatari. Kavaliersgeschichten aus dem alten Japan. Aus dem Original übertragen und kommentiert von Siegfried Schaarschmidt. Mit Erläuterungen zu den Illustrationen von Irmtraud Schaarschmidt-Richter. Leinen

117/1/9.88

JAPAN

Moderne und klassische Literatur
Kultur- und Sozialgeschichte
in den Verlagen Insel und Suhrkamp

Yoshida Kenkô: Betrachtungen aus der Stille. Das Tsurezuregusa. Aus dem Japanischen übertragen, erläutert und mit einem Nachwort versehen von Oscar Benl. Leinen und st 1227

Murasaki: Die Geschichte vom Prinzen Genji, wie sie geschrieben wurde um das Jahr Eintausend unserer Zeitrechnung von Murasaki, genannt Shikibu, Hofdame der Kaiserin von Japan. Nach der englischen Übertragung von Arthur Waley. Deutsch von Herberth E. Herlitschka. Mit zahlreichen farbigen Abbildungen. 2 Bde. it 1003

Meister Seami: Die geheime Überlieferung des No. Aufgezeichnet von Meister Seami. Aus dem Japanischen übertragen und erläutert von Oscar Benl. Leinen

Vierundzwanzig No-Spiele. Ausgewählt und aus dem Japanischen übertragen von Peter Weber-Schäfer. Leinen

Kultur- und Sozialgeschichte

Erich Fromm/Daisetz Teitaro Suzuki/Richard de Martino: Zen-Buddhismus und Psychoanalyse. Die Übersetzung besorgte Marion Steipe. st 37

Im fernen Osten. Forscher und Entdecker in Tibet, China, Japan und Korea 1689-1911. Herausgegeben von Georg Adolf Narciß. it 853

Im Schatten des Siegers: Japan. Vier Bände in Kassette. Herausgegeben von Ulrich Menzel. es 1495-1498

Irmela Hijiya-Kirschnereit: Das Ende der Exotik. Essays zur japanischen Kultur und Gesellschaft der Gegenwart. es 1466

Ikebana. Meisterwerk japanischer Blumenkunst auf 16 Farbtafeln nach Fotografien von Kazuko Hamachi. Mit einer Anleitung zum Blumenstellen. Herausgegeben von Irmtraud Schaarschmidt-Richter. Mit poetischen Kommentaren der Meister. IB 745

Masao Maruyama: Denken in Japan. Eingeleitet und aus dem Japanischen übertragen von Wolfgang Schamoni. es 1398

Ivan Morris: Der Leuchtende Prinz. Höfisches Leben im alten Japan. Aus dem Amerikanischen übersetzt von Ursula Gräfe. Leinen

Chie Nakane: Die Struktur der japanischen Gesellschaft. Aus dem Englischen von Jobst-Mathias Spannagel und Heide Günther-Spannagel. es 1204

Keiji Nishitani: Was ist Religion? Vom Verfasser autorisierte deutsche Übertragung von Dora Fischer-Barnicol. Sonderausgabe und Leinen

117/2/9.88

JAPAN

Moderne und klassische Literatur
Kultur- und Sozialgeschichte
in den Verlagen Insel und Suhrkamp

Kakuzo Okakura: Das Buch vom Tee. Übertragen und mit einem Nachwort versehen von Horst Hammitzsch. Mit Fotos aus Japan und einem Essay von Irmtraud Schaarschmidt-Richter. it 412

Takeo Doi: Amae. Freiheit in Geborgenheit. Zur Struktur japanischer Psyche. Mit einem Vorwort von Elmar Holenstein. Aus dem Amerikanischen von Helga Herborth. es 1128

Alan Watts: Vom Geist des Zen. Aus dem Amerikanischen von Julis Schwabe. st 1288

Zen. Aussprüche und Verse der Zen-Meister. Auswahl und Nachwort von Peter Weber-Schäfer. IB 798

117/3/9.88

Neue deutschsprachige Literatur in den suhrkamp taschenbüchern

Udo Aschenbeck: Südlich von Tokio. st 1409
Margrit Baur: Überleben. Eine unsystematische Ermittlung gegen die Not aller Tage. st 1098
Katja Behrens: Die weiße Frau. Erzählungen. st 655
Ulla Berkéwicz: Josef stirbt. Erzählung. st 1125
– Michel, sag ich. st 1530
Silvio Blatter: Kein schöner Land. Roman. st 1250
– Love me Tender. Erzählung. st 883
– Schaltfehler. Erzählungen. st 743
– Die Schneefalle. Roman. st 1170
– Wassermann. Roman. st 1597
– Zunehmendes Heimweh. Roman. st 649
Franz Böni: Die Fronfastenkinder. Aufsätze 1966-1985. Mit einem Nachwort von Ulrich Horn. st 1219
– Ein Wanderer im Alpenregen. Erzählungen. st 671
Thomas Brasch: Der schöne 27. September. Gedichte. st 903
Hans Christoph Buch: Die Hochzeit von Port-au-Prince. Roman. st 1260
– Jammerschoner. Sieben Nacherzählungen. st 815
– Karibische Kaltluft. Berichte und Reportagen. st 1140
Fritz H. Dinkelmann: Das Opfer. Roman. st 1591
Werner Fritsch: Cherubim. st 1672
Herbert Gall: Deleatur. Notizen aus einem Betrieb. st 639
Herbert Genzmer: Cockroach Hotel. Ängste. st 1243
– Freitagabend. st 1540
– Manhattan Bridge. Geschichte einer Nacht. st 1396
Rainald Goetz: Irre. Roman. st 1224
Reto Hänny: Flug. st 1649
Wilhelm Hengstler: Die letzte Premiere. Geschichten. st 1389
Ulrich Horstmann: Das Glück von Omb'assa. Phantastischer Roman. PhB 141. st 1088
– Das Untier. Konturen einer Philosophie der Menschenflucht. st 1172
Thomas Hürlimann: Die Tessinerin. Geschichten. st 985
Franz Innerhofer: Die großen Wörter. Roman. st 563
– Schattseite. Roman. st 542
– Schöne Tage. Roman. st 349
Bodo Kirchhoff: Dame und Schwein. Geschichten. st 1549
– Die Einsamkeit der Haut. Prosa. st 919
– Mexikanische Novelle. st 1367
– Ohne Eifer, ohne Zorn. Novelle. st 1301
– Zwiefalten. Roman. st 1225
Ady Henry Kiss: Da wo es schön ist. st 914

250/1/6.89

Neue deutschsprachige Literatur
in den suhrkamp taschenbüchern

Bettina Klix: Tiefenrausch. Aufzeichnungen aus der Großstadt. st 1281
Alfred Kolleritsch: Gedichte. Ausgewählt und mit einem Vorwort versehen von Peter Handke. st 1590
– Die grüne Seite. Roman. st 323
Marcel Konrad: Stoppelfelder. Roman. st 1348
Jürg Laederach: Nach Einfall der Dämmerung. Erzählungen und Erzählungen. st 814
– Laederachs 69 Arten den Blues zu spielen. st 1446
– Sigmund oder Der Herr der Seelen tötet seine. st 1235
Gertrud Leutenegger: Gouverneur. st 1341
– Ninive. Roman. st 685
– Vorabend. Roman. st 642
Thomas Meinecke: Mit der Kirche ums Dorf. Kurzgeschichten. st 1354
E. Y. Meyer: Eine entfernte Ähnlichkeit. Erzählungen. st 242
– In Trubschachen. Roman. st 501
– Ein Reisender in Sachen Umsturz. Erzählungen. Neufassung. st 927
– Die Rückfahrt. Roman. st 578
Bodo Morshäuser: Die Berliner Simulation. Erzählung. st 1293
– Blende. st 1585
Judith Offenbach: Sonja. Eine Melancholie für Fortgeschrittene. st 688
Erica Pedretti: Harmloses, bitte. st 558
– Heiliger Sebastian. Roman. st 769
– Sonnenaufgänge, Sonnenuntergänge. Erzählungen. st 1653
Nikolaus Pietsch: Der Gefangene von Heidelberg. st 1129
Peter Rosei: Der Fluß der Gedanken durch den Kopf. Logbücher. st 1656
– Reise ohne Ende. Aufzeichnungsbücher. st 875
– Wege. Erzählungen. st 311
Ralf Rothmann: Messers Schneide. Erzählung. st 1633
Hansjörg Schertenleib: Die Ferienlandschaft. Roman. st 1277
Jochen Schimmang: Das Ende der Berührbarkeit. Eine Erzählung. st 739
– Der schöne Vogel Phönix. Erinnerungen eines Dreißigjährigen. st 527
Einar Schleef: Gertrud. st 942
Peter Sloterdijk: Der Zauberbaum. Die Entstehung der Psychoanalyse im Jahr 1785. Ein epischer Versuch zur Philosophie der Psychologie. st 1445
Angelika Stark: Liebe über Leichen. st 1099
Harald Strätz: Frosch im Hals. Erzählungen. st 938
Karin Struck: Lieben. Roman. st 567
– Die Mutter. Roman. st 489
– Trennung. Erzählung. st 613

250/2/6.89

250/3/6.89